Deutsch von
Sybil Gräfin Schönfeldt

Roald Dahl

# Onkel Oswald

## und der Sudan-Käfer

Eine
haarsträubende
Geschichte

Rowohlt

Die Originalausgabe erschien 1979 unter dem Titel
«My Uncle Oswald» bei Michael Joseph, Ltd., London
Schutzumschlag und Einbandentwurf
von Jürgen Wulff

1. Auflage Februar 1981

Gesamtherstellung Clausen & Bosse, Leck
Printed in Germany
ISBN 3 498 01237 1

«Zugegeben, ich bin fürs Saftige»
Oswalds Tagebücher, Band XIV

# I

Ich empfinde abermals den Drang, meinem Onkel Oswald einen Gruß zu entbieten. Ich meine natürlich den verblichenen Oswald Hendryks Cornelius, den Connoisseur, Lebemann, Sammler von Spinnen, Skorpionen und Spazierstöcken, den Opernliebhaber, Kenner chinesischen Porzellans, Verführer und zweifelsohne größten Hurenbock aller Zeiten. Jeder andere berühmte Verfechter dieses Titels schrumpft zur Lächerlichkeit, wenn seine Erfolgsziffern mit denen meines Onkels Oswald verglichen werden. Besonders der arme alte Casanova. Er wirkt bei einem solchen Wettstreit wie ein Mann, der an einer schweren Unterfunktion seines Geschlechtsorgans gelitten haben muß. Es sind jetzt fünfzehn Jahre verstrichen, seit ich 1964 den ersten knappen Auszug aus Oswalds Tagebüchern zur Veröffentlichung freigegeben habe. Damals bemühte ich mich redlich, etwas auszuwählen, das möglichst wenig Anstoß erregt. Falls Sie sich noch daran erinnern – es war eine harmlose und nur leicht frivole Beschreibung eines Beischlafs zwischen meinem Onkel und einer gewissen weiblichen Lepra-Kranken in der Wüste Sinai.

So weit so gut. Ich wartete weitere jedoch geschlagene zehn Jahre bis 1974, bevor ich es wagte, ein zweites Stück freizugeben. Und abermals achtete ich sorgfältig darauf, eine Episode auszuwählen, die man – zumindest nach Oswalds Ansichten – unbedenklich auch einem Geistlichen zum Vorlesen in der Sonntagsschule auf dem Dorf hätte in die Hand drücken können. Sie befaßte sich mit der Entdeckung eines Parfums von einer solchen Potenz, daß kein Mann, der es an einer Frau wahrnahm, sich bremsen konnte, sie auf der Stelle zu vergewaltigen.

Die Veröffentlichung dieser kleinen Kostproben zog zwar keine ernsthaften Prozesse nach sich, brachte jedoch eine Fülle vollkommen anderer Auswirkungen. Mein Briefkasten quoll plötzlich über von Hunderten von Briefen, von Leserinnen, die alle flehentlich um nur einen einzigen Tropfen von Oswalds Parfum baten. Unzählige Herren richteten den gleichen Wunsch an mich, unter anderem ein einzigartiger unangenehmer Diktator, ein linksgerichteter britischer Minister und ein Kardinal aus Jerusalem. Ein saudi-arabischer Prinz bot mir eine enorme Summe in Schweizer Währung, und eines Nachmittags suchte mich ein Mann im dunklen Anzug vom amerikanischen Geheimdienst auf, der eine ganze Aktentasche voll Hundert-Dollar-Scheinen dabeihatte und mir erläuterte, wie gut man mit Oswalds Parfum jeden älteren russischen Staatsmann samt allen anderen Diplomaten auf der Welt kompromittieren könne, weshalb seine Leute es zu kaufen wünschten.

Leider besaß ich keinen einzigen Tropfen dieser Zauberflüssigkeit, konnte also nichts verkaufen, wodurch sich die ganze Angelegenheit von selbst in Wohlgefallen auflöste.

Heute, fünf Jahre nach der Publikation dieser Parfumgeschichte, habe ich jedoch beschlossen, die Öffentlichkeit einen weiteren kurzen Blick in das Leben meines Onkels tun zu lassen. Der Abschnitt, den ich ausgewählt habe, stammt aus Band XX und wurde 1938 niedergeschrieben, als Oswald dreiundvierzig Jahre alt war und in der Blüte seines Lebens stand. In diesem Kapitel tauchen viele bekannte Namen auf, und so besteht ganz zweifellos die Gefahr, daß Familienangehörige und Freunde an dem, was Oswald zu sagen hatte, Anstoß nehmen werden. Ich kann nur beten, daß die Betroffenen Nachsicht mir gegenüber walten lassen und mir vor allem glauben, daß ich aus völlig uneigennützigen Motiven handle. Denn diese Tagebücher stellen Dokumente von beträchtlichem wissenschaftlichem und historischem Wert dar. Es wäre eine wahre Tragödie, wenn sie nie ans Tageslicht kommen dürften.

Es folgt hier also der Auszug aus Band XX der Tagebücher von Oswald Hendryks Cornelius, wobei ich mich wortwörtlich an seinen Text gehalten habe:

London, Juli 1938

Bin gerade von einem überaus befriedigenden Besuch der Lagonda-Werke in Staines zurück. W. O. Bentley lud mich zum Essen ein (Lachs aus dem Usk und eine Flasche Montrachet), und wir besprachen die Extras für meinen neuen V12. Er versprach mir eine Hupe, die Mozarts *Son gia mille e Tre* tonrein spielen kann. Mag manchem als kindische Angabe vorkommen, soll mir aber bei jedem Druck auf die Hupe als reizender Ansporn und Erinnerung daran dienen, daß der gute alte Don Giovanni seinerzeit 1003 gefügige spanische Dämchen entjungfert hat. Bat Bentley, die Sitze mit feinnarbigem Alligatorleder überziehen zu lassen und das Paneel mit Eibe zu furnieren. Warum Eibe? Weil mir ganz einfach der Farbton und die Maserung der englischen Eibe besser gefällt als alle anderen Holzarten.

Aber was für ein bemerkenswerter Bursche dieser W. O. Bentley ist. Und was für ein Triumph es für Lagonda gewesen sein muß, als er zu ihnen überwechselte. Auch irgendwie traurig, daß dieser Mann, der eins der schönsten Autos dieser Welt entworfen und ihm seinen Namen gegeben hat, nun aus seiner eigenen Gesellschaft hinauskomplimentiert und in die Arme eines Rivalen getrieben worden ist. Bedeutet jedoch auch, daß die neuen Lagondas jetzt konkurrenzlos sein werden und daß ich keinen anderen Wagen haben möchte. Wird allerdings nicht billig werden. Kostet mich mehr Tausende, als ich je für möglich gehalten hätte, für ein Automobil zu bezahlen.

Freilich: spielt Geld eine Rolle? Nicht für mich, denn ich habe immer genug gehabt. Als ich siebzehn war, habe ich meine ersten hunderttausend Pfund verdient, und später sollten es noch erheblich mehr werden. Merke gerade jetzt beim Niederschreiben, daß ich in all meinen Tagebüchern mit keinem Wort erwähnt habe, auf welche Art und Weise ich ein reicher Mann geworden bin.

Es ist vielleicht an der Zeit, daß ich das nachhole. Ich glaube, es ist wirklich an der Zeit. Denn obgleich diese Tagebücher als Geschichte der Kunst der Verführung und der Freuden des Beischlafs geplant sind, so blieben sie doch unvollständig ohne die Erwähnung der Kunst des Geldverdienens und der damit verbundenen Freuden.

Wohlan denn. Ich habe mich dazu überredet, und ich werde auf der Stelle fortfahren, Ihnen zu berichten, wie ich es anfing, zu Geld zu kommen. Falls nun einige von Ihnen versucht sein sollten, diesen besonderen Abschnitt zu überspringen und sich auf saftigere Stellen zu stürzen, so kann ich Ihnen versichern, daß der Saft gerade aus diesen Seiten nur so triefen wird. Ich könnte gar nicht anders.

Wenn man es nicht erbt, so erwirbt man ein großes Vermögen meist auf einem der folgenden vier Wege: durch Betrug, Begabung, geniale Urteilskraft oder mit Glück. Ich verfügte über eine Kombination von allen vieren. Wenn Sie mir genau zuhören, werden Sie verstehen, was ich meine.

Im Jahre 1912, als ich knapp siebzehn Jahre alt war, bekam ich ein Stipendium für Naturwissenschaften im Trinity College in Cambridge. Ich war ein frühreifer Knabe und hatte den Schulabschluß ein Jahr früher als üblich gemacht. Das bedeutete, daß ich zwölf Monate warten mußte, weil sie mich in Cambridge erst mit achtzehn nahmen. Mein Vater entschied deshalb, daß ich die Zeit nutzen, nach Frankreich gehen und die Sprache lernen sollte. Ich selber hoffte, daß ich in diesem herrlichen Land etwas mehr als nur die Sprache lernte. Sie müssen wissen, daß ich bereits auf den Geschmack gekommen war, als ich mit den Londoner Debütantinnen herumpoussierte. Diese jungen englischen Mädchen fingen jedoch allmählich an, mich zu langweilen. Sie waren meiner Meinung nach ein recht fader und schwächlicher Verein, und ich konnte es kaum erwarten, auf fremden Feldern ein paar Arme voll wildem Hafer auszurupfen. Besonders in Frankreich. Ich war aus zuverlässiger Quelle davon informiert worden, daß die Pariser Damen über ein oder zwei Kniffs in der Kunst der Liebe verfügten, von denen ihre Londoner Schwestern nicht einmal im Traum etwas ahnten. Danach steckte die Kopulation in England noch in den Kinderschuhen.

Am Abend vor meiner Abreise nach Frankreich gab ich in unserem Haus in Cheyne Walk eine kleine Gesellschaft. Meine Eltern waren absichtlich um sieben zum Essen ausgegangen, damit wir das Haus allein für uns hatten. Ich hatte ungefähr ein Dutzend Freunde beiderlei Geschlechts eingeladen, alle etwa in meinem Alter, und gegen neun Uhr saßen wir bei Tisch, unterhielten uns angeregt, tranken Wein und aßen ein ausgezeichnet zubereitetes Lammfleisch mit Klößen. Da schellte es an der Haustür. Ich öffnete die Tür, und auf der Schwelle stand ein mittelalter Herr mit einem gewaltigen Schnurrbart, einer kräftigen Gesichtsfarbe und einem Schweinslederkoffer. Er stellte sich als Major Grout vor und wollte meinen Vater sprechen. Ich erwiderte, daß er zum Essen ausgegangen war.

«Du liebe Güte», sagte Major Grout, «er hat mich eingeladen. Ich bin ein alter Freund von ihm.»

«Das muß Vater vergessen haben», sagte ich, «es tut mir sehr leid. Aber treten Sie doch bitte näher.»

Nun konnte ich den Major ja nicht gut allein in der Bibliothek sitzen und *Punch* lesen lassen, während wir im Nachbarzimmer unsere Party feierten, und deshalb fragte ich ihn, ob er sich zu uns gesellen wollte. Das wollte er tatsächlich, er war von dem Vorschlag ganz begeistert. Er kam also herüber, samt Schnurrbart und allem, ein fröhlicher jovialer alter Bursche, der sich sofort bei uns wohl fühlte, obgleich er dreimal so alt war wie die anderen Anwesenden. Er machte sich über das Lammfleisch her und hatte sich innerhalb der ersten fünfzehn Minuten eine ganze Flasche Bordeaux hinter die Binde gekippt.

«Großartiger Happenpappen», stellte er fest, «ist noch ein Tröpfchen Wein da?»

Ich entkorkte die nächste Flasche für ihn, und wir verfolgten alle zusammen mit einer gewissen Bewunderung, wie er sich daranmachte, diese ebenso rasch zu leeren. Die satte Farbe seiner Wangen vertiefte sich rasch zu einem kräftigen Purpur, und seine Nase schien Feuer zu fangen. Nachdem er die dritte Flasche halbwegs verputzt hatte, begann er aufzutauen. Er arbeitete, wie er uns erzählte, im anglo-ägyptischen Sudan und hatte Heimaturlaub. Sein Beruf hatte irgend etwas mit dem sudanesischen Bewässerungssystem zu tun und war auf jeden Fall ein überaus heißes und anstrengendes Geschäft. Aber faszinierend. Ganze Menge Spaß, Sie wissen schon. Und solange man den Knüppel griffbereit hat, machen einem die Kaffern auch keinen Ärger. Wir hatten uns um ihn herumgesetzt, hörten zu und ließen uns einigermaßen gefangennehmen von diesem rotbäckigen Burschen aus fernen Landen.

«Ein gewaltiges Land, der Sudan», sagte er, «und riesenhaft. Es liegt hinterm Mond. Es steckt voll Zauberei und Geheimnissen. Soll ich euch von einem der größten Geheimnisse des Sudan erzählen?»

«Aber gern, Sir», antworteten wir, «bitte ja.»

«Eines seiner größten Geheimnisse», hob er an, indem er sich wieder ein Glas Rotwein in die Kehle goß, «ein Geheimnis, das nur ein paar Oldtimer wie ich kennen und natürlich die Eingeborenen, das ist ein kleines Wesen, das sie Sudanesischer Ölkäfer nennen oder mit seinem richtigen Namen *cantharis vesicatoria sudanii.*»

«Meinen Sie einen Scarabäus?» fragte ich.

«Nicht im geringsten», sagte er, «der Sudanesische Ölkäfer ist ein geflügeltes Insekt, eine Fliege so gut wie ein Käfer und ungefähr dreiviertel Inch lang. Mit seinen glänzenden, schillernden Flügeln in einem goldenen Grün ist er prächtig anzusehen.»

«Und warum ist er so geheim?» fragten wir.

«Diese kleinen Käfer», fuhr der Major fort, «kommen nur in einem bestimmten Teil des Sudan vor. Es handelt sich um ein Gebiet von etwa zwanzig Quadratmeilen nördlich von Khartum, und das ist die Gegend, in der ein Baum namens Hashab wächst. Das Laub dieser Hashab-Bäume ist nämlich die Nahrung des Käfers. Es gibt Männer, die ihr ganzes Leben mit der Suche nach diesen Käfern verbringen. Käferjäger, so werden sie genannt. Das sind Eingeborene mit ausgezeichneten Augen, die alles über die Sitten und Gebräuche dieser kleinen Biester wissen, was man überhaupt nur wissen kann. Und wenn sie sie fangen, töten sie sie, trocknen sie in der Sonne und zermahlen sie zu staubfeinem Pulver. Dieses Pulver ist bei den Eingeborenen hochgeschätzt und heißbegehrt, sie tragen es meistens in kleinen, sehr kostbar gearbeiteten Käferdosen bei sich. Ein Häuptling läßt sich seine Käferdose meistens aus Silber schlagen.»

«Aber was ist denn mit dem Pulver?» fragten wir. «Was machen sie denn damit?»

«Es geht nicht darum, was sie mit ihm machen», sagte der Major, «es geht darum, was es mit ihnen macht. Eine winzige Prise von diesem Pulver ist das wirksamste Aphrodisiakum der Welt.»

«Die Spanische Fliege!» rief jemand. «Das ist die Spanische Fliege.»

«Nicht ganz», sagte der Major, «aber ihr seid schon auf der richtigen Spur. Die gewöhnliche Spanische Fliege wird in Spanien gefunden und im südlichen Italien. Ich dagegen spreche von der Sudanesischen Fliege, die gehört zwar zur gleichen Familie, läßt sich aber überhaupt nicht damit vergleichen. Sie ist schätzungsweise zehnmal so kräftig wie die gewöhnliche Spanische Fliege. Die Wirkung, die dieser kleine sudanesische Bursche hervorruft, ist so unglaublich tückisch, daß selbst eine kleine Dosis sehr gefährlich ist.»

«Aber sie nehmen sie?»

«Guter Gott, ja, natürlich! Jeder Kaffer in Khartum und nördlich davon kaut den alten Käfer. Weiße Männer, zumindest diejenigen, die Bescheid wissen, lassen lieber die Finger davon, weil es so verdammt gefährlich ist.»

«Haben Sie ihn denn probiert?» fragte jemand.

Der Major sah dem Fragesteller ins Gesicht und verzog den Mund unter seinem gewaltigen Schnurrbart zu einem schiefen Lächeln. «Dazu werden wir gleich noch kommen, in ein paar Minuten, wenn's recht ist?» sagte er.

«Was tut einem das denn nun wirklich an?» fragte eins der Mädchen.

«Meine Güte», antwortete der Major, «was tut es einem an? Es zündet einem ein Feuer unter den Eiern an. Es ist beides, ein gewaltiges Aphrodisiakum und ein kräftiger Reiz. Es nimmt einem nicht nur die Kontrolle, es geilt einen nicht nur auf, es garantiert einem auch gleichzeitig eine unglaubliche und lang anhaltende Erektion. Könntest du mir noch ein Glas Wein geben, mein lieber Junge?»

Ich sprang auf, um den Wein zu holen. Meine Gäste waren plötzlich sehr schweigsam geworden. Die Mädchen starrten alle den Major an, gespannt und reglos, mit Augen, die wie Sterne funkelten. Die Jungen starrten dagegen die Mädchen an, beobachteten genau, wie sie auf diese unvermuteten Indiskretionen reagierten. Ich füllte wieder das Glas des Majors.

«Dein Vater hatte schon immer einen anständigen Weinkeller», bemerkte er, «und auch sehr ordentliche Zigarren.» Er sah mich erwartungsvoll an.

«Möchten Sie gern eine Zigarre, Sir?»

«Das ist sehr aufmerksam von dir», antwortete er.

Ich ging ins Eßzimmer und holte die Zigarrenkiste meines Vaters. Der Major steckte sich eine Montecristo in die Brusttasche und eine zweite in den Mund. «Wenn ihr wollt, werde ich euch eine wahre Geschichte erzählen», sagte er, «von mir und dem Ölkäfer.»

«Fangen Sie an», sagten wir, «erzählen Sie, Sir.»

«Die Geschichte wird euch gefallen», sagte er, indem er die Zigarre wieder aus dem Mund nahm und die eine Spitze mit dem Daumennagel abkniff. «Wer hat ein Streichholz?»

Ich zündete ihm seine Zigarre an. Rauchwolken umhüllten seinen Kopf, und durch diesen Rauch konnten wir sein Gesicht nur noch undeutlich, aber als dunkles und weiches Oval erkennen, wie eine riesige, überreife purpurne Frucht.

«Eines Abends», begann er, «saß ich auf der Veranda meines Bungalows, ungefähr fünfzig Meilen landeinwärts nördlich von Khartum. Es war heiß wie in der Hölle, und ich hatte einen harten Tag hinter mir. Ich trank einen steifen Whisky mit Soda. Es war mein erster an jenem Abend, und ich lehnte mich im Liegestuhl zurück und legte die Füße auf das kleine Geländer, das um die ganze Veranda lief. Ich konnte spüren, wie der Whisky gegen meine Magenwände knallte. Ich kann euch versichern, es gibt am Ende eines langen Tages in so einem Höllenklima kein schöneres Gefühl, als wenn einem dieser erste Whisky in den Magen rauscht und sich in den Blutkreislauf ergießt. Ein paar Minuten später ging ich hinein und machte mir einen zweiten Drink zurecht, dann kehrte ich auf die Veranda zurück. Ich legte mich wieder in den Liegestuhl. Mein Hemd war schweißgetränkt, aber ich war zu erschöpft, mich unter die Dusche zu stellen. Dann wurde ich plötzlich steif. Ich war gerade im Begriff, das Whiskyglas an die Lippen zu setzen, da erstarrte meine Hand, erstarrte buchstäblich mitten in der Luft und blieb da, wo sie war, die Finger um das Glas gekrampft. Ich konnte mich nicht bewegen. Ich konnte nicht einmal sprechen. Ich versuchte, meinen Boy um Hilfe zu rufen, aber ich war nicht dazu imstande. *Rigor mortis*. Paralyse. Mein ganzer Körper war zu Stein erstarrt.»

«Hatten Sie keine Angst?» fragte jemand.

«Natürlich hatte ich Angst», antwortete der Major, «eine Todesangst, besonders da draußen in der Wüste, meilenweit von allem entfernt. Aber die Erstarrung dauerte nicht sehr lange. Vielleicht eine Minute, vielleicht auch zwei. Das kann ich nicht mehr genau sagen. Aber als ich dann einigermaßen wieder zu mir kam, verspürte ich als erstes ein heftiges Brennen in der Leistengegend. Hallo, sagte ich zu mir, was ist denn um Himmels willen da jetzt los? Es war natürlich gar nicht zu übersehen, was da los war. Die Regungen in meiner Hose wuchsen sich zu einem regelrechten Getöse aus, und innerhalb kurzer Zeit stand mein Glied steif und aufrecht wie eine Segelrah.»

«Was wollen Sie damit sagen, Ihr *Glied*?» fragte ein Mädchen, das Gwendoline hieß.

«Ich glaube, wenn ich fortfahre, werden Sie das schon begreifen, mein liebes Kind», antwortete der Major.

«Erzählen Sie weiter, Major», sagten wir, «was ist dann passiert?»

«Dann fing es an zu pochen», sagte er.

«Was fing an zu pochen?» fragte ihn Gwendoline.

«Mein Glied», erwiderte der Major, «ich konnte jeden Herzschlag spüren, in seiner ganzen Länge. Es pochte und hämmerte ganz fürchterlich, und es wurde so prall wie ein Ballon. Ihr kennt doch diese langen Luftballons, die wie Würstchen aussehen und die die Kinder bei ihren Parties haben. An die hab ich denken müssen, und bei jedem Herzschlag hatte ich das Gefühl, als ob jemand immer mehr Luft reinpumpte, als ob es gleich platzen würde.»

Der Major trank einen Schluck Wein. Dann betrachtete er prüfend die Asche seiner Zigarre. Wir saßen mucksmäuschenstill und warteten.

«Und dann hab ich natürlich versucht, mir zurechtzulegen, was passiert sein könnte», fuhr er fort, «ich untersuchte mein Whiskyglas. Es stand dort, wo ich es immer hinstellte, auf dem niedrigen weißgestrichenen Geländer, das die Veranda begrenzte. Dann wanderten meine Augen zum Dach des Bungalows hinauf und zum Rand des Dachs, und plötzlich, peng! das war's! Ich wußte jetzt genau, was passiert sein mußte.»

«Was denn?» fragten wir alle wie aus einem Mund.

«Ein großer Ölkäfer, der sich beim Abendspaziergang auf meinem Dach zu weit über den Rand hinausgewagt hatte, war heruntergefallen.»

«Genau in Ihr Whiskyglas!» riefen wir.

«Genau!» sagte der Major. «Und ich, vollkommen ausgedörrt von der Hitze, hatte gar nicht hingeschaut und ihn runtergeschluckt.

Das Mädchen namens Gwendoline starrte den Major mit weitaufgerissenen Augen an. «Also ehrlich gesagt, ich kapier immer noch nicht, was eigentlich der Witz von der Geschichte ist», sagte sie, «ein klitzekleiner Käfer, der kann doch keinem weh tun.»

«Mein liebes Kind», entgegnete der Major, «wenn der Ölkäfer getrocknet und zermahlen ist, dann heißt das Pulver, das daraus entsteht, Cantharidin. Das ist die pharmazeutische Bezeichnung. Die sudanesische Spielart wird *Cantharidin sudanii* genannt. Und dieses *Cantharidin sudanii* ist absolut tödlich. Die Höchstdosis, die für einen Menschen sicher ist, wenn man bei so etwas überhaupt von Sicherheit sprechen kann, beträgt ein Minim. Ein Minim ist der *sechzigste* Teil einer Flüssig-Unze. Wenn wir von der Annahme ausgehen, daß ich gerade einen ganzen, ausgewachsenen Ölkäfer verschluckt hatte, so bedeutet das, ich hatte mir das vielhundertfache der Maximaldosis einverleibt.»

«Jesus», sagten wir, «Jesus Christus.»

«Das Pochen war jetzt so ungeheuerlich, daß es mich am ganzen Körper schüttelte», sagte der Major.

«Kopfschmerzen oder was?» fragte Gwendoline.

«Nein», antwortete der Major.

«Und was passierte dann?» fragten wir ihn.

«Mein Glied», fuhr der Major fort, «war unterdessen eine weißglühende Eisenstange, die in meinen Leib schmolz. Ich sprang aus dem Liegestuhl, stürzte zu meinem Wagen und raste wie ein Verrückter ins nächst gelegene Hospital, was in Khartum war. Ich schaffte es in knapp vierzig Minuten. Ich schlotterte vor Angst.»

«Ach, bitte, einen Moment», sagte diese Gwendoline-Ziege, «ich kann Ihnen immer noch nicht ganz folgen. Warum genau hatten Sie denn solche Angst?»

Diese Pestbeule von einem Weib. Ich hätte sie nie einladen sollen. Der Major, das muß man zu seinen Gunsten sagen, ließ sie diesmal völlig links liegen.

«Ich stürzte ins Krankenhaus», fuhr er fort, «und fand auch die Unfallstation, wo ein englischer Arzt jemandem eine Wunde am Knie nähte. ‹Schauen Sie sich das hier an!› rief ich, holte es raus und schwenkte es vor ihm hin und her.»

«Was haben Sie denn hin- und hergeschwenkt, um Himmels willen?» fragte die Nervensäge Gwendoline.

«Halt den Mund, Gwendoline», sagte ich.

«Danke schön,» entgegnete der Major, «der Doktor hörte auf zu nähen und betrachtete den Gegenstand, den ich ihm präsentierte, mit hellem Entsetzen. Ich erzählte ihm schnell meine Geschichte. Er machte ein ratloses Gesicht. Es gab kein Gegengift für den Ölkäfer, teilte er mir mit. Ich steckte also ganz schön in der Klemme, aber er wollte sein Bestes versuchen. Sie pumpten mir also den Magen aus und steckten mich ins Bett, und dann packten sie mein armes pochendes Glied in Eiswürfel.»

«Wer?» fragte jemand. «Wer sind denn *sie*?»

«Eine Schwester», antwortete der Major, «eine junge schottische Schwester mit dunklen Haaren. Sie brachte die Eiswürfel in kleinen Gummibeuteln und schichtete sie drumherum und legte dann einen Verband an, damit die Eisbeutel nicht rutschten.»

«Haben Sie keine Erfrierungen gekriegt?»

«An etwas Weißglühendem kann man keine Erfrierungen kriegen», antwortete der Major.

«Und was passierte dann?»

«Sie haben die Eisbeutel gewechselt, alle drei Stunden, Tag und Nacht.»

«Wer, die schottische Schwester?»

«Sie haben sich abgewechselt. Verschiedene Schwestern.»

«Guter Gott.»

«Es hat zwei Wochen gedauert, bis es abgeklungen war.»

«Zwei Wochen!» sagte ich. «Und danach sind Sie wieder in Ordnung gewesen, Sir? Sind Sie jetzt wieder ganz in Ordnung?»

Der Major lächelte und trank wieder einen Schluck Wein. «Ich bin tief gerührt», sagte er, «tief gerührt von deinem Mitgefühl. Du bist ganz offensichtlich ein junger Mann, der genau weiß, was in dieser Welt zuerst kommt und was danach. Ich bin sicher, du wirst es weit bringen.»

«Vielen Dank, Sir», sagte ich, «aber wie ist die Geschichte ausgegangen?»

«Ich war sechs Monate aus dem Verkehr gezogen», entgegnete der Major mit einem schwachen Lächeln, «aber das ist im Sudan keine große Strafe. Ja, wenn es dich wirklich interessiert, ich bin jetzt wieder vollkommen in Ordnung. Ich habe mich erstaunlich gut erholt.»

Das war die Geschichte, die uns Major Grout bei meiner kleinen Abendgesellschaft am Tag vor meiner Abreise nach Frankreich erzählt hat. Diese Geschichte hat mich nachdenklich gemacht. Sie hat mich genaugenommen sogar sehr nachdenklich gemacht. Als ich in jener Nacht im Bett lag, zwischen lauter gepackten Koffern, begann sich mit rasender Geschwindigkeit in meinem Kopf ein ungeheuerlich kühner Plan zu formen. Ich sage kühn, weil er bei Gott fast tollkühn war, wenn man nämlich bedenkt, daß ich erst siebzehn Jahre alt war. Wenn ich heute zurückblicke, so muß ich allein wegen des Entwurfs einer solchen Unternehmung den Hut vor mir selber ziehen. Und am nächsten Morgen stand mein Plan fest.

## 2

Ich verabschiedete mich auf dem Bahnsteig der Victoria Station von meinen Eltern und stieg in den Zug nach Paris. Ich kam am Nachmittag an und meldete mich bei den Leuten, wo mich mein Vater als zahlender Gast untergebracht hatte. Das Haus lag in der Avenue Marceau, und die Familie hieß Boisvain. Monsieur Boisvain war irgendein Beamter und genauso wenig bemerkenswert wie der Rest seiner Sippe. Seine Frau, eine blasse Person mit kurzen Fingern und einem welken Körper, war nicht besser als ihr Gatte, und ich vermutete gleich, daß die beiden mir keinen Ärger machen würden. Sie hatten zwei Töchter, Jeanette, fünfzehn Jahre alt, und Nicole, die neunzehn war. Mademoiselle Nicole war irgendwie monströs, denn während der Rest der Familie typisch französisch aussah, also zierlich und adrett, besaß dieses Mädchen die Proportionen einer Amazone. Sie wirkte auf mich wie ein weiblicher Gladiator. Sie mochte barfuß fast einsneunzig groß gewesen sein, aber sie war trotzdem ein wohlgeformter junger Gladiator, mit langen, schlanken Beinen und dunklen Augen, die eine Unzahl von Geheimnissen zu bergen schienen. Es war das erste Mal seit meiner Pubertät, daß ich auf eine Frau stieß, die nicht nur außergewöhnlich groß war, sondern auch reizvoll, und ich war von dem, was ich zu sehen bekam, sehr beeindruckt. In all den Jahren seit jener Zeit habe ich natürlich eine ganze Reihe von langbeinigen Betthasen gehabt, und ich muß gestehen, daß sie mir insgesamt besser behagen als ihre kleineren Schwestern. Wenn eine Frau sehr groß ist, so hat sie schon von Anfang an mehr Schwung und Kraft in ihren Gliedern, und außerdem hat man einfach wesentlich mehr Substanz in den Händen.

Mit anderen Worten, eine große Frau ist etwas, das ich genieße. Und warum schließlich auch nicht? Das ist ja nichts Absonderliches. Ich finde es dagegen überaus absonderlich, daß die Frauen im allgemeinen, und damit meine ich alle Frauen, überall, ganz verrückt nach kleinen Männern sind. Dabei muß ich gleich erklären, daß ich unter kleinen Männern keine normalen kleinen Männer verstehe, etwa Jockeys oder Schornsteinfeger. Ich meine echte Zwerge, diese Liliputaner, die man mit ihren krummen Beinen im Zirkus rumrennen sieht, in Pluderhosen und als Clown verkleidet. Ob Sie es mir glauben oder nicht, wenn er es sich in den Kopf setzt, kann jeder dieser Mini-Männer selbst die eisigste Frigide zur Raserei treiben. Sie können ruhig protestieren, meine verehrten Leserinnen. Sie können mich für verrückt erklären, für schlecht informiert und auf der falschen Fährte. Aber ehe Sie sich auf den Kopf stellen, sollten Sie folgendes tun: Sie sollten sich mit einem weiblichen Wesen unterhalten, das tatsächlich einmal von einem dieser kleinen Burschen bearbeitet worden ist. Sie wird meine Aussagen bestätigen. Sie wird sagen, jajajajaja, das ist wahr, es tut mir leid, aber es ist wahr. Sie wird Ihnen gestehen, daß sie abstoßend sind, aber unwiderstehlich. Ein extrem häßlicher mittelalter Zirkus-Liliputaner, knapp einen Meter groß, hat mir einmal erzählt, daß er sich jederzeit jede Frau aus dem Raum aussuchen könne. Das finde ich doch sehr merkwürdig.

Aber lassen Sie uns zurückkehren zu Mademoiselle Nicole, der Amazonen-Tochter. Sie weckte sofort mein Interesse, und als wir uns die Hände schüttelten, preßte ich ihre Knöchel besonders heftig und beobachtete ihr Gesicht. Ihre Lippen öffneten sich, und ich sah plötzlich ihre Zungenspitze zwischen ihren Zähnen glänzen. Ausgezeichnet, meine junge Dame, dachte ich mir, du sollst Nummer eins in Paris sein. Falls dies aus dem Mund eines siebzehnjährigen Grünschnabels, der ich damals war, etwas unverschämt klingen sollte, muß ich an dieser Stelle erwähnen, daß mich das Schicksal schon in diesem zarten Alter mit einem unverdient guten Aussehen ausgestattet hatte. Wenn ich jetzt in Familienfotos aus jener Zeit blättere, so kann ich feststellen, daß ich ein Jüngling von fast ergreifender Schönheit gewesen bin. Das ist einfach eine Tatsache, und es wäre töricht, wenn ich so täte, als stimmte das nicht. Diese Tatsache hatte mir jedenfalls das Leben in London erheblich erleichtert, und ich kann ehrlich sagen, daß ich keinen einzigen Korb bekommen hatte. Freilich, allzu lange hatte ich das Spiel auch noch nicht betrieben, und mehr als fünfzig oder sechzig junge Vögelchen waren mir noch nicht vor die Flinte gekommen.

Um den Plan auszuführen, den mir der gute Major Grout in den Kopf gesetzt hatte, kündigte ich Madame Boisvain auf der Stelle an, daß ich mich am nächsten Morgen frühzeitig verabschieden würde, weil ich das Wochenende bei Freunden auf dem Lande verbringen wollte. Wir standen immer noch in der Halle, und ich war gerade mit dem Händeschütteln durch. «Aber Monsieur Oswald, Sie sind doch gerade erst angekommen!» rief die gute Dame aus.

«Ich glaube, mein Vater hat Ihnen sechs Monate im voraus bezahlt», antwortete ich, «wenn ich also nicht hier bin, dann sparen Sie das Geld fürs Essen.»

Eine Rechnung dieser Art bringt das Herz einer jeden Vermieterin in ganz Frankreich zum Schmelzen, und Madame Boisvain erhob keine weiteren Einwände. Um sieben Uhr setzten wir uns an den Abendbrottisch. Es gab gekochte Kutteln mit Zwiebeln. Das ist für mich das zweitscheußlichste Gericht auf der ganzen Welt. Das absolut ekelhafteste Essen ist etwas, das die Neulinge auf den Schaffarmen in Australien mit dem größten Vergnügen verschlingen.

Diese Grünhörner – und ich will Ihnen das lieber gleich erzählen, damit Sie der Sache aus dem Wege gehen können, falls es Sie jemals in diese Gegend verschlägt –, diese Jackaroos oder Schaf-Cowboys kastrieren ihre männlichen Lämmer nämlich auf die folgende barbarische Art und Weise: Zwei drehen das Tier um und halten es an den Vorder- und Hinterläufen fest. Ein dritter Bursche schlitzt das Skrotum auf und drückt die Testikel aus dem Sack. Dann beugt er sich vor und nimmt die Testikel in den Mund. Er beißt zu, reißt sie dem unglücklichen Tier aus dem Leib und spuckt dieses ekelerregende Zeugs in eine Schüssel. Es hat überhaupt keinen Sinn, wenn Sie mir einzureden versuchen, daß es so etwas nicht gibt, denn genauso und nicht anders findet es statt. Ich habe es voriges Jahr mit meinen eigenen Augen gesehen, und zwar in einer Station in der Nähe von Cowra in Neusüdwales. Und diese Idioten haben mir auch noch voller Stolz mitgeteilt, daß drei geschickte Jackaroos imstande sind, sechzig Lämmer in sechzig Minuten zu kastrieren, und das den ganzen Tag lang. Ein leichter Muskelkater in den Backen sei das einzige, so sagten sie, womit man rechnen müsse. Aber das sei die Sache auch wert, denn die Belohnung sei sehr groß.

«Was für eine Belohnung?»

«Haha», sagten sie, «warten Sie es nur ab!»

Und am Abend mußte ich dabeistehen und zuschauen, wie sie die Abfälle auf einem Holzfeuer in einer großen Pfanne in Hammeltalg brieten. Ich kann Ihnen versichern, daß dieses gastronomische Wunderwerk das zäheste und ekelerregendste Gericht ist, das man sich nur denken kann. Gekochte Kutteln kommen gleich danach.

Ich schweife aber immer wieder ab. Ich muß zur Geschichte zurückkehren. Wir befinden uns immer noch in der Wohnung der Boisvains und bekommen gekochte Kutteln zum Abendessen.

Monsieur B. geriet über dieses Zeugs in Ekstase, gab laute Sauggeräusche von sich, schmatzte mit den Lippen und rief bei jedem Bissen aus: *«Délicieux! Ravissant! Formidable! Merveilleux!»* Und dann, als er mit dem Essen fertig war – würden die Schrecken denn niemals enden? –, nahm er sich in aller Seelenruhe das gesamte Gebiß aus dem Mund und spülte es in seiner Fingerschale sauber.

Um Mitternacht, als Monsieur und Madame B. fest eingeschlafen waren, schlüpfte ich den Korridor entlang und betrat das Schlafzimmer von Mademoiselle Nicole. Sie lag fest eingestopft in einem Riesenbett, und neben ihr auf einem Tisch brannte eine Kerze. Nicole schüttelte mir sonderbarerweise zur Begrüßung nach der formellen französischen Manier die Hand, aber ich kann Ihnen versichern, daß alles, was sich daran anschloß, überhaupt nichts Formelles mehr hatte. Ich beabsichtige allerdings nicht, bei dieser kleinen Episode länger zu verweilen. Sie hat mit dem Hauptthema meiner Geschichte überhaupt nichts zu tun. Ich möchte nur bemerken, daß alle Gerüchte, die ich bisher über die Mädchen von Paris vernommen hatte, in diesen knappen Stunden bei Mademoiselle Nicole bei weitem übertroffen wurden. Sie ließ die kühlen Londoner Debütantinnen wie grobe Klötze aus versteinertem Holz erscheinen. Sie stürzte sich auf mich wie ein Mungo auf eine Kobra. Sie besaß plötzlich zehn Paar Hände und ein halbes Dutzend Münder. Obendrein war sie noch ein Schlangenweib, und mitten im Getümmel unserer Glieder erhaschte ich immer wieder einen Blick auf ihre Fersen, die hinter ihrem Hals verschlungen waren. Das Mädchen drehte mich im wahrsten Sinne des Wortes durch die Mangel. Sie reckte und sie streckte mich, bis ich es kaum mehr ertragen konnte. Ich war in Jugendjahren noch nicht auf eine derart gründliche Behandlung eingestellt, und nach ungefähr einer Stunde unablässiger Tätigkeit bekam ich Halluzinationen. Ich kann mich noch daran erinnern, daß ich meinen ganzen Körper plötzlich für einen langen, gut geölten Kolben hielt, der in einen Zylinder aus geschliffenem Stahl hineinstrich und herausglitt. Der Herr im Himmel mag wissen, wie lange das alles dauerte, aber zum Schluß kam ich durch den Klang einer tiefen, ruhigen Stimme wieder zu Bewußtsein, die plötzlich sagte: «Sehr gut, Monsieur, das reicht für die erste Unterrichtsstunde. Ich glaube allerdings, daß es ziemlich lange dauern wird, ehe Sie den Kindergarten hinter sich gelassen haben.»

Ich taumelte in mein Zimmer zurück, wund und zerschlagen, und schlief sofort ein.

Am nächsten Morgen verabschiedete ich mich von den Boisvains und bestieg den Zug nach Marseille, um meinen Plan auszuführen. Ich hatte das gesamte Taschengeld für die sechs Monate bei mir, mit dem mich mein Vater vor meiner Abfahrt aus London ausgestattet hatte, zweihundert Pfund in französischen Francs. Im Jahre 1912 war das ziemlich viel Geld.

In Marseille buchte ich auf einem französischen Dampfschiff namens ‹Kaiserin Josephine› eine Passage nach Alexandria. Es war ein Neuntausend-Tonner, ein hübsches kleines Passagierschiff, das regelmäßig zwischen Marseille, Neapel, Palermo und Alexandria verkehrte.

Die Reise verlief ohne Zwischenfälle, außer daß mir gleich am ersten Tag eine zweite große Frau über den Weg lief. Diesmal war es eine Türkin, eine hochgewachsene dunkelhäutige türkische Dame, die so mit Juwelen jeglicher Farbe und Art behängt war, daß sie bei jedem Schritt klirrte. Mein erster Gedanke war, daß sie als Vogelscheuche in einem Kirschbaum wahre Wunder wirken würde. Mein zweiter Gedanke, der dem ersten auf dem Fuße folgte, bezog sich jedoch darauf, daß sie eine außergewöhnliche Figur besaß. Die Schwellungen in der Gegend ihres Busens waren so großartig, daß ich mir, als ich sie quer über das Bootsdeck betrachtete, wie ein Reisender in Tibet vorkam, der zum erstenmal die steilsten Gipfel des Himalaya erblickt. Die Dame erwiderte meinen Blick, und, das Kinn hochmütig in die Luft gereckt, ließ sie ihre Augen langsam über meinen Körper wandern, vom Kopf bis zum Zeh, dann wieder hinauf. Eine Minute später wiegte sie sich lässig herüber und lud mich zu einem Glas Absinth in ihre Kabine ein. Ich hatte von diesem Zeugs noch nie in meinem Leben etwas gehört, ging jedoch bereitwillig mit, blieb auch bereitwillig da und tauchte aus dieser Kabine erst wieder auf, als wir drei Tage später in Neapel anlegten. Ich kann damals sehr wohl, wie Mademoiselle Nicole bemerkt hatte, nicht mehr als Kindergartenreife besessen haben, während sich Mademoiselle Nicole selber in die sechste Klasse hinaufgearbeitet hatte. Verglichen mit uns war die große türkische Dame dann freilich eine Universitäts-Professorin.

Für mich ergaben sich bei dieser Begegnung noch zusätzliche Schwierigkeiten, weil unser Schiff auf der ganzen Strecke zwischen Marseille und Neapel gegen einen fürchterlichen Sturm kämpfen mußte. Es schwankte und rollte auf eine höchst beängstigenden Art und Weise, und ich dachte mehr als einmal, daß wir untergehen würden. Als wir schließlich und glücklich in der Bucht von Neapel vor Anker gingen, und als ich die Kabine verließ, sagte ich: «Himmel ja, ich bin froh, daß wir es geschafft haben. Das war vielleicht ein Sturm, durch den wir gefahren sind.»

«Mein lieber Junge», sagte sie und warf sich noch eine Handvoll Juwelen um den Hals, «das Meer ist die ganze Zeit spiegelglatt gewesen.»

«O nein, Madame», sagte ich, «es hat ein schrecklicher Sturm getobt.»

«Das war kein Sturm», antwortete sie, «das war ich.»

Ich lernte rasch. Ich lernte vor allem – und das wurde mir seitdem immer wieder bestätigt –, daß ein Techtelmechtel mit einer Türkin wie ein Fünfzig-Meilen-Dauerlauf vor dem Frühstück ist. Man muß eine gute Kondition besitzen.

Den Rest der Überfahrt benutzte ich dazu, wieder Atem zu holen, und als wir vier Tage später in Alexandria anlegten, fühlte ich mich wieder springlebendig. Von Alexandria aus fuhr ich ohne weiteren Aufenthalt und ohne weitere Abenteuer mit dem Zug nach Kairo. Dann stieg ich um und fuhr nach Khartum.

Mein Gott, es war wirklich heiß im Sudan. Ich war nicht für die Tropen ausgerüstet, aber ich weigerte mich, Geld für Kleidungsstücke aus dem Fenster zu werfen, die ich nur ein oder zwei Tage lang tragen würde. In Khartum nahm ich mir ein Zimmer in einem großen Hotel, in der Empfangshalle wimmelte es von Engländern in Khaki-Shorts und Tropenhelmen. Sie hatten alle Schnurrbärte und bordeauxrote Backen wie Major Grout, und jeder hatte einen Drink in der Hand. Neben der Eingangstür lungerte ein sudanesischer Portier oder so etwas Ähnliches herum. Er war ein prächtiger hübscher Bursche in einem weißen Kittel und mit einem roten Fes auf dem Kopf, und zu ihm ging ich hinüber.

«Ob Sie mir wohl behilflich sein könnten?» fragte ich, wobei ich einige französische Banknoten aus der Tasche zog und wie gedankenverloren damit knisterte.

Er warf einen Blick auf das Geld und grinste.

«Ölkäfer», sagte ich, «wissen Sie etwas über Ölkäfer?»

Hier geschah es also. Dies war der *moment critique*. Ich hatte die ganze Reise von Paris nach Khartum gemacht, nur um diese eine Frage zu stellen, und beobachtete jetzt das Gesicht des Mannes voller Spannung. Es war durchaus möglich, daß sich Major Grouts Geschichte lediglich als unterhaltsame Erfindung entpuppte.

Das Grinsen des sudanesischen Portiers wurde noch breiter.

«Alle wissen über Ölkäfer Bescheid, Sahib», sagte er, «was wünschen Sie?»

«Ich möchte gern, daß Sie mir sagen, wohin ich gehen muß, wenn ich tausend Stück fangen will.»

Sein Grinsen erstarb, und er starrte mich an, als ob ich den Verstand verloren hätte. «Sie meinen, lebendige Käfer?» rief er aus. «Sie wollen losziehen und mit eigenen Händen tausend lebendige Ölkäfer fangen?»

«Ja, das ist meine Absicht.»

«Wozu brauchen Sie denn lebendige Käfer, Sahib? Sie nützen Ihnen gar nichts, diese alten lebendigen Käfer.»

O mein Gott, dachte ich. Der Major hat uns doch auf den Arm genommen.

Der Portier schob sich dichter an mich heran und legte seine fast ebenholzschwarze Hand auf meinen Arm. «Sie wollen ein Tänzchen machen, stimmt's? Sie wollen Stoff haben, um Hopphopp zu machen?»

«So ungefähr», antwortete ich, «mehr oder weniger.»

«Dann brauchen Sie sich nicht um die lebendigen Käfer zu kümmern, Sahib. Sie brauchen nur pulverisierte Käfer.»

«Ich hatte eigentlich vor, die Käfer mit nach Hause zu nehmen und dort zu züchten», erklärte ich, «auf diese Art und Weise habe ich immer Nachschub.»

«In England?» fragte er.

«England oder Frankreich. Irgendwo dort.»

«Nicht gut», entgegnete er und schüttelte den Kopf, «dieser kleine Ölkäfer, der gedeiht nur hier im Sudan. Er braucht sehr heiße Sonne. Käfer in Ihrem Land werden alle eingehen. Warum nehmen Sie nicht das Pulver?»

Ich konnte schon sehen, daß ich meine Pläne etwas ändern mußte.

«Wieviel kostet das Pulver denn?» fragte ich ihn.

«Wieviel wollen Sie haben?»

«Sehr viel.»

«Sie müssen mit dem Pulver sehr, sehr vorsichtig sein, Sahib. Nur eine winzige Prise nehmen, sonst geraten Sie in sehr schlimme Schwierigkeiten.»

«Das weiß ich.»

«Wir hier, wir Männer im Sudan, wir messen eine Prise so ab: Wir streuen das Pulver auf den Kopf einer Stecknadel, und das, was auf dem Stecknadelkopf liegen bleibt, das ist genau eine Dosis. Und das ist nicht sehr viel. Sie sollten also recht vorsichtig sein, junger Sahib.»

«Das weiß ich alles», sagte ich, «Sie brauchen mir nur zu sagen, wie ich zu einer großen Menge kommen kann.»

«Was meinen Sie mit einer großen Menge?»

«Na ja, sagen wir einmal so um zehn Pfund herum.»

«Zehn Pfund!» rief er. «Das würde für alle Männer in ganz Afrika ausreichen!»

«Dann eben fünf Pfund.»

«Was um des Himmels willen wollen Sie denn mit fünf Pfund Ölkäfer-Pulver anfangen, Sahib? Selbst für einen großen starken Mann, wie ich es bin, reichen ein paar Unzen für das ganze Leben.»

«Kümmern Sie sich gar nicht darum, was ich damit machen will», sagte ich, «wieviel würde es kosten?»

Er legte den Kopf schief und dachte über diese Frage mit aller Gründlichkeit nach. «Wir kaufen es in kleinen Päckchen», erklärte er, «ist immer eine viertel Unze darin. Sehr kostspieliger Stoff.»

«Ich möchte fünf Pfund haben», sagte ich, «in einer Packung.»

«Wohnen Sie hier in diesem Hotel?» fragte er mich.

«Ja.»

«Dann bringe ich Ihnen morgen die Antwort. Ich muß fragen gehen.»

Damit beließ ich es erst einmal.

Am nächsten Morgen stand der große schwarze Portier an seinem üblichen Platz neben dem Hoteleingang.

«Neuigkeiten vom Pulver-Markt?» fragte ich ihn.

«Ich hab was festgemacht», antwortete er, «hab eine Stelle entdeckt, wo ich Ihnen fünf Pfund reines Pulver besorgen kann.»

«Wieviel soll es kosten?» fragte ich ihn.

«Haben Sie englisches Geld?»

«Das kann ich beschaffen.»

«Es wird tausend englische Pfund kosten, Sahib. Sehr billig.»

«Vergessen Sie das Ganze», sagte ich und wandte mich ab.

«Fünfhundert», sagte er.

«Fünfzig», sagte ich, «ich gebe Ihnen fünfzig Pfund.»

«Hundert.»

«Nein. Fünfzig. Mehr kann ich mir nicht leisten.»

Er zuckte die Schultern und drehte die Hände mit den Handflächen nach oben. «Sie holen das Geld», sagte er, «und ich hole das Pulver. Sechs Uhr heute abend.»

«Wie kann ich wissen, daß Sie mir nicht Sägemehl oder so etwas Ähnliches andrehen?»

«Sahib!» rief er. «Ich hab noch nie jemanden betrogen!»

«Da wär ich mir nicht so sicher.»

«In diesem Fall», sagte er, «werden wir das Pulver an Ihnen ausprobieren, indem ich Ihnen eine kleine Prise gebe, ehe Sie mich bezahlen. Wie finden Sie das?»

«Eine gute Idee», antwortete ich, «also um sechs.»

Eins der Londoner Bankhäuser hatte in Khartum eine überseeische Zweigstelle. Dorthin ging ich und wechselte etwas von meinen französischen Francs in Pfund. Um sechs Uhr suchte ich den Portier auf. Er stand jetzt in der Eingangshalle des Hotels.

«Haben Sie's bekommen?» fragte ich ihn.

Er deutete auf ein großes Paket in braunem Packpapier, das hinter einer Säule auf dem Fußboden lag. «Zuerst ausprobieren, Sahib? Sie sind herzlich dazu eingeladen, denn dies ist das absolut beste Käfer-Pulver vom ganzen Sudan, erstklassige reine Qualität. Ein Stecknadelkopf voll davon, und Sie machen die ganze Nacht hopphopp, den halben nächsten Tag auch noch.»

Ich nahm an, daß er mir keinen Proberitt angeboten hätte, wenn der Stoff nicht in Ordnung gewesen wäre, und deshalb gab ich ihm das Geld und nahm das Paket.

Eine Stunde später saß ich im Nachtzug nach Kairo. Innerhalb von zehn Tagen war ich zurück in Paris und klopfte an die Tür von Madame Boisvains Haus in der Avenue Marceau. Mein kostbares Paket hatte ich bei mir. Der französische Zoll hatte mir bei meiner Ankunft in Marseille keine Schwierigkeiten bereitet. In jenen Tagen suchten sie nur nach Messern und Pistolen, sonst aber nach nichts.

# 3

Ich verkündete Madame B., daß ich jetzt eine Zeitlang bleiben würde und daß ich eine Bitte hätte. Es sei mein Wunsch, fuhr ich fort, während meines Aufenthalts in Frankreich nicht nur Französisch zu lernen, sondern auch meine naturwissenschaftlichen Studien fortzusetzen. Ich hätte deshalb vor, in meinem Zimmer bestimmte Experimente durchzuführen, was auch bedeutete, daß ich bestimmte Apparate und Chemikalien benutzen müsse, die für den Unerfahrenen gefährlich oder giftig sein könnten. Aus diesen Gründen wollte ich gern einen Schlüssel für mein Zimmer haben, damit es niemand betreten könne.

«Sie wollen uns alle in die Luft jagen!» rief sie und schlug die Hände an die Wangen.

«Sie brauchen keine Angst zu haben, Madame», antwortete ich, «ich befolge nur die üblichen Vorsichtsmaßregeln. Bei meinen Professoren habe ich gelernt, immer peinlich darauf zu achten.»

«Und wer wird Ihr Zimmer putzen und Ihr Bett machen?»

«Das mach ich selber», entgegnete ich, «dann haben Sie noch weniger Arbeit.»

Sie grummelte und brummelte noch ein wenig vor sich hin, gab zum Schluß aber nach.

An jenem Abend gab es bei den Boisvains Schweinefüße in weißer Sauce, noch so ein grauenhaftes Gericht. Monsieur B. kniete sich mit seinem üblichen Geschmatze und seinen Begeisterungsausbrüchen hinein, und als er fertig war, hatte er sich die pappige Sauce über das ganze Gesicht geschmiert. Ich bat um die Erlaubnis, aufstehen zu dürfen, ehe er sich wieder anschickte, seine falschen Zähne aus dem Mund und in die Fingerschale zu befördern. Ich ging hinauf in mein Zimmer und schloß die Tür.

Dann öffnete ich zum erstenmal mein großes braunes Paket. Das Pulver war Gott sei Dank gut verpackt, und zwar in zwei große Zwiebackdosen aus Blech. Ich öffnete eine. Das Pulver war blaßgrau und fast so fein wie Mehl. Hier vor meinen Augen, sagte ich mir, lag jetzt das, was wahrscheinlich die dickste Goldader war, auf die ein Mensch überhaupt nur stoßen konnte. Ich sagte «wahrscheinlich», weil ich bis jetzt keinerlei Beweis besaß. Ich hatte nur das Wort des Majors, daß der Stoff wirkte, und das Wort des Portiers, daß es der echte Artikel war.

Ich legte mich auf mein Bett und las bis Mitternacht. Dann zog ich mich aus und meinen Schlafanzug an. Ich nahm eine Stecknadel und hielt sie über der offenen Blechdose mit dem Pulver senkrecht. Ich streute eine Prise Pulver auf die senkrechte Stecknadel. Ein winziges Häufchen grauer Puderflöckchen blieb auf dem Stecknadelkopf haften. Ich führte die Stecknadel behutsam zum Mund und leckte das Pulver ab. Es schmeckte nach gar nichts. Ich schaute auf der Uhr nach, wie spät es war, dann setzte ich mich auf den Bettrand und wartete auf die Wirkung.

Viel Zeit brauchte sie nicht. Genau neun Minuten später begann mein ganzer Körper steif zu werden. Ich fing an zu keuchen und zu röcheln. Ich erstarrte, so wie ich dasaß, genau wie Major Grout auf seiner Veranda mit dem Glas Whisky in der Hand erstarrt war. Weil ich jedoch im Vergleich zu ihm eine wesentlich geringere Dosis zu mir genommen hatte, dauerte diese Periode der Paralyse nur ein paar Sekunden. Dann spürte ich, wie es der gute Major so treffend bezeichnet hatte, ein Brennen in der Leistengegend. Noch eine Minute und mein Glied – wieder hatte es der Major besser beschrieben, als ich es könnte – mein Glied stand so fest und aufrecht wie eine Segelrah.

Nun auf zum Abschlußtest. Ich erhob mich und ging zur Tür. Ich machte sie leise auf und huschte den Korridor entlang. Ich betrat das Schlafzimmer von Mademoiselle Nicole, und natürlich, da lag sie gemütlich im Bett – die Kerze brannte schon – und wartete auf mich.

«Guten Abend, Monsieur», flüsterte sie und schüttelte mir wieder formell die Hand, «Sie wollen Ihre zweite Unterrichtsstunde haben, nicht wahr?»

Ich sagte überhaupt nichts. Doch sowie ich mich ins Bett neben sie schob, glitt ich wieder in eine dieser verrückten Phantasien, die mich jedesmal zu verschlingen schien, wenn ich mich mit einem weiblichen Wesen einließ. Diesmal stürzte ich mitten ins Mittelalter, und Richard Löwenherz war König von England. Ich war der beste Turnierkämpfer im ganzen Land, der edle Ritter, der wieder einmal vor seinem König und dem ganzen Hofstaat seine Kraft und seine Geschick auf dem Turnierplatz beweisen sollte.

Mein Gegner war ein riesenhaftes und wildes Weib aus Frankreich, das bereits achtundsiebzig wackere Engländer in Turnieren besiegt und niedergemetzelt hatte. Meine Stute aber war tapfer, und meine Lanze ungeheuer lang und dick, spitz, federnd und aus stärkstem Stahl. Der König rief aus vollem Hals: «Bravo, Sir Oswald, der Mann mit der mächtigen Lanze! Keiner außer ihm besitzt die Kraft, eine solche Waffe zu führen! Durchbohre sie, mein Freund! Durchbohre sie!» Ich galoppierte also zum Angriff, und meine riesenhafte Lanze zielte geradewegs auf die empfindlichste Stelle der Französin, und ich stieß mit mächtigen Stößen gegen sie, schnell und zielbewußt, und im Nu hatte ich sie durchbohrt, und sie schrie um Gnade. Aber ich war nicht willens, ihr Gnade zu gewähren. Angefeuert von den Hurra-Rufen des Königs und seiner Hofleute trieb ich meine stählerne Lanze zehntausendmal in den sich windenden Leib, und dann abermals zehntausendmal, und ich hörte, wie die Hofleute schrien: «Vorwärts, Sir Oswald! Vorwärts, hau zu!» Und dann kam die Stimme des Königs und sagte: «Bei Gott, mich deucht, der brave Bursche zerschmettert seine tüchtige Lanze, wenn er das Spiel nicht alsbald beendet!» Aber meine Lanze brach und splitterte nicht, und in einem gloriosen Finale spießte ich die riesige Franzmännin auf das spitze Ende meiner treuen Waffe und machte eine Ehrenrunde durch die Kampfbahn, wobei ich ihren Leib zu den Beifallsrufen hoch über meinem Kopf schwenkte. Dazu brauchte ich, wie Sie sich sicher ausmalen können, meine Zeit. Ich hatte freilich nicht den leisesten Schimmer, wie lange das gewesen sein mochte, doch als ich endlich wieder auftauchte, sprang ich aus dem Bett, blieb triumphierend stehen und blickte auf mein niedergestrecktes Opfer. Das Mädchen keuchte wie ein Reh nach der Treibjagd, und ich machte mir schon Sorgen, daß ich sie verletzt hätte. Leid getan hätte es mir allerdings nicht.

«Nun, Mademoiselle», sagte ich, «bin ich immer noch ein Kindergarten?»

«O nein!» rief sie und knotete ihre langen Glieder wieder auseinander. «O nein, Monsieur! Nein, nein, nein! Sie sind leidenschaftlich, und Sie sind wunderbar, und ich habe das Gefühl, mein Kessel ist explodiert.»

Das erfüllte mich mit Befriedigung. Ich verließ sie ohne ein weiteres Wort und huschte den Korridor entlang in mein eigenes Zimmer. Was für ein Triumph! Das Pulver war phantastisch! Der Major hatte recht gehabt! Und der Portier in Khartum hatte mich nicht betrogen! Ich war auf dem besten Wege zum Goldtopf, und nichts sollte mich mehr aufhalten. Mit solchen angenehmen Gedanken schlief ich ein.

Sofort am nächsten Morgen begann ich, die Sache in Gang zu bringen. Sie erinnern sich sicher daran, daß ich ein naturwissenschaftliches Stipendium besaß. Ich kannte mich deshalb vorzüglich aus in Physik und Chemie und in verschiedenen anderen Sachen, aber Chemie war immer mein bestes Fach gewesen. Ich wußte deshalb schon alles über die einfache Herstellung einer Pille. Im Jahre 1912, in dem wir uns jetzt befinden, war es unter den Apothekern noch Sitte, die Pillen nach entsprechenden Rezepten selbst zu drehen, und zu diesem Zweck benutzten sie auch eine sogenannte Pillenmaschine. Ich ging also an diesem Vormittag in Paris einkaufen, und nach einigem Suchen entdeckte ich auf dem linken Ufer in einer Seitenstraße einen Laden mit gebrauchten pharmazeutischen Apparaten. Ich erstand eine vorzügliche kleine Pillenmaschine, mit der man, wie sich herausstellte, sehr anständige professionelle Pillen herstellen konnte, immer vierundzwanzig Stück auf einmal. Außerdem kaufte ich noch eine Apothekerwaage.

Als nächstes suchte ich mir eine Apotheke, in der ich einen großen Vorrat Schlemmkreide und einen kleinen Vorrat Tragantgummi kaufte. Außerdem erstand ich noch eine Flasche Koschenille-Farbe. All das schaffte ich in mein Zimmer, räumte dann den Frisiertisch ab und baute meine Zutaten und meine Apparate ordnungsgemäß auf.

Wenn man die Methode beherrscht, ist die Pillenherstellung ziemlich einfach. Die Schlemmkreide, die neutral und vollkommen unschädlich ist, stellt den Körper einer Pille dar. Dann fügt man die präzise abgewogene Menge des Wirkstoffs hinzu, was in meinem Fall das Cantharidin-Pulver war. Und schließlich kommt das Tragantgummi als Bindemittel dazu. Das Bindemittel kann man mit

Zement vergleichen, es sorgt dafür, daß alles zusammenhält und sich zu einer attraktiven Pille festigt. Ich wog von allen Zutaten die ausreichenden Mengen für vierundzwanzig ziemlich große und eindrucksvolle Pillen ab. Ich rundete die ganze Geschichte mit ein paar Tropfen Koschenille ab, einem gänzlich geschmacklosen leuchtendroten Farbstoff. Dann vermengte ich alles gut und gründlich in einer Schüssel und füllte die Mischung in meine Pillenmaschine. Im Handumdrehen lagen vierundzwanzig große rote Pillen vor mir, vollkommen rund und hart. Und wenn ich alles richtig abgemessen und vermengt hatte, so enthielt jede Pille genauso viel Cantharidin-Pulver, wie auf einem Stecknadelkopf Platz hat. Mit anderen Worten: Jede einzelne Pille war ein hochwirksames und explosives Aphrodisiakum.

Ich hatte aber trotzdem noch nicht alles für den ersten Schritt bereit.

Ich wanderte wieder durch die Straßen von Paris und entdeckte eine kleine Kartonagenfabrik. Dort kaufte ich tausend kleine runde Pappschachteln, drei Zentimeter im Durchmesser. Watte kaufte ich auch.

Als nächstes ging ich zu einem Drucker und bestellte tausend kleine runde Aufkleber. Auf jeden Aufkleber ließ ich folgenden Text drucken:

PROFESSOR
YUSUPOFFS
POTENZPILLEN

Diese Pillen sind von
außergewöhnlicher Wirkungskraft.
Man verwende sie sparsam, andernfalls treibt
man sich wie auch den Partner an den Rand der
Erschöpfung. Empfohlene Dosis: eine Pille
pro Woche. Exklusivvertrieb
für Europa:
O. Cornelius,
192 Avenue Marceau
Paris

Die Aufkleber paßten genau auf die Deckel meiner Pappschächtelchen.

Zwei Tage später holte ich die Aufkleber ab, kaufte einen Topf

Klebstoff, kehrte in mein Zimmer zurück und klebte vierundzwanzig Aufkleber auf vierundzwanzig Schachteldeckel. Dann machte ich in jeder Schachtel ein Bett aus weißer Watte, legte in jedes weiße Wattebett eine einzige scharlachrote Pille und schloß den Deckel.

Jetzt war ich fertig.

Sie haben sicher längst erraten, daß ich im Begriff war, die Welt des Handels zu betreten. Ich hatte im Sinn, meine Potenzpillen einer Kundschaft anzubieten, die in kürzester Zeit mehr und immer mehr verlangen würde. Ich beabsichtigte, meine Ware individuell zu verkaufen, immer nur eine in jeder Schachtel, und ich hatte vor, einen exorbitanten Preis zu verlangen.

Und meine Kunden? Wo sollten sie herkommen? Wie wollte es ein siebzehnjähriger Junge in einer fremden Stadt anfangen, für diese Wunderpillen überhaupt eine Kundschaft zu finden? Nun, das schien mir kein Problem zu sein. Ich brauchte nur eine einzige Person vom richtigen Typ zu finden und eine einzige Pille ausprobieren zu lassen, dann würde der entzückte Empfänger schon von selber zurückgesaust kommen und einen zweiten Happen verlangen. Er würde die Neuigkeit außerdem unterderhand seinen Freunden mitteilen, und so mußte sich die frohe Kunde wie ein Steppenbrand ausbreiten.

Ich wußte auch schon, wer mein erstes Opfer sein würde.

Ich habe Ihnen noch nicht berichtet, daß mein Vater, William Cornelius, in diplomatischen Diensten stand. Er besaß zwar kein eigenes Vermögen, aber er war ein geschickter Diplomat, und er brachte es fertig, von seinem Gehalt sehr angenehm zu leben. Er war zuletzt als Botschafter in Dänemark gewesen, und für den Augenblick hatten sie ihn wieder nach London geholt, ins Foreign Office, wo er irgendein Büro bekommen hatte und darauf wartete, einen neuen und besser dotierten Posten zu erhalten. Der augenblickliche britische Botschafter in Frankreich war jemand namens Sir Charles Makepiece. Er war ein alter Freund meines Vaters, und vor meiner Abreise aus England hatte mein Vater Sir Charles einen Brief geschrieben und ihn gebeten, ein Auge auf mich zu haben.

Ich wußte jetzt, wie ich vorgehen mußte, und ich nahm die Sache sofort in Angriff. Ich zog meinen besten Anzug an und machte mich auf den Weg zur Britischen Botschaft. Ich wagte mich natürlich nicht zum offiziellen Eingang, sondern klopfte an die Haustür der Residenz des Botschafters, die im gleichen, sehr eindrucksvollen Gebäude lag wie die Kanzlei, aber auf der Rückseite. Es war vier Uhr nachmittags. Ein unterwürfiger Bursche in weißen Kniehosen und einem roten Rock mit Goldknöpfen machte die Tür auf und glotzte mich an. Ich hatte keine Visitenkarte, aber irgendwie schaffte ich es, die Nachricht in seinen Kopf zu kriegen, daß meine Eltern gute Freunde von Sir Charles und Lady Makepiece seien und ob er die gnädige Frau gütigst davon unterrichten könne, daß Oswald Cornelius, Esquire, ihr seine Aufwartung machen wolle.

Ich wurde in eine Art Vestibül geführt, wo ich mich hinsetzte und wartete. Nach fünf Minuten fegte Lady Makepiece in einem Geflirr aus Seide und Chiffon in den Raum. «Wie schön, wie schön!» rief sie und nahm meine beiden Hände in die ihren. «Sie sind also der Sohn von William! Er hat immer einen guten Geschmack gehabt, der alte Schurke! Wir haben seinen Brief bekommen, und wir haben schon darauf gewartet, daß Sie sich bei uns melden.»

Sie war eine imposante Person. Natürlich nicht mehr jung, aber auch noch kein Fossil. Ich schätzte sie auf vierzig. Sie hatte eins von diesen verwirrenden alterslosen Gesichtern, die aussehen wie aus Marmor gehauen, und der Torso darunter verjüngte sich zu einer Taille, die ich mit meinen beiden Händen hätte umspannen können. Sie musterte mich mit einem einzigen schnellen, durchdringenden Blick, und sie schien mit dem, was sie zu sehen bekam, zufrieden zu sein, denn als nächstes sagte sie: «Kommen Sie doch herein, Sohn von William, dann trinken wir eine Tasse Tee und können ein wenig plaudern.»

Sie nahm mich bei der Hand und führte mich durch eine Reihe von weitläufigen und erstklassig eingerichteten Räumen, bis wir in einem wesentlich kleineren landeten, sehr gemütlich mit einem Sofa und Armsesseln ausgestattet. An der einen Wand hing ein Pastell von Boucher, und an der anderen ein Aquarell von Fragonard. «Dies», verkündete sie, «ist mein eigenes kleines privates Studio. Von hier aus organisiere ich das gesellschaftliche Leben der Botschaft.»

Ich lächelte und blinzelte und setzte mich auf das Sofa. Einer von diesen kostümierten Lakaien brachte Tee und kleine Brötchen auf einem Silbertablett. Lady Makepiece setzte sich neben mich und goß uns Tee ein. «Jetzt erzählen Sie mir alles von sich», sagte sie.

Dann folgte eine ganze Reihe von Fragen und Antworten, die meine Familie und mich betrafen. Es war alles ziemlich banal, aber ich wußte, daß ich das wegen meines großen Plans alles durchstehen mußte. So ging das vielleicht vierzig Minuten lang, wobei mir Ihre Ladyschaft ständig mit einer juwelenbestückten Hand auf den Schenkel klopfte, wenn sie irgend etwas nachdrücklich betonen wollte. Schließlich blieb diese Hand auf meinem Oberschenkel liegen, und ich spürte einen leichten Fingerdruck. Hoho, dachte ich. Was hat die alte Krähe denn im Sinn? Dann sprang sie plötzlich auf und begann nervös im Zimmer hin- und herzurennen. Ich blieb sitzen und beobachtete sie. Hin und her sauste sie, die Hände ineinander verkrampft, mit zurückgerissenem Kopf und wogendem Busen. Sie kam mir vor wie eine aufgezogene Feder. Ich wußte allerdings nicht, was ich davon halten sollte.

«Ich glaube, ich gehe jetzt lieber», sagte ich und stand auf.

«Nein, nein! Gehen Sie nicht!»

Ich setzte mich wieder.

«Haben Sie meinen Mann schon kennengelernt?» brach es aus ihr hervor. «Ganz offensichtlich nicht. Sie sind ja gerade erst angekommen. Er ist ein reizender Mensch. Ein geistreicher Kopf. Aber er kommt in die Jahre, das arme Herz, und er kann sich nicht mehr so viel Bewegung verschaffen, wie er das früher getan hat.»

«Pech», sagte ich, «kein Polo mehr und kein Tennis.»

«Nicht einmal Pingpong», erwiderte sie.

«Niemand entgeht dem Alter», sagte ich.

«Wirklich nicht. Aber es dreht sich um folgendes.» Sie hielt inne und wartete.

Ich wartete auch.

Wir warteten also beide. Es herrschte ein ziemlich langes Schweigen.

Ich hatte keine Ahnung, was ich mit diesem Schweigen anfangen sollte. Es machte mich ganz kribbelig. «Worum dreht es sich, Madame?» fragte ich.

«Merken Sie denn nicht, daß ich Sie etwas zu fragen versuche?» hauchte sie schließlich.

Darauf fiel mir erst recht keine Antwort ein, und deshalb nahm ich mir noch eins von den kleinen Butterbroten und verzehrte es langsam.

«Ich möchte Sie um einen Gefallen bitten, *mon petit garçon*», sagte sie, «Sie sind vermutlich ein guter Sportler?»

«Ganz gut», erwiderte ich und richtete mich schon seelisch darauf ein, mit ihr Tennis spielen zu müssen. Oder Pingpong.

«Und es würde Ihnen nichts ausmachen?»

«Überhaupt nichts. Es wäre mir ein Vergnügen.» Es war ja notwendig, sie bei guter Laune zu halten. Ich war nur darauf aus, den Botschafter kennenzulernen. Der Botschafter war mein Ziel. Ihn hatte ich mir ausgesucht, er sollte die erste Pille bekommen und auf diese Art und Weise die ganze Lawine auslösen. An ihn kam ich aber nur über sie heran.

«Ich verlange schließlich nicht viel», sagte sie.

«Stets zu Ihren Diensten, Madame.»

«Und es ist wirklich Ihr Ernst?»

«Selbstverständlich.»

«Sie haben gesagt, Sie sind ein guter Sportler ...»

«Ich hab für meine Schule Rugby gespielt», antwortete ich, «und Kricket. Und ich bin ein ziemlich fixer Kegelschieber.»

Sie hörte mit dem Hinundhergerenne auf und warf mir einen langen Blick zu.

In diesem Augenblick begann irgendwo in meinem Schädel eine kleine Warnglocke zu bimmeln. Ich achtete jedoch nicht darauf. Was auch passierte, ich durfte mich diesem Weib nicht widersetzen.

«Rugby spiele ich leider nicht», sagte sie, «und Kricket auch nicht.»

«In Tennis bin ich aber auch nicht schlecht», entgegnete ich, «nur, ich hab meine Schläger nicht mit.» Ich nahm mir noch ein Brötchen. Ich mochte die scharfe Sardellenpaste so gern. «Mein Vater behauptet immer, Sardellenpaste zerstört einem den Geschmack», sagte ich und kaute mit vollen Backen, «er will sie nicht einmal im Haus haben. Mir dagegen schmeckt sie fabelhaft.»

Sie holte einmal tief Luft, und ihre Brüste blähten sich wie zwei gewaltige Luftballons. «Ich werde Ihnen sagen, was ich möchte», flüsterte sie sanft, «ich möchte, daß sie mich ficken, und ficken und ficken! Ich möchte, daß Sie mich zu Tode ficken! Ich möchte, daß Sie es sofort tun! Auf der Stelle! Rasch!»

Du liebe Güte, dachte ich. Geht das schon wieder los!

«Sie brauchen nicht schockiert zu sein, mein lieber Junge.»

«Ich bin nicht schockiert.»

«O doch, das sind Sie wohl. Ich kann es Ihnen ansehen. Ich hätte Sie nie darum bitten dürfen. Sie sind noch so jung. Sie sind viel zu jung. Wie alt sind Sie denn? Nein, sagen Sie's mir nicht. Ich möchte es nicht wissen. Sie sind köstlich, aber Schuljungen sind verbotene Früchte. Was für ein Jammer. Es ist ganz offensichtlich, daß Sie noch nicht in die leidenschaftliche Welt der Frauen eingetreten sind. Ich glaube nicht einmal, daß Sie schon jemals eine berührt haben.»

Das reizte mich. «Sie irren, Lady Makepiece», erwiderte ich, «ich habe mich auf beiden Seiten des Kanals mit Damen vergnügt. Selbst in einem Schiff auf hoher See.»

«Aber, aber, Sie schlimmer Junge! Das glaub ich Ihnen nicht!»

Ich saß immer noch auf dem Sofa. Sie stand über mir. Ihr großer roter Mund war offen, und sie begann heftig zu atmen. «Sie verstehen doch, daß ich nie davon gesprochen hätte, wenn Charles nicht schon etwas ... schon jenseits wäre, nicht wahr?»

«Aber natürlich verstehe ich das», sagte ich und rutschte ein wenig zur Seite, «ich verstehe das sehr gut. Sie haben mein vollstes Mitgefühl. Ich mache Ihnen nicht die geringsten Vorwürfe.»

«Und das meinen Sie wirklich?»

«Natürlich.»

«Oh, Sie prächtiger Junge!» rief sie aus und stürzte sich wie eine Tigerin auf mich.

Über das Gerangel, das jetzt folgte, gibt es eigentlich nichts besonderes Erhellendes zu berichten, außer vielleicht die Tatsache, daß mich Ihre Ladyschaft mit ihrer Sofaarbeit wirklich in Erstaunen versetzte. Bis zu diesem Moment hatte ich das Sofa immer als ziemlich miesen Spielplatz betrachtet, obgleich der Himmel weiß, daß ich oft genug gar nicht umhin konnte, es mit irgendeiner Londoner Debütantin zu benutzen, während die Eltern im ersten Stock behaglich schnarchten. Für mich war ein Sofa ein scheußlich ungemütliches Möbelstück, das einen an drei Seiten durch gepolsterte Wände einengte und eine horizontale Ebene besaß, die so schmal war, daß man beständig auf den Fußboden kollerte. Lady Makepiece jedoch war eine Sofahexe. Unter ihr wurde das Sofa zu einem Turnbock, auf dem man sprang und grätschte und wippte und hangelte und die verblüffendsten Verrenkungen zustande bekam.

«Sind Sie mal Turnlehrerin gewesen?» fragte ich sie.

«Halten Sie den Mund und konzentrieren Sie sich!» antwortete sie und rollte mich wie einen Blätterteig auf die andere Seite. Ich hatte nur Glück, daß ich noch jung und gelenkig war, sonst, davon bin ich fest überzeugt, hätte sie mir alle Knochen gebrochen. Und dabei mußte ich an den armen alten Sir Charles denken und an alles, was er seinerzeit durchgemacht haben mochte. Kein Wunder, daß er beschlossen hatte, sich frühzeitig einzumotten. Aber warte nur, dachte ich, wenn er erst einmal den alten Ölkäfer intus hat! Dann wird sie es sein, die um Hilfe schreit und nicht mehr er.

Lady Makepiece entpuppte sich außerdem als Verwandlungskünstlerin. Ein paar Minuten nach unseren kleinen Kapriolen saß sie wieder aufrecht vor ihrem zierlichen Louis Quinze-Schreibtisch und sah so wohlerzogen und gelassen aus wie in den ersten Augenblicken unserer Bekanntschaft. Sie hatte jetzt ihren Dampf abgelassen, und auf ihrem Antlitz lag der schläfrige, aber zufriedene Ausdruck einer Boa constrictor, die gerade eine Ratte bei lebendigem Leib verschlungen hat.

«Schauen Sie», sagte sie, indem sie einen Zettel studierte, «morgen geben wir eine einigermaßen festliche Abendeinladung, es ist nämlich Mafeking Day.»

«Aber Mafeking ist doch vor zwölf Jahren befreit worden», sagte ich.

«Wir feiern es immer noch», entgegnete sie, «ich wollte nur sagen, Admiral Joubert hat abgesagt. Er muß seine Flotte im Mittelmeer inspizieren. Hätten Sie Lust, an seiner Stelle zu kommen?»

Ich konnte mich gerade noch zurückhalten, lauthals hurra zu schreien. Genau das hatte ich mir gewünscht. «Es wäre mir eine große Ehre», sagte ich.

«Die meisten Minister der Regierung werden da sein», fuhr sie fort, «und alle wichtigen Botschafter. Haben Sie einen Frack?»

«Ja», erwiderte ich. In jenen Tagen ging man immer mit vollständiger Abendkleidung im Gepäck auf Reisen, selbst in meinem Alter.

«Gut», sagte sie und schrieb meinen Namen auf die Gästeliste, «also morgen abend um acht Uhr. Auf Wiedersehen, mein kleiner Gentleman. War sehr hübsch, Sie kennenzulernen.» Damit vertiefte sie sich wieder in ihre Gästeliste, und ich suchte mir allein den Weg zur Haustür.

# 4

Am nächsten Abend fand ich mich pünktlich um acht Uhr in der Botschaft ein. Ich war vorschriftsmäßig aufgeputzt, mit steifer Frackbrust und weißer Masche und allem Drum und Dran. Damals hatten die Frackjacken noch eine tiefe Tasche in jedem Schwalbenschwanz, und in diese Taschen hatte ich insgesamt zwölf kleine Schachteln gesteckt, jede mit einer einzigen Pille als Inhalt. Die Botschaft erstrahlte im Lichterglanz, und aus allen Richtungen rollten die Wagen auf das Eingangstor zu. Überall wimmelte es von uniformierten Lakaien. Ich marschierte hinein und schloß mich der Begrüßungsschlange an.

«Mein lieber Junge», sagte Lady Makepiece, «sehr erfreut, daß Sie kommen konnten. Charles, dies ist Oswald Cornelius, der Sohn von William.»

Sir Charles Makepiece war ein zarter kleiner Bursche mit einem mächtigen Kopf voller prächtiger weißer Haare. Seine Haut hatte die Farbe von blassen Keksen und wirkte ungesund und krümelig, als ob ihn jemand ganz leicht mit braunem Zucker bestreut hätte. Das ganze Gesicht war von der Stirn bis zum Kinn kreuz und quer von tiefen, feinen Fältchen durchzogen, und dies, im Verein mit seiner blonden Krümelhaut, ließ ihn wie eine Terrakotta-Büste aussehen, die gerade im Begriff ist, zu Staub zu zerfallen.

«Sie sind also der Sohn von William, aha», sagte er und schüttelte mir die Hand, «wie kommen Sie denn in Paris zurecht? Wenn ich was für Sie tun kann, lassen Sie es mich doch wissen.»

Ich schob mich in die glitzernde Menge. Ich schien das einzige männliche Wesen unter den Anwesenden zu sein, das nicht mit Orden und Ordensschärpen bedeckt war. Wir standen herum und tranken Champagner. Dann gingen wir zum Essen. Dieses Eßzimmer war wirklich ein Anblick. Etwa hundert Gäste saßen zu beiden Seiten einer Tafel, die so lang war wie zwei Kricket-Torfelder. Kleine Tischkarten sagten uns, wo wir saßen. Ich fand mich zwischen zwei unglaublich häßlichen alten Weibern wieder. Die eine war die Frau des bulgarischen Botschafters und die andere eine Tante des Königs von Spanien. Ich konzentrierte mich auf das Essen, das ausgezeichnet war. Ich kann mich heute noch an die große Trüffel erinnern, so groß wie ein Golfball, die in einem kleinen feuerfesten Deckeltopf in Weißwein gebacken war. Und an die Art und Weise, in der der pochierte Heilbutt nur so kurz und superb gegart war, daß er im Inneren fast roh, aber trotzdem sehr heiß war. Die Engländer und Amerikaner kochen ihren Fisch unweigerlich zu lange. Und dann die Weine! Die blieben einem auch in Erinnerung, diese Weine.

Aber was, bitte schön, konnte der siebzehnjährige Oswald Cornelius schon von Weinen verstehen? Eine gerechtfertigte Frage. Und trotzdem lautet die Antwort, daß er ziemlich viel davon verstand. Ich habe Ihnen allerdings noch nicht erzählt, daß mein eigener Vater Wein mehr liebte als alles andere auf der Welt, Frauen eingeschlossen. Er war, glaube ich, ein echter Experte. Seine Leidenschaft galt dem Wein aus Burgund. Er verehrte auch die Bordeaux-Weine, aber er vertrat die Ansicht, daß selbst die größten Weine jener Gegend immer etwas Weibliches an sich hätten. «Bordeaux-Weine», pflegte er zu sagen, «mögen das schönere Antlitz und die bessere Figur haben, die Weine aus dem Burgund dagegen haben Muskeln und Sehnen.»

Als ich vierzehn war, hatte er begonnen, mich an seiner Wein-Leidenschaft teilnehmen zu lassen, und erst im vergangenen September, zur Erntezeit, hatte er mich auf eine zehntägige Fußreise durch Burgund mitgenommen. In Chagny waren wir aufgebrochen und von dort aus ohne bestimmten Zeitplan nach Norden gewandert, Richtung Dijon, so daß wir in der darauffolgenden Woche die Côte de Nuits in ihrer ganzen Länge durchquert hatten. Das war eine aufregende Erfahrung. Wir wanderten nicht auf der Hauptstraße entlang, sondern hielten uns an die engen, von Wagenspuren gekerbten Wege, die uns praktisch an jeder großen Lage jenes berühmten goldenen Bergzugs entlangführten, zuerst Montrachet, dann Meursault, dann Pommard und zum Schluß verbrachten wir eine Nacht in einem wunderbaren kleinen Hotel in Beaune, wo wir *écrevisses* aßen, die in Weißwein schwammen, und dicke Scheiben *foie gras* auf gebuttertem Toast.

Ich kann mich noch daran erinnern, wie wir beide am nächsten Tag unser Mittagsbrot auf der weißen Grenzmauer von Romanée Conti verzehrten – kaltes Huhn, französisches Brot, ein *fromage dur* und dazu eine Flasche von eben dem Romanée Conti. Wir breiteten unser Picknick auf der Mauer aus und stellten die Flasche mit zwei ordentlichen Weingläsern daneben. Mein Vater zog den Korken heraus und goß uns Wein ein, während ich versuchte, so geschickt wie möglich das Hühnchen zu zerlegen. Und dann saßen wir in der warmen Herbstsonne und schauten den Winzern zu, die sich die Rebreihen entlangarbeiteten, immer wieder die Körbe füllten und zum Ende der Reihen brachten, wo die Weintrauben in größere Körbe gekippt wurden, die dann wiederum in Karren geleert wurden, vor denen hellbraune Pferde standen. Ich kann mich noch daran erinnern, wie mein Vater auf der Mauer saß, ein halbabgenagtes Hühnerbein in Richtung dieser glänzenden Szene schwenkte, und sagte: «Du sitzt hier, mein Junge, am Rande des berühmtesten Landstücks der ganzen Welt. Schau es dir an! Viereinhalb Hektar Kiesel und roter Lehm! Das ist alles! Aber diese Weintrauben, die sie jetzt gerade pflücken, werden einen Wein ergeben, der die höchste Blüte des Weins darstellt. Er ist fast unerschwinglich, weil so wenig davon gemacht wird. Diese Flasche, die wir jetzt trinken, ist elf Jahre alt und stammt von hier. Steck deine Nase rein! Atme das Bouquet! Probier einen Schluck! Trink ihn! Aber versuch nie, ihn zu beschreiben! Es ist unmöglich, so einen

Duft in Worte zu fassen. Wenn man einen Romanée Conti trinkt, so ist das wie ein Orgasmus in Mund und Nase gleichzeitig.»

Ich hatte es zu gern, wenn sich mein Vater in so etwas hineinsteigerte. Bei seinen Worten begann mir schon frühzeitig klarzuwerden, wie wichtig es ist, daß man Leidenschaft für das Leben empfindet. Mein Vater zeigte mir, daß man sich mit Leib und Seele hineinstürzen muß, wenn man sich für etwas begeistert, gleichgültig, um was es sich handelt. Umschling es mit beiden Armen, drück es an dich, schenk ihm deine Liebe und vor allem deine Leidenschaft. Lau ist des Teufels. Warm ist auch nicht viel besser. Glühend vor Leidenschaft, das ist das einzige, was gilt.

Wir besuchten Clos de Vougeot und Bonnes-Mares und Clos de la Roche und Chambertin und viele andere herrliche Orte. Wir stiegen in die Keller der Weingüter hinab und kosteten den Wein des Vorjahres aus den Fässern. Wir schauten zu, wie die Trauben in den gewaltigen Schraubenpressen, die von sechs Männern bedient werden mußten, gekeltert wurden. Wir sahen den Most aus der Presse in die großen Holzfässer rinnen, und in Chambolle-Musigny, wo sie mit der Weinlese eine Woche früher als an den anderen Orten begonnen hatten, erlebten wir mit, wie der Traubenmost in den kolossalen, zwölf Fuß hohen Holzfässern lebendig wurde, wie er schäumte und perlte und auf seine eigene geheimnisvolle Art und Weise den Zucker in Alkohol verwandelte. Noch während wir davorstanden und ihn betrachteten, geriet der Most in Gärung, und das Wallen und Brausen nahm eine solche stürmische Kraft an, daß ein paar Männer auf jedes Faß kletterten und sich auf die Deckel setzen mußten, um sie zuzuhalten.

Aber ich schweife schon wieder ab. Ich muß zu meiner Geschichte zurückkehren. Ich wollte Ihnen auch nur rasch demonstrieren, daß ich trotz meiner zarten Jugend durchaus imstande war, die Qualität der Weine, die ich an jenem Abend in der Britischen Botschaft in Paris trank, voll zu schätzen. Sie waren in der Tat erinnerungswürdig.

Wir begannen mit einem Chablis Grand Cru «Grenouilles». Dann folgte ein Latour, dann ein Richebourg. Und zum Dessert gab es einen sehr alten Yquem. Ich kann mich nicht mehr an die

Jahrgänge erinnern, aber es waren allesamt Weine der Prä-Phylloxerazeit.*

Nach dem Dinner wurden die Damen von Lady Makepiece aus dem Raum geführt. Sir Charles trieb die Herren in einen benachbarten riesenhaften Salon, wo man Portwein und Brandy und Kaffee trank. Im Salon begannen sich die Herren in Gruppen zusammenzufinden, und ich mogelte mich rasch in die Nähe des Gastgebers.

«Ah, da sind Sie ja, mein Junge», sagte er, «kommen Sie, setzen Sie sich neben mich.»

Ausgezeichnet.

Wir waren elf in dieser bestimmten Gruppe, ich eingeschlossen, und Sir Charles war so freundlich, mich der Reihe nach allen Herren vorzustellen. «Dies ist der junge Oswald Cornelius», sagte er, «sein Vater war unser Mann in Kopenhagen. Oswald, ich möchte Sie dem deutschen Botschafter vorstellen.» Ich wurde dem deutschen Botschafter vorgestellt. Dann wurde ich dem italienischen Botschafter, dem ungarischen Botschafter, dem russischen Botschafter, dem peruanischen Botschafter und dem mexikanischen Botschafter vorgestellt. Danach dem französischen Außenminister, einem französischen General und schließlich einem kuriosen kleinen dunkelhäutigen Herrn aus Japan, der schlicht als Mr. Mitsouko bezeichnet wurde. Sie sprachen alle Englisch, sie hatten es wohl aus Höflichkeit gegenüber dem Gastgeber zur Sprache des Abends gemacht.

«Gießen Sie sich ein Glas Portwein ein, junger Mann», sagte Charles Makepiece zu mir, «und reichen Sie ihn dann rum.»

Ich goß mir etwas Portwein ein und gab die Karaffe vorsichtig nach links weiter. «Das ist eine sehr anständige Flasche. Fonseca 87. Ihr Vater hat mir berichtet, daß Sie ein Stipendium in Trinity haben. Ist das richtig?»

«Ja, Sir», antwortete ich. In jedem Augenblick konnte mein Stichwort fallen. Ich durfte es nicht verpassen. Ich mußte mich draufstürzen.

* 1875 begann die Reblaus, die Phylloxera, den größten Teil des französischen Weinbaugebiets zu verheeren, und nachdem neue Pflanzen, auf amerikanische, reblausfeste Wurzelstöcke gepfropft, wieder trugen, brach der Erste Weltkrieg aus.

«Was studieren Sie?» fragte mich Sir Charles.

«Naturwissenschaften, Sir», antwortete ich. Dann ergriff ich die Gelegenheit sofort am Schlafittchen. «Und es ist im Augenblick so», begann ich, indem ich meine Stimme gerade so weit erhob, daß mich jedermann im Salon verstehen konnte, «daß sie dort in den Laboratorien absolut sensationelle Forschungen betreiben. Natürlich geheim. Aber wenn Sie wüßten, was sie dort gerade entdeckt haben, Sie würden es nicht für möglich halten.»

Zehn Köpfe erhoben sich, und zehn Paar Augen lösten sich von Portweingläsern und Mokkatassen und betrachteten mich mit mildem Interesse.

«Ich hab gar nicht gewußt, daß Sie schon studieren», sagte Sir Charles, «ich dachte, Sie müßten noch ein Jahr warten und wären deshalb hierhergekommen.»

«Das stimmt», antwortete ich, «aber mein zukünftiger Tutor hat mir schon erlaubt, den größten Teil des letzten Semesters in den Chemie-Laboratorien zu arbeiten. Das ist nämlich mein Lieblingsfach, Chemie.»

«Und was, wenn ich fragen darf, haben Sie da so Bemerkenswertes und Geheimnisvolles entdeckt?» Die Stimme von Sir Charles klang jetzt etwas spöttisch, aber wer wollte ihm das schließlich auch verdenken?

«Nun, Sir», murmelte ich und brach dann voll Absicht ab.

Ein paar Sekunden lang herrschte Stille. Die neun ausländischen und der britische Botschafter saßen ruhig da und warteten höflich darauf, daß ich fortfuhr. Sie betrachteten mich mit einer Mischung aus Duldsamkeit und Amüsement. Dieser junge Bursche, schienen sie sich zu denken, ist ganz schön keck, sich so vor uns aufzublasen. Aber wir wollen ihm ruhig einmal zuhören. Immer noch besser, als über Politik zu reden.

«Sie wollen mir doch nicht weismachen, daß man einen Burschen in Ihrem Alter mit Geheimnissen betraut hat», sagte Sir Charles und zerknitterte sein Terrakotta-Gesicht zu einem Lächeln.

«Es sind ja keine militärischen Geheimnisse, Sir», antwortete ich, «einem Feind des Landes würden sie nichts nützen. Dies sind Geheimnisse, die der ganzen Menschheit helfen könnten.»

«Dann können Sie uns ja ruhig davon erzählen», entgegnete Sir

Charles und steckte sich eine riesenlange Zigarre an, «Sie haben hier das beste Publikum, alle sind gespannt.»

«Ich glaube, es ist der größte wissenschaftliche Durchbruch seit Pasteur», sagte ich, «er wird die ganze Welt verändern.»

Der französische Außenminister gab ein scharfes Pfeifen von sich, indem er die Luft kräftig in die behaarten Nasenlöcher zog. «Sie haben jetzt im Moment einen zweiten Pasteuer in England?» fragte er. «Wenn das so ist, so würde es mich wirklich interessieren, etwas über ihn zu erfahren.» Er war ein aalglatter, gerissener Franzose, dieser Außenminister, und scharf wie eine Rasierklinge. Ich würde ihn im Auge behalten müssen.

«Wenn die Welt gerade auf den Kopf gestellt wird», sagte Sir Charles, «dann bin ich allerdings ein wenig verwundert, daß diese Information noch nicht auf meinem Schreibtisch gelandet ist.»

Halt dich zurück, Oswald, warnte ich mich. Kaum hast du angefangen, da trägst du auch schon viel zu dick auf!

«Ich bitte um Vergebung, Sir, aber es dreht sich ja gerade darum, daß er noch nichts veröffentlicht hat.»

«Wer hat noch nichts veröffentlicht? Und wer ist er?»

«Professor Yusupoff, Sir.»

Der russische Botschafter stellte sein Portweinglas ab und fragte: «Yusupoff? Ist das ein Russe?»

«Ja, Sir, er ist Russe.»

«Und warum habe ich dann noch nichts von ihm gehört?»

Ich hatte noch nicht vor, mich mit diesem schwarzäugigen und schwarzbärtigen Kosaken einzulassen, und deshalb schwieg ich still.

«Nun vorwärts, junger Mann», sagte Sir Charles, «erzählen Sie uns von dem größten wissenschaftlichen Durchbruch der Gegenwart. Sie dürfen uns nicht länger auf die Folter spannen.»

Ich holte ein paarmal tief Luft und trank einen Schluck Portwein. Dies war der große Augenblick. Hoffentlich vermasselte ich nicht alles.

«Professor Yusupoff», begann ich, «hat sich seit Jahren mit der Theorie beschäftigt, daß die Samenkerne des Granatapfels einen Wirkstoff mit ungeheuer regenerierenden Eigenschaften besitzen.»

«In meinem Land gibt es Millionen und aber Millionen Granatäpfel!» rief der italienische Botschafter aus und machte ein selbstgefälliges Gesicht.

«Halt den Mund, Emilio», sagte Sir Charles, «laß den Jungen weiterreden.»

«Professor Yusupoff», fuhr ich fort, «hat sich seit siebenundzwanzig Jahren dem Studium der Granatapfelkerne gewidmet. Er ist geradezu besessen gewesen. Er hat sogar im Labor geschlafen. Sein Privatleben hat er vollkommen vernachlässigt, er hat auch nie geheiratet. Er hat buchstäblich in Granatäpfeln und Granatapfelkernen gelebt.»

«Entschuldigen Sie mich bitte», sagte der kleine Japaner, «aber warum Granatäpfel? Warum nicht Weintrauben oder schwarze Johannisbeeren?»

«Auf diese Frage weiß ich keine Antwort, Sir», erwiderte ich, «ich glaube, es ist einfach das gewesen, was man als Eingebung bezeichnet.»

«Ziemlich lange Zeit für eine Eingebung», bemerkte Sir Charles, «aber fahren Sie fort, mein Junge. Wir wollen Sie nicht unterbrechen.»

«Im vorigen Januar», erzählte ich weiter, «ist die Hartnäckigkeit des Professors endlich belohnt worden. Er hat folgendes gemacht. Er hat den Kern eines Granatapfels zerschnitten und das Innere Stück für Stück unter dem leistungsstärksten Mikroskop, das ihm zur Verfügung stand, untersucht. Und erst dabei hat er erkennen können, daß es im Herzen des Kerns ein winziges Stück rote Pflanzenzellulose gibt, die ihm bisher entgangen war. Er hat sich sofort darangemacht, diesen winzigen Bestandteil zu isolieren. Es war jedoch ganz offensichtlich zu klein, um allein verwendet werden zu können. Deshalb begann der Professor, hundert Kerne zu öffnen und aus ihnen diese hundert roten Partikelchen herauszuholen. Dabei habe ich ihm assistieren dürfen, also dabei, diese Partikel unter einem Mikroskop herauszulösen. Wir haben dazu eine ganze Woche gebraucht.»

Ich trank noch einen Schluck Portwein. Meine Zuhörerschaft wartete darauf, daß ich fortfuhr.

«Wir hatten jetzt also hundert rote Partikel, aber in einer Glasschale waren sie selbst alle miteinander nicht mit dem bloßen Auge zu erkennen.»

«Und Sie haben gesagt, sie sind rot, diese kleinen Dingda?» fragte der ungarische Botschafter.

«Unter dem Mikroskop zeigten sie ein leuchtendes Scharlachrot», sagte ich.

«Und was hat dieser berühmte Professor damit gemacht?»

«Einer Ratte zu fressen gegeben», antwortete ich.

«Einer Ratte!»

«Ja», sagte ich, «einer großen weißen Ratte.»

«Was hat man denn davon, wenn man diese kleinen Granatendinger an eine Ratte verfüttert?» fragte der deutsche Botschafter.

«Geben Sie ihm doch eine Chance, Wolfgang», sagte Sir Charles zu dem Deutschen, «lassen Sie ihn weitererzählen. Ich möchte selber gern wissen, was passiert ist.» Er nickte mir zu, daß ich weitersprechen sollte.

«Ja, wissen Sie, Sir», antwortete ich, «Professor Yusupoff hatte ziemlich viele weiße Ratten in seinem Labor. Er nahm also die hundert winzigen roten Partikel und gab sie alle miteinander einer einzigen großen gesunden männlichen Ratte zu fressen. Er machte das so: Er praktizierte sie unter dem Mikroskop in ein Stück Fleisch. Dann setzte er die Ratte mit zehn weiblichen Ratten zusammen in einen Käfig. Ich kann mich noch sehr genau daran erinnern, wie der Professor und ich vor dem Käfig standen und das Rattenmännchen beobachteten. Es war schon spät am Nachmittag, aber wir waren so aufgeregt, daß wir unser Mittagessen ganz vergessen hatten.»

«Einen Augenblick, bitte», unterbrach mich der gerissene französische Außenminister, «warum sind Sie denn so aufgeregt gewesen? Wie sind Sie überhaupt zu der Vermutung gekommen, daß mit dieser Ratte etwas passieren könnte?»

Da haben wir den Salat, dachte ich. Ich hab doch gewußt, daß ich diesen wieseligen Franzosen im Auge behalten muß. «Ich war deswegen aufgeregt, Sir, weil der Professor aufgeregt war», antwortete ich, «er schien zu wissen, daß irgend etwas geschehen würde. Wieso, das kann ich Ihnen auch nicht sagen. Sie dürfen ja nicht vergessen, meine Herren, daß ich nur ein junger und unerfahrener Assistent war. Der Professor hat mich nicht im geringsten in all seine Geheimnisse eingeweiht.»

«Aha», sagte der Außenminister, «dann wollen wir fortfahren.»

«Gern, Sir», entgegnete ich, «wir haben also die Ratte beobachtet. Zuerst passierte gar nichts. Dann, nach genau neun Minuten, wurde die Ratte plötzlich sehr still. Sie krümmte sich zusammen und bebte am ganzen Leib. Dann äugte sie zu den Weibchen hinüber. Sie schob sich zur nächsten, packte sie mit den Zähnen beim Nackenfell und bestieg sie. Es dauerte nicht lange. Das Männchen war sehr grob mit ihr und sehr rasch. Aber jetzt kommt das wirklich Verblüffende. In dem Augenblick, in dem das Männchen mit der ersten Kopulation fertig war, griff es sich das zweite Weibchen und verfuhr wie beim ersten. Dann sprang es auf die dritte weibliche Ratte und auf die vierte und fünfte. Das Männchen war absolut unersättlich. Es nahm sich ein Weibchen nach dem anderen und begattete jedes, bis es mit allen durch war. Und selbst danach, meine Herren, hatte es noch nicht genug.»

«Du liebe Güte!» murmelte Sir Charles. «Was für ein merkwürdiges Experiment.»

«Ich sollte vielleicht noch hinzufügen», fuhr ich fort, «daß Ratten normalerweise nicht zur Promiskuität neigen. Sie sind in ihren Sexualpraktiken ganz im Gegenteil eher zurückhaltend.»

«Wissen Sie das genau?» fragte der französische Außenminister. «Ich war immer der Ansicht, daß sich Ratten ziemlich wahllos vermehren.»

«Nein, Sir», antwortete ich mit fester Stimme, «Ratten sind in Wirklichkeit sehr intelligente und sanftmütige Tiere. Sie sind leicht zu zähmen.»

«Fahren Sie fort», sagte Sir Charles, «was für eine Bedeutung hat das alles gehabt?»

«Professor Yusupoff wurde außerordentlich erregt. ‹Oswalsky!› rief er – so hat er mich immer genannt. ‹Oswalsky, mein Junge, ich glaube, ich habe den stärksten Erreger des Sexualtriebs entdeckt, den es je in der Geschichte der Menschheit gegeben hat!› – ‹Ich glaube, Sie haben recht›, antwortete ich. Wir standen immer noch vor dem Rattenkäfig, und das Männchen hatte nicht aufgehört, ein unseliges Weibchen nach dem anderen zu bespringen. Nach einer Stunde brach es vor Erschöpfung zusammen. ‹Wir haben ihm eine zu große Dosis gegeben›, bemerkte der Professor, und diese Vermutung war ziemlich richtig.»

«Also diese Ratte», sagte der mexikanische Botschafter, «was ist denn dann mit ihr passiert?»

«Sie ist eingegangen», sagte ich.

«Zu viele Frauen, was?»

«Ja», erwiderte ich.

Der kleine Mexikaner schlug schallend die Hände zusammen und rief aus: «Das ist genau die Todesart, die ich mir immer gewünscht habe! Zu viele Frauen!»

«Es ist in Mexiko wahrscheinlicher, daß man an zu vielen Ziegen und Eseln krepiert», schnaubte der deutsche Botschafter.

«Das reicht jetzt, Wolfgang», sagte Sir Charles, «wir wollen ja keine Kriege erklären. Wir sind dabei, uns einen höchst interessanten Bericht anzuhören. Fahren Sie fort, mein Junge.»

«Das nächste Mal», sagte ich, «isolierten wir deshalb nur zwanzig von diesen winzigen roten mikroskopischen Zellkernen. Wir legten sie auf ein Stückchen Brot, rollten daraus ein Kügelchen und machten uns auf die Suche nach einem sehr alten Mann. Mit Hilfe der Provinzzeitungen entdeckten wir unseren Greis in Newmarket, das ist eine Ortschaft in der Nähe von Cambridge. Er hieß Mr. Sawkins und war hundertundzwei Jahre alt. Er litt an fortgeschrittener Senilität. Sein Gedächtnis war schwach, und er mußte schon gefüttert werden. Seit sieben Jahren hatte er sein Bett nicht mehr verlassen. Der Professor und ich klopften an seiner Haustür, und seine Tochter, eine achtzigjährige Frau, öffnete. ‹Ich bin Professor Yusupoff›, stellte sich der Professor vor, ‹und ich habe ein sehr wirksames Medikament entwickelt, das alten Menschen helfen soll. Würden Sie uns wohl erlauben, es Ihrem armen alten Vater zu geben?› – ‹Sie können ihm geben, was Sie wollen›, antwortete uns die Tochter, ‹der alte Trottel weiß heute nicht mehr, was gestern war. Und ich hab ihn am Hals!›

Wir gingen hinauf, und es gelang dem Professor irgendwie, dem alten Mann das Brotkügelchen in den Mund zu stopfen. Ich schaute genau auf die Uhr. ‹Lassen Sie uns hinaus auf die Straße gehen, damit wir von draußen alles verfolgen können›, schlug der Professor vor.

Wir gingen also hinaus und stellten uns auf die Straße. Ich zählte laut, wie viele Minuten verstrichen. Und dann – Sie werden es vielleicht nicht glauben, meine Herren, aber ich schwöre, daß es so und nicht anders geschehen ist –, pünktlich in der Sekunde, in der die neun Minuten verstrichen waren, erklang im Haus der Sawkins ein schmetterndes Geheul. Die Haustür flog auf, und der alte Mann stürmte höchstpersönlich auf die Straße. Er war barfuß, hatte einen schmutzigen blau-grau gestreiften Pyjama an, und seine langen weißen Haare wehten ihm über die Schultern. ‹Ich brauche eine Frau!› brüllte er. ‹Ich brauche eine Frau, und bei Gott, ich werde mir eine beschaffen!› Der Professor packte meinen Arm. ‹Bewegen Sie sich nicht!› befahl er. ‹Nur beobachten!›

Die achtzigjährige Tochter kam hinter dem Vater aus dem Haus gestürzt. ‹Komm zurück, du alter Narr!› kreischte sie. ‹Was bildest du dir eigentlich ein?›

Wir befanden uns, um das zu beschreiben, in einer schmalen Straße, auf beiden Seiten je eine Zeile vollkommen gleicher Reihenhäuser. Mr. Sawkins kümmerte sich überhaupt nicht um seine Tochter und rannte, ja, er rannte tatsächlich zum Nachbarhaus. Er fing an, die Haustür mit seinen Fäusten zu bearbeiten. ‹Machen Sie auf, Mrs. Twitchell!› heulte er. ‹Kommen Sie raus, mein Liebchen, los, los, aufgemacht! Wir wollen es uns ein bißchen lustig machen!›

Ich erhaschte einen Blick auf das entsetzte Gesicht von Mrs. Twitchell am Fenster. Dann verschwand es. Mr. Sawkins, der immer noch aus vollem Hals schrie und heulte, stemmte die Schulter gegen die klapprige Tür und sprengte das Schloß. Er polterte hinein. Wir blieben draußen auf der Straße und warteten auf die weiteren Entwicklungen. Der Professor war sehr aufgeregt. Er sprang in seinen komischen schwarzen Stiefeln von einem Fuß auf den anderen und rief: ‹Der Durchbruch! Der Durchbruch ist uns gelungen! Wir haben es geschafft! Wir werden die ganze Welt verjüngen!›

Plötzlich drang gellendes Geschrei und Geheul aus Mrs. Twitchells Haus. Die Nachbarn sammelten sich allmählich auf der Straße. ‹Geht doch rein und holt ihn!› rief die alte Tochter. ‹Er hat den Verstand verloren!›

Zwei starke Männer stürmten in das Haus der Twitchells. Man hörte ein Schuffeln und Scharren. Nach kurzer Zeit kamen die beiden Männer wieder heraus und hatten den alten Mr. Sawkins im Polizeigriff zwischen sich. ‹Ich hab sie erwischt!› schrie er. ‹Ich hab das alte Flittchen bedient, ganz wie in alten Zeiten! Ahaha! Ich hab's ihr gegeben, daß ihr die Knochen geklappert haben!› – In diesem Augenblick stahlen der Professor und ich uns leise vom Schauplatz fort.»

Ich hielt in meiner Geschichte inne. Sieben Botschafter, der Außenminister von Frankreich, der französische General und der kleine Japaner saßen jetzt vorgebeugt in ihren Sesseln und starrten mich an.

«Und das ist so und nicht anders passiert?» fragte mich Sir Charles.

«So wahr ich hier stehe, Sir, jedes Wort stimmt», log ich, «wenn Professor Yusupoff seine Forschungsergebnisse veröffentlicht, wird die ganze Welt lesen können, was ich Ihnen gerade erzählt habe.»

«Und was ist dann geschehen?» fragte der peruanische Botschafter.

«Von diesem Augenblick an war alles verhältnismäßig einfach», entgegnete ich, «der Professor führte eine Reihe von Experimenten durch, die so angelegt waren, daß er aus den Ergebnissen die absolut unschädliche Dosis für einen normalen männlichen Erwachsenen ablesen konnte. Dafür nahm er Freiwillige aus den ersten Semestern. Und ich brauche Ihnen gewiß nicht zu versichern, meine Herren, daß er keine Nachschubsorgen hatte. Sowie sich die Nachricht an der Universität verbreitet hatte, gab es eine Warteliste von über achthundert Versuchspersonen. Um es kurz zu machen, der Professor bewies zum Schluß, daß die unschädliche Dosis aus nicht mehr als fünf von diesen winzigen Zellkernen der Granatapfelsamen bestand. Und mittels Schlemmkreide als Basis stellte er eine Pille her, die exakt diese Menge des magischen Wirkstoffs enthielt. Und er trat darüber hinaus den unbezweifelbaren Beweis dafür an, daß nur eine einzige dieser Pillen in genau neun Minuten jeden Mann, selbst einen Greis, in eine wunderbar funktionierende Sexualmaschine verwandeln kann, die imstande ist, ihre Partnerin sechs Stunden lang ohne Pause zu befriedigen – ausnahmslos.»

«Gott im Himmel!» rief der deutsche Botschafter. «Wie kann man an dieses Zeugs kommen?»

«Ich auch!» rief der russische Botschafter. «Ich habe Vortritt, denn es wurde von meinem Landsmann erfunden! Ich muß auf der Stelle den Zar informieren!»

Plötzlich redeten sie alle durcheinander. Wo konnten sie es sich beschaffen? Sie wollten es sofort haben! Wieviel kostete es? Sie waren durchaus bereit, einen anständigen Preis zu zahlen! Und der kleine japanische Bursche, der links von mir saß, beugte sich vor und zischte: «Sie mir beschaffen einen großen Vorrat von Pillen, ja. Ich gebe Ihnen sehr, sehr viel Geld.»

«Einen Augenblick, meine Herren», sagte Sir Charles, hob seine runzlige Hand und bat um Ruhe. «Unser junger Freund hier hat uns eine faszinierende Geschichte erzählt, aber er hat sehr korrekt darauf hingewiesen, daß er nur eine Hilfskraft von diesem Professor Sowieso gewesen ist. Ich nehme deshalb an, daß er gar nicht in der Lage ist, uns mit dieser bemerkenswerten neuen Pille zu versorgen. Aber vielleicht, mein lieber Oswald», und bei diesen Worten beugte sich Sir Charles zu mir und legte mir eine zerknitterte Hand sachte auf den Unterarm, «vielleicht könnten Sie mich, mein lieber Oswald, mit diesem großen Wissenschaftler in Verbindung bringen. Eine von meinen Pflichten hier in der Botschaft besteht darin, das Auswärtige Amt von allen neuen wissenschaftlichen Erfindungen zu unterrichten.»

«Das verstehe ich gut», antwortete ich.

«Wenn ich eine Packung von diesen Pillen bekäme, womöglich eine große Packung, dann könnte ich sie sofort nach London senden.»

«Und ich würde sie nach Petrograd schicken», sagte der russische Botschafter.

«Und ich nach Budapest.»

«Und ich nach Mexico City.»

«Und ich nach Lima.»

«Und ich nach Rom.»

«Unfug!» rief der deutsche Botschafter. «Sie wollen sie ja für sich selber haben, alte Schweine!»

«Aber, aber, Wolfgang!» mahnte Sir Charles und zuckte leicht zusammen.

«Was wollen Sie denn, mein lieber Charles? Ich will sie ja selber für mich haben. Für den Kaiser auch, klar, aber zuerst mal für mich.»

Ich stellte fest, daß mir der deutsche Botschafter doch ganz gut gefiel. Er war wenigstens ehrlich.

«Ich glaube, meine Herren», sagte Sir Charles, «es ist das beste, wenn ich selber die Vereinbarungen treffe. Ich werde dem Professor persönlich schreiben.»

«Das japanische Volk», sagte Mr. Mitsouko, «sehr interessiert an allen Massagemethoden und an heißen Bädern und an allen ähnlichen technischen Fortschritten, besonders der Kaiser selbst.»

Ich gestattete ihnen, sich alles vom Herzen zu reden. Ich hatte jetzt alles unter Kontrolle, und das verschaffte mir ein großartiges Gefühl. Ich verhalf mir zu einem weiteren Glas Portwein, wies aber die Riesenzigarre ab, die mir Sir Charles anbot. «Wollen Sie vielleicht eine kleinere haben, mein lieber Junge?» fragte er mich eifrig. «Oder eine türkische Zigarette? Ich hab ein paar Sobranies vom Balkan.»

«Nein, vielen Dank, Sir», antwortete ich, «aber der Portwein ist ausgezeichnet.»

«Bedienen Sie sich, mein lieber Junge! Füllen Sie Ihr Glas nach!»

«Ich muß noch eine interessante Ergänzung machen», sagte ich, und plötzlich waren alle wieder still. Der deutsche Botschafter legte sich eine Hand hinters Ohr. Der russische beugte sich in seinem Sessel vor, und die anderen taten es ihm nach.

«Was ich Ihnen jetzt sage, ist außerordentlich vertraulich», begann ich, «darf ich mich darauf verlassen, daß Sie es alle für sich behalten?»

Mir antwortete ein Chor von: «Ja, ja! Natürlich! Absolut! Fahren Sie fort, junger Mann!»

«Besten Dank», sagte ich, «es dreht sich nämlich um folgendes. Sowie ich erfahren hatte, daß ich nach Paris gehen sollte, stand mein Entschluß fest: Ich mußte einfach einen kleinen Vorrat von diesen Pillen mitnehmen, besonders für den guten alten Freund meines Vaters, Sir Charles Makepiece.»

«Mein lieber Junge!» rief Sir Charles aus. «Was für eine großzügige Idee!»

«Ich konnte natürlich nicht den Professor bitten, mir welche zu geben», sagte ich, «er wäre nie damit einverstanden gewesen. Sie stehen ja schließlich noch auf der Geheimliste.»

«Und was haben Sie also gemacht?» fragte Sir Charles. Er bibberte vor Aufregung. «Haben Sie sie gemaust?»

«Aber bestimmt nicht, Sir», erwiderte ich, «Diebstahl ist ein Verbrechen.»

«Auf uns können Sie sich verlassen, mein lieber Junge. Wir würden es keinem Menschen verraten.»

«Was haben Sie also gemacht?» fragte der deutsche Botschafter. «Sie behaupten, Sie haben sie, und Sie haben sie nicht geklaut.»

«Ich habe sie selbst gemacht», erwiderte ich.

«Brillant!» riefen sie durcheinander. «Hervorragend!»

«Weil ich dem Professor bei jedem Schritt immer wieder assistiert hatte», fuhr ich fort, «wußte ich natürlich genau, wie man diese Pillen herstellt. So hab ich ... nun ja ... ich habe einfach in seinem eigenen Laboratorium welche hergestellt, jeden Tag, wenn er zum Mittagessen ging.» Damit griff ich langsam hinter mich und zog eine von den kleinen runden Schachteln aus meiner Frackschwanztasche. Ich legte sie auf den niedrigen Tisch. Ich machte den Deckel auf. Und dort, in ihrem kleinen Bett aus Watte, ruhte eine einzige scharlachrote Pille.

Alle beugten sich vor und starrten. Dann sah ich die derbe weiße Hand des deutschen Botschafters so über die Tischplatte auf die Schachtel zugleiten wie ein Wiesel auf Mausefang. Sir Charles sah es auch. Er schlug dem Deutschen auf die Hand und nagelte sie auf der Stelle fest. «Also, Wolfgang», sagte er, «seien Sie doch nicht so ungeduldig!»

«Ich will diese Pille haben!» schrie Botschafter Wolfgang.

Sir Charles legte seine eigene Hand auf die Pillenschachtel und ließ sie dort liegen. «Haben Sie noch mehr davon?» fragte er mich.

Ich kramte in meinen Fracktaschen herum und zog neun weitere Schächtelchen heraus. «Hier ist eine für jeden von Ihnen», sagte ich dabei.

Flinke Hände fuhren herüber, jede grapschte nach einem Schächtelchen. «Ich zahle», sagte Mr. Mitsouko, «wieviel Sie wünschen?»

«Nein», sagte ich, «dies sind Geschenke. Probieren Sie sie aus, meine Herren. Warten wir ab, was Sie davon halten.»

Sir Charles studierte das Etikett auf der Schachtel. «Aha», sagte er, «ich sehe, daß Sie hier Ihre Adresse angegeben haben.»

«Nur für den Fall», antwortete ich.
«Für welchen Fall?»
«Falls jemand eine zweite Pille wünscht», erklärte ich.
Ich bemerkte, daß der deutsche Botschafter ein Heftchen herausgezogen hatte und sich Notizen machte. «Sir», sagte ich zu ihm, «ich nehme an, daß Sie die Absicht haben, Ihren Wissenschaftlern den Auftrag zu geben, Granatapfelkerne zu untersuchen. Nicht wahr?»
«Das ist genau meine Absicht», erwiderte er.
«Sinnlos», sagte ich, «Zeitverschwendung.»
«Darf ich fragen warum?»
«Weil es keine Granatäpfel sind», entgegnete ich, «es ist etwas anderes.»
«Sie haben uns also angelogen!»
«Das ist die einzige Unwahrheit, die ich Ihnen in der ganzen Geschichte gesagt habe», antwortete ich, «bitte, verzeihen Sie mir, aber das mußte ich tun. Ich mußte Professor Yusupoffs Geheimnis wahren. Das war Ehrensache. Der ganze Rest der Geschichte ist wahr. Glauben Sie mir, es ist wahr. Es ist besonders wahr, daß jeder von Ihnen jetzt das stärkste Verjüngungsmittel besitzt, das es je auf der Welt gegeben hat.»
In diesem Augenblick gesellten sich die Damen wieder zu uns, und jeder Herr in unserer Gruppe steckte sich flink und etwas verstohlen seine Pillenschachtel ein. Sie erhoben sich. Sie begrüßten ihre Ehefrauen. Ich merkte, daß sich Sir Charles plötzlich ungeheuer munter aufführte. Er hüpfte regelrecht durch den Raum und knallte Lady Makepiece einen albernen Schmatzkuß direkt auf die scharlachroten Lippen. Sie warf ihm einen dieser kühlen Blicke zu, was um Himmels willen ist denn jetzt los? Aber er hakte sie ganz unverfroren ein und führte sie quer durch den Salon zu einer Gruppe von Leuten. Das letzte, was ich sah, war Mr. Mitsouko, der wie auf der Suche nach Beute in der Gegend herumstrich und die Reize der Damen aus nächster Nähe untersuchte, wie ein Pferdehändler, der eine Herde Stuten auf dem Marktplatz begutachtete. Ich machte mich leise davon.
Eine halbe Stunde später war ich wieder in meiner Pension in der Avenue Marceau. Die Familie hatte sich zurückgezogen, und alle

Lampen waren schon gelöscht. Als ich aber im oberen Korridor am Schlafzimmer von Mademoiselle Nicole vorüberkam, konnte ich in der Ritze zwischen Fußboden und Tür das Kerzenlicht flackern sehen. Die kleine gierige Hexe wartete also wieder auf mich. Ich beschloß aber, nicht hineinzugehen. Dort gab es nichts Neues für mich. Selbst zu diesem frühen Zeitpunkt meiner Karriere war ich bereits zu dem Schluß gekommen, daß die einzigen Frauen, die mich interessierten, neue Frauen waren. Wiederholungen hatten keinen Sinn. Das war so, als ob man einen Krimi zum zweitenmal las. Man weiß dann haargenau, was als nächstes kommt. Die Tatsache, daß ich diese Regel gerade kürzlich gebrochen und Mademoiselle Nicole ein zweites Mal besucht hatte, stellte keinen Widerspruch dar. Ich hatte dabei nur mein Käferpulver ausprobieren wollen.

Übrigens: An dieses Prinzip – keine Frau mehr als einmal – habe ich mich mein ganzes Leben lang strikt gehalten, und ich kann es allen Männern, die die Abwechslung schätzen, nur empfehlen.

## 5

In dieser Nacht schlief ich ausgezeichnet. Ich lag noch in tiefem Schlummer, als mich um elf in der Frühe der Krach von Madame Boisvains Fäusten an meiner Zimmertür weckte. «Stehen Sie auf, Monsieur Cornelius!» rief sie dabei. «Sie müssen sofort herunterkommen! Seit vor dem Frühstück klingeln die Leute bei mir und verlangen Sie zu sehen!»

Ich war in genau zwei Minuten angezogen und unten. Ich ging zur Haustür und dort, auf den runden Pflastersteinen der Seitenstraße, standen nicht weniger als sieben Männer, die ich noch nie in meinem Leben gesehen hatte. Sie bildeten eine malerische kleine Gruppe mit ihren vielfarbigen Phantasieuniformen und den verschiedenartigen Tressen und Silberknöpfen an den Jacken.

Sie entpuppten sich als Botschaftsgesandte, und sie kamen aus der britischen, der deutschen, der russischen, der ungarischen, der italienischen, der mexikanischen und der peruanischen Botschaft. Jeder der Männer hatte einen Brief bei sich, der an mich adressiert war. Ich nahm die Briefe und riß sie auf der Stelle auf. In allen stand ungefähr das gleiche: Sie wollten mehr Pillen haben. Sie flehten geradezu um weitere Pillen. Sie wiesen mich an, dem Überbringer dieses Briefes die Pillen auszuhändigen und so weiter und so weiter.

Ich bat die Boten, auf der Straße zu warten, und lief wieder hinauf in mein Zimmer. Dort beantwortete ich jeden Brief auf die gleiche Art und Weise: *Exzellenz, diese Pillen sind außerordentlich kostspielig in der Herstellung. Ich muß Ihnen zu meinem Bedauern mitteilen, daß jede Pille in Zukunft tausend Francs kosten wird.* Damals waren zwanzig Francs ein Pfund, was bedeutete, daß ich für jede Pille genau fünfzig Pfund Sterling forderte. Und fünfzig Pfund Sterling waren 1912 ungefähr zehnmal so viel wert wie heute. Am heutigen Geldwert gemessen verlangte ich wahrscheinlich fünfhundert Pfund pro Pille. Das war ein lächerlicher Preis, aber es handelte sich in jedem Fall um reiche Männer. Außerdem waren sie sexbesessen, und wie Ihnen jede kluge Frau bestätigen wird, ist ein Mann, der gleichzeitig steinreich und äußerst liebesdurstig ist, die leichteste Beute der Welt.

Ich polterte wieder nach unten, händigte den verschiedenen Boten die Briefe aus und befahl ihnen, sie ihren Herren zu überbringen. Während ich noch damit beschäftigt war, kamen zwei weitere Boten angetrabt, der eine von Quai d'Orsay, dem Außenministerium, und der andere vom General aus dem Kriegsministerium oder wie das in Paris heißt. Und während ich noch diese beiden letzten Briefe mit den gleichen Preisangaben schrieb, wer anders tauchte wohl in einem sehr eleganten Hansom auf als Mr. Mitsouko höchstpersönlich. Seine äußere Erscheinung erschreckte mich. Gestern abend war er noch ein springlebendiger, munterer kleiner Japaner mit flinken Augen gewesen. Heute vormittag besaß er kaum noch so viel Kraft, aus seiner zweirädrigen Droschke zu steigen, und als er auf mich zutaumelte, gaben seine Beine unter ihm nach. Ich griff ihm gerade noch rechtzeitig unter die Arme.

«Mein lieber Herr!» keuchte er und legte mir beide Hände haltsuchend auf die Schultern. «Mein lieber, lieber Herr! Es ist ein Wunder! Es ist eine wahre Wunderpille! Es ist ... es ist die größte Erfindung aller Zeiten!»

«Halten Sie sich fest!» sagte ich. «Ist alles in Ordnung mit Ihnen?»

«Natürlich ist alles in Ordnung», keuchte er, «ich bin nur ein wenig durchgeschüttelt, das ist alles.» Er brach in ein Kichern aus, und dann stand er da, dieser kleine Asiate in Frack und Zylinder, klammerte sich an meine Schultern und kicherte jetzt vollkommen hemmungslos. Er war so klein, daß die Oberkante seines Zylinders gerade bis zu meiner untersten Rippe reichte. «Ich bin ein bißchen durchgeschüttelt und ein bißchen muskelkatrig», sagte er, «aber wer wäre das nicht, mein lieber Junge, wer wäre das nicht?»

«Was ist denn geschehen, Sir?» fragte ich ihn.

«Ich haben sieben Damen geschändet!» rief er aus. «Und diese sieben waren keine von unseren klitzekleinen Japanerinnen! Nein, nein, nein! Es sind Französinnen gewesen, wunderbar kräftige französische Flittchen. Ich habe sie zum Rotieren gebracht, und dann bum, bum, bum! Und sie alle hatten geschrien: *camerade, camerade, camerade!* Ich war ein Riese unter diesen Weibern, verstehen Sie mich, mein junger Freund? Ich war ein Riese, und ich schwang meine Riesenkeule, und ich brachte sie am ganzen Leib zum Zittern und zum Beben!»

Ich führte ihn hinein und ließ ihn in Madame Boisvains Wohnzimmer Platz nehmen. Ich goß ihm ein Glas Brandy ein. Er leerte es mit einem einzigen Schluck, und allmählich zog wieder ein schwaches Gelb in seine käsebleichen Wangen. Ich bemerkte, daß er eine Ledermappe bei sich trug, deren Riemen er sich um das rechte Handgelenk geschlungen hatte, und als er ihn abstreifte und die Tasche mit einem Schwung auf den Tisch legte, hörte ich darin Münzen klingeln.

«Sie müssen vorsichtig sein, Sir», sagte ich zu ihm, «Sie sind ein kleiner Mann, und das sind große Pillen. Ich glaube, es wäre ungefährlicher, wenn Sie jedesmal nur die halbe Dosis schluckten. Nur eine halbe Pille statt einer ganzen.»

«Schnickschnack, Sir!» rief er. «Schnickschnack Dudelsack, wie man hier sagt! Für heute abend schlage ich vor, ich nehme nicht eine Pille, sondern drei!»

«Haben Sie denn nicht gelesen, was auf dem Etikett steht?» fragte ich ihn erschrocken. Das hätte mir schließlich noch gefehlt, daß ich hier einen toten Japaner rumliegen hatte. Ich brauchte mir nur den Skandal vorzustellen, die Autopsie, die Kreuzverhöre und dann zum Schluß die Pillenschachtel mit meinem Namen, die man bei ihm zu Hause finden würde.

«Ich habe das Etikett studiert», fuhr er fort, wobei er mir sein Glas zum Nachfüllen mit Madame Boisvains Brandy hinhielt, «und ich ignoriere es. Wir Japaner, wir mögen einen zierlichen Körper besitzen, unsere Reproduktionsorgane sind dafür riesengroß. Das ist der Grund, warum wir O-Beine haben.»

Daraufhin beschloß ich, den Versuch zu machen, ihn dadurch abzuschrecken, daß ich den Preis verdoppelte. «Ich fürchte aber, daß sie schrecklich teuer sind, diese Pillen», sagte ich.

«Geld spielt keine Rolle», antwortete er und deutete auf die Ledertasche auf dem Tisch, «ich zahle in Gold.»

«Aber Mr. Mitsouko», wandte ich ein, «Sie werden für jede Pille zweitausend Francs zahlen müssen! Sie sind sehr schwer herzustellen. Und das ist für eine einzige Pille sehr viel Geld.»

«Ich nehme zwanzig», sagte er, ohne mit der Wimper zu zucken.

Himmel, dachte ich, der bringt sich tatsächlich um. «So viel darf ich Ihnen nicht geben», sagte ich, «außer Sie versprechen mir, daß Sie niemals mehr als eine auf einmal nehmen.»

«Keine Vorschriften, mein junger Springinsfeld», erwiderte er, «nur her mit den Pillen!»

Ich ging hinauf, zählte zwanzig Pillen ab und füllte sie in eine kleine Glasflasche ohne Beschriftung. Ich wollte nicht riskieren, auf einer solchen Portion auch noch meinen Namen und meine Adresse stehen zu haben.

«Zehn werde ich dem Kaiser nach Tokio senden», sagte Mr. Mitsouko, als ich ihm die Flasche überreichte, «dadurch werde ich einen ganz heißen Draht zu Seiner Kaiserlichen Hoheit bekommen.»

«Es wird auch ein sehr heißer Draht zur Kaiserin werden», antwortete ich.

Er kicherte, griff nach der Ledertasche und schüttelte einen ganzen Berg Goldmünzen auf den Tisch. Es waren lauter Hundert-Francs-Stücke. «Zwanzig Goldmünzen pro Pille», sagte er und fing an, sie abzuzählen. «Das sind insgesamt vierhundert Goldmünzen. Das ist die Sache auch wert, mein junger Zauberkünstler.»

Nachdem er sich verabschiedet hatte, strich ich die Münzen ein und schaffte sie in mein Zimmer hinauf.

Du liebe Güte, dachte ich, jetzt bin ich schon reich.

Ehe sich der Tag jedoch zu Ende neigte, war ich noch viel reicher geworden. Ein Bote nach dem anderen trudelte wieder von den verschiedenen Botschaften und Ministerien ein, und sie brachten alle präzise Anweisungen und genau abgezählte Geldbeträge mit, wobei die meisten mit goldenen Zwanzig-Francs-Stücken zahlten. Hier ist die Aufstellung:

| | | |
|---|---|---|
| Sir Charles Makepiece, vier Pillen | = | 4000 Francs |
| der deutsche Botschafter, acht Pillen | = | 8000 Francs |
| der russische Botschafter, zehn Pillen | = | 10 000 Francs |
| der ungarische Botschafter, drei Pillen | = | 3000 Francs |
| der peruanische Botschafter, zwei Pillen | = | 2000 Francs |
| der mexikanische Botschafter, sechs Pillen | = | 6000 Francs |
| der italienische Botschafter, vier Pillen | = | 4000 Francs |
| der französische Außenminister, sechs Pillen | = | 6000 Francs |
| der General, drei Pillen | = | 3000 Francs |
| | = | 46 000 Francs |
| Mr. Mitsouko, zwanzig Pillen (doppelter Preis) | = | 40 000 Francs |
| insgesamt: | | 86 000 Francs |

Sechsundachtzigtausend Francs! Bei einem Umrechnungskurs von hundert Francs zu fünf Pfund besaß ich plötzlich viertausenddreihundert englische Pfund! Das war unglaublich. Für so viel Geld konnte man sich ein sehr anständiges Haus kaufen, Wagen und Kutschpferde mit eingerechnet, ganz zu schweigen von einem dieser sinnenverwirrenden Automobile!

An diesem Abend tischte Madame Boisvain ein Ochsenschwanzragout auf, das eigentlich gar nicht so schlecht war, außer daß es so flüssig war, daß Monsieur Boisvain widerwärtiger denn je zutzelte und lutschte und schmatzte. Zum Schluß hob er noch den Teller hoch und kippe sich die Sauce samt ein paar gewürfelten Mohrrüben und ein paar großen Zwiebeln auf einmal in den Rachen. «Meine Frau hat mir berichtet, daß Sie heute ein paar sehr merkwürdige Besucher gehabt haben», sagte er. Sein Gesicht war mit braunem Saft bekleckert und in seinem Schnurrbart hingen die Fleischfasern. «Was sind das denn für Leute gewesen?»

«Freunde und Bekannte des englischen Botschafters», antwortete ich, «ich habe für Sir Charles Makepiece ein kleines Geschäft erledigt.»

«Ich kann es nicht dulden, daß man aus meinem Haus einen Marktplatz macht», sagte Monsieur B. mit vollem Fettmund, «diese Aktivitäten müssen ein Ende haben.»

«Keine Sorge», erwiderte ich, «morgen werde ich mir andere Räumlichkeiten suchen.»

«Wollen Sie damit sagen, daß Sie ausziehen wollen?» rief er aus.

«Ich fürchte, daß mir gar nichts anderes übrigbleibt. Aber die Vorauszahlung, die mein Vater geleistet hat, können Sie selbstverständlich behalten.»

Daraufhin verbreitete sich eine gewisse Aufregung am Tisch, vor allem von Mademoiselle Nicole geschürt, aber ich blieb standhaft. Und am nächsten Vormittag zog ich los und mietete mir eine prachtvolle Parterrewohnung mit drei großen Zimmern und einer Küche. Sie lag in der Avenue Jéna. Dann packte ich all meine Habseligkeiten zusammen und lud sie in eine Droschke. Madame Boisvain stand in der Haustür, um sich von mir zu verabschieden. «Madame», sagte ich, «ich muß Sie noch um eine kleine Gefälligkeit bitten.»

«Ja?»

«... wofür ich Sie bitten möchte, dieses entgegenzunehmen.» Ich hielt ihr fünf goldene Zwanzig-Francs-Stücke hin. Sie kippte fast um. «Von Zeit zu Zeit», fuhr ich fort, «wird jemand bei Ihnen vorsprechen und nach mir fragen. Sie brauchen ihnen nur zu sagen, daß ich umgezogen bin und sie an diese Adresse zu verweisen.» Damit gab ich ihr einen Zettel mit meiner neuen Anschrift.

«Aber das ist viel zuviel Geld, Monsieur Oswald!»

«Nehmen Sie's», sagte ich und drückte ihr die Goldstücke in die Hand, «verwenden Sie es für sich selber. Sagen Sie Ihrem Mann nichts davon. Es ist nur sehr wichtig, daß Sie allen, die nach mir fragen, meine neue Adresse geben.»

Sie versprach mir, das stets zu tun, und ich fuhr davon in meine neue Wohnung.

# 6

Mein Geschäft blühte. Meine zehn Lockvögel hatten die große Neuigkeit plangemäß all ihren Freunden zugeflüstert, und diese Freunde hatten sie unter dem Siegel der Verschwiegenheit anderen Freunden mitgeteilt, und nach ungefähr einem Monat war die Lawine ins Rollen gekommen. Ich stellte den halben Tag lang Pillen her und dankte Gott, daß ich von Anfang an so viel Weitblick besessen und eine derartige Menge Käferpulver aus dem Sudan mitgebracht hatte. Ich mußte meinen Preis allerdings reduzieren. Schließlich war nicht jedermann Botschafter oder Außenminister, und ich stellte schon frühzeitig fest, daß eine Menge Leute sich einfach nicht leisten konnten, meinen absurden Originalpreis von tausend Francs pro Pille zu zahlen. Ich ging also auf zweihundertfünfzig herunter.

Das Geld rollte nur so.

Ich fing an, mir erstklassige Anzüge zu kaufen und in Paris auszugehen.

Ich kaufte mir ein Automobil und lernte fahren. Es war ein De Dion-Bouton, ein funkelnagelneues Modell, der Sport-DK, ein wunderschöner kleiner Vierzylinder mit drei Gängen und einer außen angebrachten Handbremse. Ob Sie es glauben oder nicht, er fuhr fünfzig Meilen pro Stunde Spitze, und bei der Fahrt die Champs-Élysées hinauf bin ich oft noch schneller gefahren.

Vor allem aber vergnügte ich mich nach Herzenslust mit den Vertreterinnen des weiblichen Geschlechts. Paris war damals eine außergewöhnlich kosmopolitische Stadt. Es wimmelte nur so von Rasseweibern aus praktisch jedem Land der Welt, und es waren gerade diese Monate, in denen mir eine sonderbare Wahrheit aufging. Es ist allgemein bekannt, daß die Vertreter der verschiedenen Nationen auch verschiedene Nationaleigenschaften und ein verschieden ausgeprägtes Temperament besitzen. Es ist allerdings weniger bekannt, daß sich diese verschiedenen Nationaleigenschaften wesentlich stärker und reiner im Geschlechts- als im einfachen gesellschaftlichen Verkehr erkennen lassen. Ich wurde damals ein wahrer Fachmann für die sexuellen Nationaleigenschaften. Es war wirklich verblüffend, wie die Damen dieser und jener Nationen immer wieder ihre typischen Grundverhaltensformen entwickelten. Nehmen wir zum Beispiel ein halbes Dutzend serbische Damen (und Sie müssen nicht denken, daß ich das nicht getan hätte) – wenn man nur ein wenig Obacht gibt, so konnte man feststellen, daß jede einzelne über eine Anzahl ganz bestimmter allgemeiner Exentrizitäten, allgemeiner Geschicklichkeiten und allgemeiner Vorlieben verfügte. Polnische Damen waren ebenfalls durch diese gewissen Eigentümlichkeiten, die man bei allen finden konnte, leicht zu erkennen. Das war bei Baskinnen, Marokkanerinnen, Norwegerinnen, Holländerinnen, Guatemaltekinnen, Belgierinnen, Russinnen, Chinesinnen und allen anderen genauso. Am Ende meines Aufenthalts in Paris hätten Sie mich mit verbundenen Augen neben irgendeine Dame aus irgendeinem Land legen können, und ich hätte Ihnen innerhalb von fünf Minuten ihre Nationalität verraten, ohne daß die Person nur den Mund aufgemacht hätte. Jetzt aber die nächstliegende Frage: Welches Land brachte die aufregendsten weiblichen Wesen hervor?

Ich persönlich war sehr von den bulgarischen Damen aus Adelskreisen eingenommen. Sie hatten unter anderem die ungewöhnlichsten Zungen. Diese Zungen waren nicht nur außergewöhnlich kräftig und vibrierend, sie besaßen auch diese Rauheit, diese Sprödigkeit wie Schmirgelpapier, die man sonst eigentlich nur bei Katzenzungen trifft. Lassen Sie sich ein paarmal von einer Katze den Finger ablecken, dann werden Sie genau begreifen, was ich meine.

Türkische Damen (ich glaube, ich hatte sie schon erwähnt) standen in meiner Liste ebenfalls ganz obenan. Sie waren wie Mühlräder. Sie hörten nicht auf, sich zu drehen, bis der Fluß ausgetrocknet war. Aber man mußte bei Gott gut in Form sein, wenn man einer türkischen Dame Avancen machte, und ich persönlich ließ nie eine ins Haus kommen, wenn ich nicht anständig gefrühstückt hatte.

Hawaiianische Frauen interessierten mich, weil sie geradezu Greifzehen besaßen, und in fast jeder Situation, die man sich denken kann, lieber ihre Füße benutzten als ihre Hände.

Was die Chinesinnen betrifft, so lehrte mich die Erfahrung, daß man sich ganz auf die konzentrieren sollte, die aus Peking oder der benachbarten Provinz Shantung stammen. Und unter diesen war es wieder ratsam, sich auf Damen aus Adelsgeschlechtern zu beschränken. Damals war es nämlich im Adel von Peking und Shantung Sitte, die Töchter, kaum daß sie fünfzehn Jahre alt geworden waren, in die Hände von weisen alten Weibern zu geben. In den darauffolgenden beiden Jahren mußten sich diese Mädchen einer strengen Schulung unterziehen, die nur auf ein einziges Ziel ausgerichtet war – das Erlernen der Kunst, den künftigen Gatten körperlich zu entzücken und zu befriedigen. Die Ausbildung schloß mit einem schweren praktischen Examen, und Erfolg oder Mißerfolg wurden durch Zeugnisse bestätigt. Wenn sich ein Mädchen als hervorragend fleißig und einfallsreich erwiesen hatte, so konnte es möglicherweise eine sogenannte Ehrenurkunde verliehen bekommen, wenn auch das Ehrendiplom wesentlich begehrter war. Eine junge Dame mit einem Diplom konnte sich buchstäblich den eigenen Gatten wählen. Unglücklicherweise verschwand jedoch mindestens die Hälfte der Diplomdamen sofort von der Bildfläche und im kaiserlichen Palast. Ich stieß nur auf eine einzige chinesische Dame in Paris, die ein Ehrendiplom errungen hatte. Sie war die Ehefrau eines Opium-Millionärs und herübergereist, um sich ihre Garderobe auszuwählen. Sie wählte auch mich, und ich muß gestehen, daß das eine erinnerungswürdige Erfahrung war. Sie hatte das, was sie als *bis hierher und nicht weiter* bezeichnete, zu einer sublimen Kunst entwickelt. Nichts wurde bis zum Ende geführt. Das ließ sie nicht zu. Sie führte einen bis zum Rand. Zweihundertmal hat sie mich zum Rand der goldenen Schwelle geführt, und in den dreieinhalb Stunden, die meine Leiden andauerten, hatte ich das

Gefühl, als ob mir bei lebendigem Leib ein langer, empfindsamer Nerv mit unsagbarer Gelassenheit und köstlicher Geduld aus dem brennenden Fleisch gezogen würde. Ich hing an den Fingerspitzen über dem Abgrund, ich schrie nach Trost oder Erlösung, aber die wonnevolle Qual ging weiter und weiter und weiter. Es war eine erstaunliche Darbietung von Sachkenntnis und Kunstfertigkeit, und ich habe sie niemals vergessen.

Wenn ich wollte, könnte ich die verblüffendsten weiblichen Eigenheiten von mindestens fünfzig anderen Nationalitäten beschreiben, aber das habe ich nicht vor. Zumindest nicht an dieser Stelle, denn ich muß mich wirklich wieder dem Hauptthema dieser Geschichte zuwenden, und das lautet, wie ich reich geworden bin.

Im siebenten Monat meines Pariser Aufenthalts ereignete sich ein glücklicher Zwischenfall, der mein Einkommen verdoppelte. Es geschah nämlich folgendes: Eines Nachmittags hatte ich eine russische Dame in meiner Wohnung zu Besuch, die irgendwie mit dem Zaren verwandt war. Sie war ein schlanker, weißhäutiger kleiner Fisch, ziemlich kühl und lässig und derartig geistesabwesend, daß ich ziemlich energisch herumstochern mußte, bis ich das Feuer in Gang bekam. Solche Blasiertheiten aber machen mich besonders hartnäckig, und ich kann Ihnen versichern, als ich sie erledigt hatte, war sie auf ganz altmodische gründliche Weise in Glut geraten.

Als wir fertig waren, lehnte ich mich auf der Couch zurück und schlürfte zur Abkühlung ein Glas Champagner. Die Russin begann träge, sich die Kleider wieder anzuziehen, strich dabei durch mein Zimmer und betrachtete dies und das.

«Was sind denn das für viele rote Pillen dort in der Flasche?» fragte sie mich.

«Das geht Sie nichts an», erwiderte ich.

«Und wann sehe ich Sie wieder?»

«Überhaupt nicht», erwiderte ich, «ich habe Ihnen vorher gesagt, wie meine Regeln sind.»

«Was sind Sie eklig», sagte sie und schmollte, «sagen Sie mir, was das für Pillen sind, sonst werd ich auch eklig. Sonst schmeiß ich sie alle aus dem Fenster.» Sie hob eine Flasche hoch, sie enthielt fünfhundert von meinen kostbaren Ölkäfer-Pillen, die ich an diesem Morgen gerade erst fertiggestellt hatte, und öffnete das Fenster.

«Lassen Sie das», sagte ich.

«Dann müssen Sie es mir sagen.»

«Das sind Kräftigungspillen für Männer», sagte ich, «Muntermacher, weiter nichts.»

«Und warum nicht auch für Frauen?»

«Sie sind nur für Männer.»

«Ich werd eine probieren», sagte sie, schraubte die Flasche auf und ließ eine Pille herausrollen. Sie warf sie sich in den Mund und spülte sie mit einem Schluck Champagner hinunter. Dann zog sie sich weiter an.

Als sie fertig angekleidet war und vor dem Spiegel stand, um sich den Hut festzustecken, erstarrte sie plötzlich. Sie drehte sich um und sah mich an. Ich lag noch immer auf der Couch und trank meinen Champagner, beobachtete sie jetzt aber scharf und etwas besorgt.

Sie blieb vielleicht dreißig Sekunden lang vollkommen starr und unbeweglich und starrte mich mit einem kalten, harten, mörderischen Blick an. Dann griff sie sich plötzlich mit beiden Händen an den Hals und riß sich ihr Seidenkleid mit einem einzigen Griff vom Körper. Sie zerrte sich die Unterwäsche ab. Sie ließ den Hut quer durchs Zimmer segeln. Sie krümmte sich zusammen. Sie begann sich vorwärts zu bewegen. Sie glitt geräuschlos mit der lauernden Entschlossenheit einer beutegierigen Tigerin quer durch den Salon auf mich zu.

«Was ist denn los?» fragte ich. Aber ich wußte selbstverständlich sehr gut, was los war. Die neun Minuten waren um, und die Pille war explodiert.

«Ruhig, nur ruhig», sagte ich.

Sie schlich auf mich zu.

«Scher dich weg!» sagte ich.

Sie schlich weiter auf mich zu.

Dann machte sie einen Satz, und in diesen ersten Augenblicken war ein verschwommenes Durcheinander von Beinen und Armen, Mund, Händen und Fingern das einzige, was ich wahrnehmen konnte. Sie hatte vollkommen den Verstand verloren und wurde wild vor Wollust. Ich strich die Segel, lag nur da und versuchte, den Sturm über mich hinwegbrausen zu lassen. Aber das behagte ihr natürlich nicht. Sie fing also an, mich unter heftigem Schnaufen und Zischen um und um zu drehen. Das behagte mir wiederum nicht. Ich hatte gehabt, was ich haben wollte, und deshalb beschloß ich, diesen Unfug zu beenden. Es war freilich ein gehöriges Stück Arbeit, sie unterzukriegen. Zum Schluß gelang es mir, ihr die Handgelenke auf dem Rücken zu fesseln, und dann schleifte ich sie, während sie schrie und mit den Beinen strampelte, in mein Badezimmer und stellte sie unter die kalte Dusche. Sie versuchte mich zu beißen, aber ich verpaßte ihr mit dem Ellbogen einen Stoß gegen das Kinn. Ich hielt sie mindestens zwanzig Minuten lang unter das eiskalte Wasser, und in dieser ganzen Zeit hörte sie nicht auf, zu kreischen und zu schreien und auf russisch zu fluchen.

«Genug gehabt?» fragte ich schließlich. Sie war halb erstickt und schlotterte vor Kälte.

«Ich will dich!» schnatterte sie.

«Kommt überhaupt nicht in Frage», erwiderte ich, «ich halte Sie hier fest, bis Sie sich abgekühlt haben.»

Schließlich gab sie Ruhe. Ich ließ sie los. Das arme Mädchen klapperte am ganzen Leib und sah fürchterlich aus. Ich holte ein Badelaken und rubbelte sie kräftig ab. Dann flößte ich ihr ein Glas Brandy ein.

«Das ist diese rote Pille gewesen», sagte sie.

«Das ist mir vollkommen klar.»

«Ich will ein paar davon mit nach Hause nehmen.»

«Diese sind für Damen zu kräftig», erwiderte ich, «ich kann Ihnen aber welche machen, die genau richtig sind.»

«Sofort?»

«Nein. Wenn Sie morgen wiederkommen, werde ich sie bereit haben.»

Weil ihr Kleid ruiniert war, wickelte ich sie in meinen Mantel und fuhr sie in meinem De Dion nach Hause. Sie hatte mir genaugenommen einen unschätzbaren Dienst erwiesen. Sie hatte mir demonstriert, daß meine Pille bei Frauen ebensogut wirkte wie bei Männern. Wahrscheinlich sogar besser. Ich machte mich sofort an die Arbeit und stellte einige Damenpillen her. Ich mixte sie halb so stark wie Herrenpillen und legte hundert Stück auf, weil ich mit einem aufnahmebereiten Markt rechnete.

Es stellte sich sogar heraus, daß dieser Markt noch wesentlich aufnahmebereiter war, als ich angenommen hatte. Als die russische Person am nächsten Nachmittag wiederkam, verlangte sie fünfhundert Stück auf einmal.

«Aber jede kostet zweihundertfünfzig Francs!»

«Das spielt keine Rolle. All meine Freundinnen sind ganz wild darauf. Ich hab ihnen erzählt, was mir gestern nachmittag passiert ist, und jetzt wollen sie sie alle haben.»

«Ich kann Ihnen hundert Stück geben, das ist alles. Den Rest später. Haben Sie Geld?»

«Natürlich hab ich Geld.»

«Darf ich einen Vorschlag machen, Madame?»

«Was für einen?»

«Wenn eine Dame allein eine von diesen Pillen nimmt, dann könnte sie unanständig aggressiv wirken. Männer mögen so etwas nicht. Ich habe das gestern gar nicht gemocht.»

«Und wie lautet Ihr Vorschlag?»

«Ich schlage vor, daß jede Dame, die eine von diesen Pillen nehmen möchte, ihren Partner dazu überredet, ebenfalls eine zu schlucken. Und genau zur gleichen Zeit. Dann sind sie quitt.»

«Das klingt vernünftig», erwiderte sie.

Es war nicht nur vernünftig, es würde den Umsatz verdoppeln.

«Der Partner», fuhr ich fort, «könnte eine stärkere Pille nehmen. Sie heißt die Herrenpille. Das ist nur, weil Männer größer sind als Frauen und eine größere Dosis brauchen.»

«Immer vorausgesetzt», erwiderte sie mit einem leichten Lächeln, «daß der Partner ein Mann ist.»

«Wie es Ihnen beliebt», sagte ich.

Sie zuckte die Schultern und sagte: «Na gut, dann geben Sie mir noch hundert von diesen Herrenpillen.»

Huihuihui, dachte ich, da wird's heut nacht in den Boudoirs von Paris allerlei Spaß und Tollereien geben. Das Tempo war schon ganz schön scharf, wenn sich nur der Mann aufpulverte, wenn ich jedoch daran dachte, was los sein mußte, wenn sich beide Partner mit der Medizin erfrischten, konnte ich ein gewisses Schaudern nicht unterdrücken.

Es war ein überwältigender Erfolg. Der Umsatz verdoppelte

sich. Er verdreifachte sich. Als meine zwölf Monate in Paris um waren, hatte ich ungefähr zwei Millionen Francs auf der Bank. Das waren hunderttausend Pfund! Ich war jetzt fast achtzehn Jahre alt. Ich war reich. Aber ich war noch nicht reich genug. Mein Jahr in Frankreich hatte mir sehr klar vor Augen geführt, welchen Weg durchs Leben ich einschlagen wollte. Ich war ein Sybarit. Ich wollte ein Leben voller Luxus und Muße führen. Ich wollte mich niemals langweilen. Das entsprach nicht meinem Stil. Aber ich würde erst dann vollkommen zufrieden sein, wenn dieser Luxus unermeßlich und die Muße grenzenlos war. Hunderttausend Pfund reichten dafür noch nicht aus. Ich brauchte mehr. Ich brauchte noch mindestens eine Million Pfund. Ich war fest davon überzeugt, daß ich einen Weg finden würde, so viel zu verdienen. Der Anfang war schließlich gar nicht so schlecht gewesen.

Ich besaß genug Verstand, um einzusehen, daß ich zuallererst meine Ausbildung beenden mußte. Bildung ist alles. Ich verabscheue ungebildete Menschen. Und so ließ ich mein Geld im Sommer 1913 auf eine Londoner Bank überweisen und kehrte in das Land meiner Väter zurück. Im September ging ich nach Cambridge, um mein Studium zu beginnen. Ich war, wie Sie sich vielleicht erinnern, im Trinity College eingeschrieben, und deshalb besaß ich eine Reihe von Privilegien und wurde von allen zuvorkommend behandelt.

Und es war Cambridge, wo die zweite und letzte Phase auf meinem Weg zum Reichtum begann. Wenn Sie mich noch ein wenig länger ertragen können, so werden Sie auf den folgenden Seiten alles darüber erfahren.

# 7

In Cambridge hieß mein Tutor für Chemie A. R. Woresley. Er war ein mittelalter kleiner Mann, neigte zur Leibesfülle, war immer nachlässig gekleidet und hatte einen grauen Schnurrbart, dessen Spitzen vom Nikotin seiner Pfeife ockergelb gefärbt war. Er wirkte deshalb wie ein typischer Universitätslehrer. Er überraschte mich jedoch durch seine außergewöhnlichen Kenntnisse. Seine Vorlesungen waren nie Routine. Sein Geist war immer auf der Suche nach dem Ungewöhnlichen. Einmal sagte er zu uns: «Und jetzt brauchen wir einen Tampion, um den Inhalt dieser Flasche vor eindringenden Bakterien zu schützen. Ich nehme an, Sie wissen, was ein Tampion ist, Cornelius?»

«Das kann ich nicht behaupten, Sir», antwortete ich.

«Kann jemand anders dieses einfache Hauptwort definieren?» fragte A. R. Woresley.

Niemand war dazu imstande.

«Dann sollten Sie es am besten im Lexikon nachschlagen», sagte er, «ich bin nicht dazu angestellt, Ihnen die simpelsten Grundlagen der Umgangssprache beizubringen.»

«Ach, regen Sie sich doch nicht so auf, Sir», erwiderte jemand, «sagen Sie uns einfach, was es heißt.»

«Ein Tampion», fuhr A. R. Woresley fort, «ist eine kleine Kugel aus Erde und Speichel, mit der sich der Bär vor dem Winterschlaf den After verschließt, um zu verhindern, daß ihm die Ameisen hineinkriechen.»

Er war ein sonderbarer Bursche, dieser A. R. Woresley, eine Mischung aus vollkommen widersprüchlichen Eigenschaften, gelegentlich witzig, wesentlich öfter jedoch aufgeblasen und verdrossen, wobei sich hinter allem ein erstaunlich komplizierter Geist zu verbergen schien. Nach dieser kleinen Tampion-Episode begann ich, ihn richtig gern zu haben. Wir bauten eine sehr angenehme Tutor–Student-Beziehung auf. Er lud mich zu sich nach Hause zum Sherry ein. Er war Junggeselle und wohnte mit seiner Schwester zusammen, die ausgerechnet Emmaline hieß. Sie war untersetzt und pummelig, roch ranzig und hatte einen grünlichen Belag auf den Zähnen, der aussah wie Grünspan. Sie hatte irgendeine Praxis im Haus, wo sie irgend etwas mit fremder Leute Füßen anstellte. Ich glaube, sie bezeichnete sich als Pediküre.

Dann brach der Erste Weltkrieg aus. Wir schrieben das Jahr 1914, und ich war neunzehn. Ich wurde eingezogen, und im Laufe der nächsten vier Jahre konzentrierte ich meine ganze Energie auf den Versuch zu überleben. Ich habe nicht vor, etwas von meinen Kriegserlebnissen zu berichten. Schützengräben, Schlamm, zu Krüppeln Geschossene und Tod sind in diesen Tagebüchern fehl am Platze. Ich habe meine Pflicht getan, offensichtlich ganz ordentlich, denn als im November 1918 der ganze Spuk verflogen war, war ich ein dreiundzwanzigjähriger Captain der Infanterie mit Kriegsauszeichnung, dem Military Cross. Ich hatte überlebt.

Ich kehrte sofort nach Cambridge zurück, um meine Studien zu beenden. Wer den Krieg überstanden hatte, bekam automatisch die Zulassung, obgleich wir bei Gott nicht allzu viele waren. A. R. Woresley hatte auch überlebt. Sein Krieg war ziemlich friedlich verlaufen, denn er hatte mit irgendeinem kriegswichtigen Forschungsauftrag in Cambridge bleiben können. Jetzt nahm er seine alte Lehrtätigkeit wieder auf, und wir freuten uns beide über das Wiedersehen. Wir setzten unsere Freundschaft genau dort fort, wo wir sie vier Jahre zuvor unterbrochen hatten.

Im Februar 1919, mitten im Winter-Semester, lud mich A. R. Woresley eines Abends zu sich nach Hause ein. Das Essen war nicht besonders. Wir bekamen billige Speisen und billigen Wein vorgesetzt, und wir mußten diese Pediküren-Schwester mit den Grünspan-Zähnen über uns ergehen lassen. Ich war eigentlich der Ansicht, daß sie sich einen etwas besseren Lebensstil hätten leisten können, als sie es taten, aber als ich dieses höchst delikate Thema in aller Behutsamkeit mit meinem Gastgeber anzuschneiden versuchte, verriet er mir, daß sie immer noch mit den Abzahlungen für das Haus zu kämpfen hätten. Nach dem Essen zogen sich A. R. Woresley und ich in sein Arbeitszimmer zurück und tranken eine anständige Flasche Portwein, die ich mitgebracht hatte. Wenn ich mich recht erinnere, war es ein Croft 1890.

«So einen Schluck kriege ich nicht oft zu trinken», bemerkte er.

Er saß sehr behaglich in seinem alten Lehnsessel, hatte sich eine Pfeife angezündet und ein Glas Portwein in der Hand. Was für ein durch und durch anständiger Mann ist das doch, dachte ich. Und was für ein fürchterlich ödes Leben er führen muß.

Ich beschloß, ihn ein wenig aufzuheitern, indem ich ihm von meiner Zeit in Paris erzählte, als ich 1913, also sechs Jahre vorher, mit dem Ölkäfer-Pulver hunderttausend Pfund verdient hatte. Ich holte ziemlich weit aus, und mich packte plötzlich die Lust am Erzählen. Ich konnte mich noch genau an alles erinnern, aber in Gegenwart meines Tutors ließ ich die etwas anstößigen Einzelheiten aus. Ich brauchte ungefähr eine Stunde für meinen Bericht.

A. R. Woresley war von der ganzen Eskapade hell begeistert.

«Mein Himmel, Cornelius!» rief er aus. «Sie haben Nerven gehabt! Sie haben wirklich Nerven gehabt! Und jetzt sind Sie ein steinreicher junger Mann!»

«Nicht reich genug», widersprach ich, «bevor ich dreißig werde, will ich eine Million Pfund zusammenhaben.»

«Ich bin fest davon überzeugt, daß Ihnen das gelingt», erwiderte er, «das glaub ich bestimmt. Sie haben einen Hauch von Unverschämtheit. Sie haben eine Nase für erfolgreiche Reklametricks. Sie haben den Mut zum raschen Handeln. Und Sie sind darüber hinaus vollkommen skrupellos. Mit anderen Worten, Sie besitzen alle Eigenschaften, die zu einem *nouveau riche*-Millionär gehören.»

«Danke schön», erwiderte ich.

«Ja, aber wie viele siebzehnjährige Burschen gibt es wohl, die mutterseelenallein nach Khartum gereist wären, um sich nach einem Pulver umzuschauen, das es vielleicht gar nicht gibt? Verdammt wenige.»

«So eine Gelegenheit hab ich mir nicht entgehen lassen wollen», sagte ich.

«Sie haben eine gute Nase, Cornelius. Eine ausgezeichnete Nase. Ich könnte Sie fast beneiden.»

Wir saßen da und tranken unseren Port. Ich rauchte mit Genuß eine kleine Havanna-Zigarre. Ich hatte meinem Gastgeber auch eine angeboten, aber er zog seine stinkende Pfeife vor. Diese Pfeife produzierte wesentlich mehr Qualm als jede andere Pfeife, die ich je erlebt hatte. Sie glich einem winzigen Kriegsschiff, das ihm das Gesicht einnebelte. Und hinter dieser Nebelwand brütete A. R. Woresley über meiner Pariser Geschichte.

Hin und wieder schnaubte und grunzte er und murmelte Wörter wie «bemerkenswert ausgeschlachtet! ... was für eine Stirn! ... was für ein Schwindel! ... aber auch gute chemische Kenntnisse, um solche Pillen zustande zu bringen.»

Dann herrschte Schweigen. Der Qualm wogte und waberte um seinen Kopf. Als er das Portweinglas an die Lippen setzte, verschwand es vollständig hinter dem Rauchschleier. Leer tauchte es wieder auf. Ich hatte genug geredet, deshalb schwieg ich jetzt.

«Tja, Cornelius», sagte A. R. Woresley schließlich, «Sie haben mir gerade Ihr Vertrauen geschenkt. Vielleicht sollte ich Ihnen dafür das meine bieten.»

Er hielt inne. Ich wartete. Was mochte jetzt wohl kommen, überlegte ich mir.

«Sie müssen nämlich wissen», sagte er, «daß mir in den letzten paar Jahren auch eine überraschende Entdeckung gelungen ist.»

«Tatsächlich?»

«Ich habe vor, gelegentlich einen Aufsatz darüber zu verfassen. Und ich könnte mir sogar vorstellen, daß er veröffentlicht wird.»

«Chemie?» fragte ich.

«Etwas Chemie», erwiderte er, «aber überwiegend Bio-Chemie. Es ist eine Mischung.»

«Es würde mich sehr interessieren, etwas darüber zu erfahren.»

«Ist das wahr?» Er brannte darauf, alles zu erzählen.

«Aber natürlich.» Ich goß ihm noch ein Glas Portwein ein. «Sie haben noch viel Zeit», setzte ich hinzu, «denn diese Flasche wollen wir heute abend leeren.»

«Gut», sagte er. Und dann begann er mit seinem Bericht.

«Genau vor vierzehn Jahren», sagte er, «im Winter 1905, bemerkte ich einen Goldfisch, der in meinem Gartenteich in einem festen Eisblock eingefroren war. Neun Tage später begann es zu tauen. Das Eis schmolz, und der Goldfisch schwamm davon, offensichtlich pudelmunter. Das brachte mich zum Nachdenken. Ein Fisch ist ein Kaltblüter. Welche anderen kaltblütigen Lebewesen ließen sich also wohl bei Minustemperaturen konservieren? Das mußte meiner Ansicht nach eine ganze Masse sein. Und von dem

Tag an begann ich, mir über das Einfrieren von Lebewesen ohne Blut Gedanken zu machen. Damit meine ich Bakterien et cetera. Dann fragte ich mich freilich: Wer will schon Bakterien aufbewahren? Ich sicher nicht! Deshalb stellte ich mir die nächste Frage: Welche lebenden Organismen würdest du eher als alle anderen über einen extrem langen Zeitraum lebendig erhalten wissen? Und meine Antwort lautete: Spermien.»

«Warum Spermien?» fragte ich.

«Das kann ich nicht genau sagen», erwiderte er, «vor allem weil ich Chemiker bin, kein Biologe. Aber ich hatte das bestimmte Gefühl, daß es sich als eine lohnende Aufgabe entpuppen würde. Deshalb fing ich mit meinen Experimenten an.»

«Womit denn?» fragte ich.

«Natürlich mit Spermien. Mit lebendigen Spermien.»

«Von wem?»

«Mit meinen eigenen.»

In der folgenden Pause spürte ich, wie ich verlegen wurde. Immer wenn mir jemand erzählt, daß er dies oder das getan hätte, muß ich mir, ganz egal, worum es geht, gleich die ganze Szene vorstellen. Das kann ich gar nicht ändern. Es ist nur ein Augenblick, aber es passiert mir immer, und es passierte mir auch jetzt. Ich sah den zerknitterten alten A. R. Woresley in seinem Laboratorium das tun, was er zum Zweck seiner Experimente zu tun hatte, und ich fühlte mich peinlich berührt.

«Im Namen der Wissenschaft ist alles gestattet», sagte er, denn meine Verwirrung war ihm wohl nicht verborgen geblieben.

«Oh, da stimme ich Ihnen zu. Da stimme ich Ihnen voll und ganz zu.»

«Ich habe allein gearbeitet», fuhr er fort, «und meistens spät in der Nacht. Keiner hatte eine Ahnung, hinter was ich her war.»

Sein Gesicht verschwand wieder hinter Rauchwolken, um gleich darauf abermals aufzutauchen.

«Die Hunderte von mißlungenen Experimenten, die ich hinter mich brachte, will ich gar nicht erwähnen», sagte er, «ich will Ihnen statt dessen von meinen Erfolgen berichten. Ich glaube, Sie werden sie interessant finden. Ich entdeckte zum Beispiel als erstes und wichtigstes, daß außerordentlich niedrige Temperaturen erforderlich sind, um Spermien über längere Zeiträume lebendig zu erhalten. Ich fror den Samen bei immer niedrigeren Temperaturen ein, und bei jedem Absinken der Temperatur erreichte ich eine entsprechend längere Lebenszeit. Wenn ich Kohlendioxid verwendete, war ich imstande, meinen Samen bei bis zu minus 97 Grad Fahrenheit einzufrieren. Aber selbst das reichte noch nicht aus. Selbst bei minus 97 Grad blieben die Spermien nur einen Monat lang lebendig, länger nicht. Ich muß es noch kälter bekommen, sagte ich mir. Aber wie sollte ich das anfangen? Dann stieß ich auf eine Möglichkeit, das ganze Zeugs bis zu minus 197 Grad einzufrieren.»

«Unmöglich», sagte ich.

«Können Sie sich denken, was ich verwendet habe?»

«Ich hab nicht den leisesten Schimmer einer Ahnung.»

«Ich benutzte flüssigen Stickstoff. Das hat's gebracht.»

«Aber flüssiger Stickstoff verfliegt doch extrem rasch», sagte ich, «was haben Sie gemacht, damit er sich nicht sofort verflüchtigt? Worin haben Sie ihn gelagert?»

«Ich habe spezielle Behälter entworfen», erklärte er, «sehr dickwandige und sehr sorgfältig gearbeitete Vakuumkästen. Darin bleibt der Stickstoff bei minus 197 Grad praktisch ewig flüssig. Von Zeit zu Zeit muß etwas nachgefüllt werden, aber das war alles.»

«Aber doch sicher nicht wirklich für immer.»

«Selbstverständlich», entgegnete er, «Sie vergessen, daß es sich bei Stickstoff um ein Gas handelt. Wenn man Gas verflüssigt, bleibt es tausend Jahre lang flüssig, es sei denn, man gestattet ihm zu verfliegen. Und das unterbindet man ganz einfach dadurch, daß man den Behälter luftdicht verschließt und sachgemäß isoliert aufbewahrt.»

«Ich verstehe. Und die Spermien sind lebendig geblieben?»

«Ja und nein», erwiderte er, «sie sind lange genug lebendig geblieben, um mir zu bestätigen, daß ich die richtige Temperatur getroffen hatte. Sie haben sich jedoch nicht unbegrenzt lebendig gehalten. Irgendwo steckte noch ein Fehler. Ich dachte lange darüber nach, und zum Schluß kam ich zu dem Ergebnis, daß die Spermien so etwas wie einen Puffer brauchten, man könnte auch sagen: Einen Überzieher, der sie vor dieser extremen Kälte schützte. Und nachdem ich mit ungefähr achtzig verschiedenen Substanzen experimentiert hatte, stieß ich zum Schluß auf die einzig richtige.»

«Was ist es gewesen?»

«Glyzerin.»

«Ganz einfaches Glyzerin?»

«Ja. Und selbst damit hat's am Anfang nicht geklappt. Es funktionierte nicht richtig, ich mußte erst noch herausfinden, daß der gesamte Gefrierprozeß sehr langsam vonstatten gehen mußte. Spermien sind empfindliche kleine Burschen. Plötzliche Kälteschocks können sie nicht vertragen. Wenn man sie ohne Übergang auf minus 197 Grad runterjagt, verursacht man ihnen ein Unwohlsein.»

«Daraufhin haben Sie sie also graduell gefrostet?»

«Genau. Und jetzt verrate ich Ihnen, wie man das machen muß. Zuerst verquirlt man die Spermien mit dem Glyzerin, und dann gießt man die Mischung in kleine Gummibehälter. Reagenzgläser sind dabei nicht zu gebrauchen, sie platzen beim Frieren. Das muß man übrigens sofort machen, sowie man die Spermien hat. Man muß sich ungeheuer beeilen. Wenn man rumbummelt, sterben sie ab. Dann packt man die kostbare Ware zuerst einmal in ganz normale Eiswürfel, um die Temperatur bis zum Nullpunkt zu senken. Als nächstes packt man die ganze Geschichte in Stickstoffdampf, um sie noch stärker zu kühlen. Und schließlich taucht man sie in die kälteste Kälte, in den flüssigen Stickstoff. Das ist ein schrittweiser Prozeß. Man gewöhnt die Spermien allmählich an die Kälte.»

«Und das funktioniert?»

«Oh, es funktioniert vorzüglich. Ich bin fest davon überzeugt, daß Spermien, durch Glyzerin geschützt und dann langsam eingefroren, bei minus 197 Grad Fahrenheit so lange gelagert werden können, wie Sie wünschen.»

«Zum Beispiel hundert Jahre?»

«Absolut, immer vorausgesetzt, daß Sie es bei minus 197 Grad halten.»

«Und danach könnte man sie wieder auftauen und eine Frau damit befruchten?»

«Ich bin fest davon überzeugt. Aber nachdem ich so weit gekommen war, begann ich das Interesse am menschlichen Aspekt der

Sache zu verlieren. Ich wollte wesentlich weiterkommen. Ich hatte noch zahllose andere Experimente im Kopf. Aber man kann nicht mit Männern und Frauen experimentieren, nicht so, wie es mir vorschwebte.»

«Wie haben Sie denn experimentieren wollen?»

«Ich wollte herausbekommen, wie groß der Prozentsatz der Spermienverschwendung bei jeder Ejakulation ist.»

«Das hab ich nicht ganz mitgekriegt. Was verstehen Sie unter Spermienverschwendung?»

«Bei der durchschnittlichen Ejakulation eines großen Tieres – sagen wir ein Bulle oder ein Pferd – werden fünf Kubikzentimeter Samenflüssigkeit produziert. Jeder Kubikzentimeter nun enthält tausend Millionen einzelne Spermen. Das bedeutet insgesamt fünftausend Millionen Spermen.»

«Doch nicht fünftausend Millionen! Nicht bei einemmal!»

«Es ist so, wie ich es gesagt habe.»

«Das ist unglaublich.»

«Es ist wahr.»

«Wieviel produziert denn ein menschliches Wesen?»

«Ungefähr die Hälfte. Etwa zwei Kubikzentimeter und zweitausend Millionen.»

«Wollen Sie damit etwa behaupten», sagte ich, «daß ich jedesmal, wenn ich eine junge Dame erfreue, ihr zweitausend Millionen Spermien hinterlasse?»

«Vollkommen richtig.»

«Und alle wimmeln und wackeln und wuseln durcheinander?»

«Natürlich.»

«Kein Wunder, daß sie das in Schwung bringt», sagte ich.

An diesem Aspekt war A. R. Woresley nicht im geringsten interessiert. «Es dreht sich um folgendes», fuhr er fort, «ein Bulle braucht zum Beispiel keineswegs fünftausend Millionen Spermien, um eine einzige Kuh zu decken. Er braucht genaugenommen nur ein einziges Sperma. Aber um vollkommen sicher zu sein, daß er sein Ziel auch erreicht, muß der Bulle mindestens ein paar Millionen nehmen. Aber wie viele? Das war meine nächste Frage.»

«Wieso?» fragte ich.

«Weil ich herausbekommen wollte, mein lieber junger Freund,

wie die genaue Zahl der weiblichen Tiere oder Menschen lautet, die tatsächlich mit einer einzigen Ejakulation befruchtet werden könnten. Ich ging natürlich von der Annahme aus, daß all diese Millionen von Spermien geteilt und verbreitet werden könnten. Verstehen Sie, worauf ich hinaus will?»

«Hundertprozentig. Was für Tiere haben Sie für diese Experimente ausgewählt?»

«Bullen und Kühe», antwortete A. R. Woresley, «ich habe einen Bruder, dem eine kleine Milchfarm drüben in Steeple Bumpstead gehört, gar nicht weit von hier. Er besaß einen Zuchtbullen und ungefähr achtzig Kühe. Wir haben uns immer sehr gut gestanden, mein Bruder und ich. Ich konnte mich ihm also anvertrauen, und er war damit einverstanden, daß ich seine Tiere benutzte. Ich hatte ja schließlich nicht vor, sie zu verletzen. Ich konnte ihm sogar dienlich sein.»

«Wieso konnten Sie ihm dienlich sein?»

«Mein Bruder ist nie besonders gut zurechtgekommen. Sein eigener Bulle, der einzige, den er sich leisten konnte, war nur von mittelmäßiger Qualität. Er hätte sich von ganzem Herzen gewünscht, daß seine gesamte Kuhherde von einem prächtigen Preisbullen aus einer Rasse von Hochleistungskühen gedeckt werden könnte.»

«Sie meinen, von einem Bullen, der jemand anderem gehört?»

«Ja, das meine ich.»

«Aber wie wollen Sie sich den Samen von einem Preisbullen beschaffen, der jemand anders gehört?»

«Einfach stehlen.»

«Aha.»

«Ich würde mir eine einzige Ejakulation stehlen, und dann, immer vorausgesetzt, daß ich mit meinen Experimenten tatsächlich erfolgreich war, würde ich diese eine einzige Ejakulation, diese fünftausend Millionen Spermien, auf die achtzig Kühe meines Bruders verteilen.»

«Und wie würden Sie die verteilen?» fragte ich weiter.

«Durch eine Methode, die ich als hypodermische Insemination bezeichnet habe. Indem ich der Kuh die Spermien per Spritze gebe.»

«Das ist wahrscheinlich möglich.»

«Natürlich ist das möglich», sagte er, «das männliche Geschlechtsorgan ist ja schließlich auch nichts anderes als eine Spritze, die Spermien injiziert.»

«Da möcht ich aber bitten», sagte ich, «meines kommt mir wie ein bißchen mehr vor.»

«Daran zweifle ich nicht, Cornelius, daran zweifle ich wirklich nicht», antwortete er trocken, «aber wir wollen nicht weiter abschweifen.»

«Ich bitte um Entschuldigung.»

«Ich begann also, mit dem Bullensamen zu experimentieren.»

Ich griff nach der Portflasche und füllte sein Glas nach. Ich hatte jetzt das Gefühl, daß sich der alte Woresley auf einen ziemlich interessanten Punkt zubewegte, und ich wollte gern, daß er in Fahrt blieb.

«Ich habe Ihnen schon berichtet», sagte er, «daß ein durchschnittlicher Bulle jedesmal ungefähr fünf Kubikzentimeter Flüssigkeit produziert. Das ist nicht sehr viel. Selbst wenn ich das mit Glyzerin mischte, war es immer noch zu wenig, als daß ich es in sehr viele Teile teilen und dann auch noch hoffen könnte, jede dieser winzigen Quantitäten in die einzelne Kuh zu praktizieren. Ich mußte also nach einem Füllstoff suchen, nach irgend etwas, das das Volumen vergrößerte.»

«Warum nicht einfach noch mehr Glyzerin dazu geben?»

«Das habe ich versucht. Es hat nicht funktioniert. Wird zusammen viel zu zähflüssig. Ich will Sie aber nicht mit einer Liste all der merkwürdigen Substanzen langweilen, mit denen ich herumprobiert habe. Ich will Ihnen einfach von dem berichten, bei dem es geklappt hat. Magermilch geht nämlich. Achtzig Prozent Magermilch, zehn Prozent Eidotter und zehn Prozent Glyzerin. Das ist die Zaubermischung. Die Spermien lieben sie geradezu. Man braucht den ganzen Cocktail nur gründlich durchzuschütteln, und Sie können sich davon überzeugen, daß ich damit ein praktisches Volumen gewonnen hatte, mit dem ich ausgezeichnet experimentieren konnte. Ich arbeitete also ein paar Jahre mit den Kühen meines Bruders, und schließlich stand die optimale Dosis fest.»

«Was war das?»

«Die optimale Dosis betrug nicht mehr als zwanzig Millionen

Spermien pro Kuh. Wenn ich diese Menge einer Kuh im richtigen Zeitpunkt injizierte, so wurde sie zu achtzig Prozent trächtig. Und Sie dürfen nicht vergessen, Cornelius», fuhr er aufgeregt fort, «daß jede Bullen-Ejakulation fünftausend Millionen Spermien enthält. Wenn man das in Dosen zu zwanzig Millionen aufteilt, so erhält man zweihundertfünfzig Einzeldosen. Es war erstaunlich! Ich war völlig aus dem Häuschen!»

«Heißt das etwa», fragte ich nachdenklich, «daß ich mit einer einzigen Ejakulation zweihundertfünfzig Frauen schwängern könnte?»

«Sie sind kein Bulle, Cornelius, so sehr das vielleicht auch Ihrer Vorstellung von sich selbst entgegenkommt.»

«Für wie viele Frauen würde denn eine von meinen reichen?»

«Ungefähr hundert. Aber ich habe nicht im Sinn, Ihnen dabei zu helfen.»

Himmel, dachte ich, bei der Quote wären das grob geschätzt siebenhundert Damen pro Woche! «Haben Sie das tatsächlich beweisen können mit dem Bullen Ihres Bruders?» fragte ich.

«Oft und oft», antwortete A. R. Woresley, «es klappt. Ich ziehe eine Ejakulation ab, dann verquirle ich sie sofort mit Magermilch, Eidotter und Glyzerin, und dann teile ich sie schon vor dem Einfrieren in Einzelportionen auf.»

«Wie groß ist jede Einzeldosis?» fragte ich.

«Sehr gering. Nur ein halber Kubikzentimeter.»

«Ist das alles, was Sie der Kuh einspritzen, nur ein halber Kubikzentimeter?»

«Das reicht. Sie dürfen nicht vergessen, daß dieser halbe Kubikzentimeter zwanzig Millionen lebendige Spermien enthält.»

«Aha, ja.»

«Ich fülle diese kleinen Dosen getrennt in sehr dünne Gummischläuche», fuhr er fort, «ich nenne sie Strohhalme. Die werden an beiden Enden versiegelt, und dann friere ich sie ein. Stellen Sie sich das nur vor, Cornelius! Zweihundertfünfzig Hochleistungsstrohhalme aus einer einzigen Ejakulation!»

«Ich bin gerade dabei, es mir vorzustellen», erwiderte ich, «das ist wirklich ein verflixtes Wunder.»

«Und ich kann sie so lange lagern, wie ich will, natürlich immer tiefgefroren. Ich muß nur warten, bis eine Kuh heiß wird, dann hole ich einen Strohhalm aus dem Behälter mit dem flüssigen Stickstoff, taue ihn auf, was nicht länger als eine Minute dauert, ziehe den Inhalt auf eine Spritze und jage ihn in die Kuh.»

Die Portweinflasche war jetzt dreiviertel leer, und A. R. Woresley wurde allmählich etwas betrunken. Ich goß ihm das Glas wieder voll.

«Und was war mit diesem Preisbullen, von dem Sie erzählt haben?» fragte ich.

«Dazu komm ich noch, mein Junge. Das ist der schönste Teil der ganzen Geschichte. Das ist die Dividende.»

«Erzählen Sie!»

«Und ob ich das erzähle. Ich sag also zu meinem Bruder ... das war vor drei Jahren, mitten im Krieg ... mein Bruder war nämlich nicht eingezogen worden, wissen Sie, weil er Bauer war ... ich sag also zu Ernest: ‹Ernest›, sag ich, ‹wenn du dir von allen Bullen aus ganz England einen einzigen für deine Herde aussuchen könntest, welchen würdest du dann nehmen?› – ‹In ganz England weiß ich nicht Bescheid›, sagt Ernest zu mir, ‹aber der schönste Bulle in dieser Gegend hier, das ist ein Preisbulle, der heißt *Der Ruhm von Friesland*, und er gehört Lord Somerton. Das ist ein reinrassiger Friese, und diese friesischen Rinder haben die besten Milchkühe auf der ganzen Welt. Mein Gott, Arthur›, sagt er, ‹du solltest den Bullen mal sehen! Er ist ein Riese! Er hat zehntausend Pfund gekostet, und jedes weibliche Kalb, das von ihm stammt, wird eine echte Hochleistungs-Kuh!›

‹Wo steht dieser Bulle denn?› frag ich meinen Bruder. ‹Auf dem Besitz von Lord Somerton. Das ist da drüben, in Birdbrook.›

‹In Birdbrook? Das ist doch ganz in der Nähe, oder?›

‹Drei Meilen von hier›, sagt mein Bruder, ‹sie haben ungefähr zweihundert friesische Milchkühe mit Herdbuch, und der Bulle gehört zur Herde. Ein Prachtstück, Arthur, das ist er wirklich.›

‹Na gut›, sag ich, ‹in den nächsten zwölf Monaten werden achtzig Prozent von deinen Kühen Kälber von diesem Bullen werfen. Was würdest du denn davon halten?›

‹Was ich davon halten würde?› sagt mein Bruder. ‹Das würde mir den Milchertrag verdoppeln!› Ach, mein lieber Cornelius, ob Sie mir noch ein letztes Glas von diesem ausgezeichneten Portwein eingießen könnten?»

Ich goß ihm den Rest aus der Portweinflasche ein. Ich goß ihm sogar mit der Neige auch den Bodensatz ein. «Und was haben Sie dann getan?» fragte ich.

«Wir haben gewartet, bis eine Kuh aus der Herde meines Bruders richtig schön heiß war. Und dann, mitten in der Nacht ... das hat Mut erfordert, Cornelius, eine ganze Masse Mut ...»

«Das kann ich mir vorstellen.»

«Mitten in der Nacht hat Ernest der Kuh einen Strick umgebunden und hat sie über die Feldwege drei Meilen weit zu Lord Somertons Gut geführt.»

«Sind Sie denn nicht mitgegangen?»

«Ich bin nebenhergeradelt.»

«Auf dem Fahrrad? Warum denn das?»

«Das werden Sie gleich begreifen. Es war Mai, ein schöner warmer Mai, und es wird wohl ein Uhr morgens gewesen sein. Manchmal kam der Mond durch, was die ganze Angelegenheit noch gefährlicher machte, aber für das, was wir vorhatten, brauchten wir auch etwas Licht. Der Hinweg dauerte eine Stunde.

‹Da wären wir›, sagte mein Bruder dann, ‹da drüben. Kannst du sie sehen?›

Wir hatten ein Gatter erreicht, das auf ein zwanzig Morgen großes Feld führte, und im Mondlicht konnte ich die große Friesenherde über das ganze Feld verstreut grasen sehen. Am anderen Ende, nicht sehr weit entfernt, lag das große Gutshaus, Somerton Hall. Im ersten Stock war ein einziges Fenster erleuchtet. ‹Wo ist denn der Bulle?› fragte ich.

‹Er wird irgendwo da drüben sein›, antwortete mein Bruder, ‹er ist immer bei der Herde.›

Unsere Kuh», sagte A. R. Woresley zu mir, «muhte wie verrückt. Das tun sie immer, wenn sie heiß sind. Sie rufen nach dem Bullen, wissen Sie. Das Gatter war mit einer Kette versperrt, aber darauf hatte sich mein Bruder vorbereitet. Er zog eine Stahlsäge aus der Tasche und sägte die Kette durch. Dann öffnete er das Gattertor. Ich lehnte mein Fahrrad an die Hecke, und wir gingen auf die Weide, hinter uns die Kuh am Strick. Die Weide glänzte milchweiß im Mondlicht. Unsere Kuh, die die Gegenwart der anderen Tiere witterte, begann noch lauter zu muhen.»

«Hatten Sie nicht Angst?» fragte ich.

«Fürchterliche Angst», antwortete A. R. Woresley, «ich bin ein friedfertiger Mann, Cornelius, und ich führe ein friedliches Leben. Für solche Eskapaden bin ich nicht geschaffen. Ich hab in jedem Augenblick damit gerechnet, daß der Verwalter Seiner Lordschaft mit einer Flinte in der Hand auftaucht. Aber ich zwang mich, vorwärts zu marschieren, denn das, was wir vorhatten, diente der Wissenschaft. Und außerdem war ich meinem Bruder verpflichtet. Er hatte mir ungeheuer geholfen. Jetzt mußte ich ihm helfen.»

Die Pfeife war erloschen. A. R. Woresley begann, sie aus einer billigen Tabaksdose neu zu stopfen.

«Erzählen Sie weiter», bat ich.

«Der Bulle muß gehört haben, wie unsere Kuh ihn rief. ‹Dort ist er!› rief mein Bruder. ‹Da kommt er schon!›

Eine gewaltige Gestalt in Weiß und Schwarz hatte sich aus der Herde gelöst und kam auf uns zugetrottet. Er hatte ein Paar kurze, spitze Hörner auf dem Schädel. Mörderisch sahen sie aus. ‹Halt dich bereit!› keuchte mein Bruder. ‹Der wartet nicht! Der geht gleich auf sie los! Gib mir den Gummibeutel! Rasch!›»

«Was für einen Gummibeutel?» fragte ich Woresley.

«Den Samensammler, mein lieber Junge. Meine eigene Erfindung, ein länglicher Beutel mit einem doppelt verstärkten Gummiwulst, wie eine Ersatz-Vagina. Dazu sehr effektiv. Aber lassen Sie mich fortfahren.»

«Fahren Sie fort!» sagte ich.

«‹Wo ist der Beutel?› rief mein Bruder. ‹Beeil dich, Mann!› Ich trug den Sammelbeutel in meinem Rucksack. Ich nahm ihn heraus und reichte ihn meinem Bruder. Er bezog Stellung, etwas hinter der Kuh, aber seitlich. Ich stellte mich einsatzbereit auf die andere Seite. Ich hatte eine solche Angst, Cornelius, daß ich am ganzen Körper Schweißausbrüche bekam und das ständige Gefühl hatte, ich müßte gleich pinkeln. Der Bulle jagte mir eine Todesangst ein, dazu kam dieses Licht aus dem Fenster von Somerton Hall hinter mir, aber trotzdem, ich wich und wankte nicht. Der Bulle kam ankarjolt, schnaubend und sabbernd. Ich konnte einen Messingring in seiner Nase erkennen, und, beim Himmel, Cornelius, der Bursche sah gefährlich aus. Er zögerte keinen Augenblick. Er verstand sein Geschäft. Er schnupperte einmal an unserer Kuh, dann richtete er sich auf und ließ die Vorderbeine auf den Rücken der Kuh krachen. Ich schlüpfte neben ihn. Sein Penis schob sich schon heraus. Er hatte riesenhafte Hoden, und genau darüber wurde dieser unglaubliche Penis immer länger. Es war wie ein Teleskop. Zuerst war er ziemlich kurz, aber dann wurde er im Handumdrehen immer länger, bis er etwa so lang war wie mein Arm. Allerdings nicht sehr dick. Ich würde sagen, so dick wie ein Spazierstock. Ich griff danach, aber ich war so aufgeregt, daß ich ihn nicht erwischte. ‹Schnell›, sagte mein Bruder, ‹wo ist er denn? Pack ihn doch, rasch!› Aber es war zu spät. Der alte Bulle war ein erfahrener Meister. Er traf das Ziel beim erstenmal und steckte schon halb drinnen. ‹Pack ihn doch!› rief mein Bruder. Ich griff wieder danach. Ein Stückchen war noch draußen. Ich packte es mit beiden Händen und zog. Es pulsierte sehr lebhaft und war etwas schleimig. Ich hatte das Gefühl, als ob ich an einer Schlange zöge. Der Bulle schob es hinein, und ich zerrte es heraus. Ich zog aus Leibeskräften, bis ich merkte, daß es abknickte. Ich zwang mich jedoch, jetzt nicht den Kopf zu verlieren, und versuchte meine Züge mit den Rückwärtsbewegungen des Tieres zu synchronisieren. Können Sie verstehen, wie ich das meine? Er wollte nach vorn stoßen, und davor mußte er jedesmal den Rücken krümmen. Und jedesmal, wenn er den Rücken krümmte, machte ich einen Ruck und hatte wieder ein paar Spannen gewonnen. Dann stieß der Bulle wieder zu, und es fuhr wieder hinein. Aber ich war ihm überlegen, und am Ende schaffte ich es, es mit beiden Händen zu einer Schlaufe zu schlingen und herauszuziehen. Dabei klatschte es mir noch gegen die Backe. Das tat ganz schön weh. Ich stopfte es aber sofort in den Sack, den mein Bruder parathielt. Der Bulle machte immer noch weiter. Er war vollkommen in seiner Arbeit vertieft. Gott sei Dank war er das. Er schien uns kaum wahrzunehmen. Aber sein Schlauch steckte jetzt im Sack, und mein Bruder hielt ihn fest, und in weniger als einer Minute war alles vorbei. Der Bulle ließ sich rückwärts von der Kuh gleiten. Und dann erkannte er uns plötzlich. Er stand da und starrte uns an. Er wirkte leicht wie vor den Kopf geschlagen, aber das kann man ja verstehen. Er stieß ein tiefes Grunzen aus und fing an, mit seinen Vorderbeinen auf dem Boden herumzutrampeln. Er setzte zum Angriff an. Aber mein Bruder, der sich auf Bullen versteht, ging in aller Seelenruhe auf ihn zu und gab ihm einen Klaps auf die Nase. ‹Hau ab›, sagte er. Und der Bulle drehte sich um und trabte zurück zu seiner Herde. Wir sausten durchs Gatter und machten es hinter uns zu. Ich nahm meinem Bruder den Gummibeutel ab, sprang aufs Fahrrad und fuhr wie die Feuerwehr heim zum Hof. Ich schaffte es in fünfzehn Minuten.

Auf dem Hof war schon alles vorbereitet. Ich goß den Samen aus dem Sack und verrührte ihn mit meiner Spezialmischung aus Magermilch, Eidotter und Glyzerin. Ich füllte zweihundertfünfzig von meinen kleinen Gummistrohhalmen mit je einem halben Kubikzentimeter. Das ist gar nicht so schwierig, wie es klingt. Ich klemme dazu die Strohhalme immer reihenweise in ein Metallgestell und benutze eine Pipette. Dann tauchte ich das Gestell mit den gefüllten Strohhalmen eine halbe Stunde in Eis. Danach kam es zehn Minuten lang in einen Behälter mit Stickstoffdampf, und zum Schluß tauchte ich es in einen zweiten Vakuumkasten mit flüssigem Stickstoff. Die ganze Prozedur war schon abgeschlossen, bevor mein Bruder mit der Kuh nach Hause kam. Ich besaß jetzt genug Samen eines friesischen Preisbullen, um zweihundertfünfzig Kühe trächtig zu machen. Das hoffte ich wenigstens.»

«Hat es funktioniert?» fragte ich.

«Es hat phantastisch funktioniert», antwortete A. R. Woresley, «im darauffolgenden Jahr begann das Hereford-Vieh meines Bruders Kälber zu werfen, die halbe Friesen waren. Ich hatte ihm beigebracht, wie er selber mit der hypodermischen Insemination zurechtkam, und den Kanister mit den gefrorenen Strohhalmen ließ ich bei ihm auf dem Hof. Heute, mein lieber Cornelius, also drei Jahre später, ist fast jede Kuh in seiner Herde eine Kreuzung aus Herefords und Hochleistungs-Friesen. Sein Milchertrag ist um ungefähr sechzig Prozent gestiegen, und seinen Bullen hat er verkauft. Das einzige Problem besteht darin, daß ihm die Strohhalme ausgehen. Er will, daß ich noch so eine lebensgefährliche Tour mit ihm zu Lord Somertons Bullen mache. Das steht mir, ehrlich gesagt, ziemlich bevor.»

«Dann werde ich gehen», sagte ich, «ich werde Ihren Platz einnehmen.»

«Sie wissen doch gar nicht, was man da machen muß.»

«Einfach den Schwanz packen und zack, in den Sack», entgegnete ich, «Sie warten unterdessen auf dem Hof und haben alles zum Einfrieren fertig.»

«Können Sie denn Fahrrad fahren?»

«Ich nehme meinen Wagen», erwiderte ich, «da bin ich doppelt so schnell.»

Ich hatte mir gerade einen funkelnagelneuen Continental Morris Cowley gekauft, einen Wagen, der dem 1912 De Dion meiner Pariser Tage in jeder Hinsicht überlegen war. Das Chassis war schokoladenbraun, die Ledersitze gepolstert. Alles war verchromt und mahagonigetäfelt, und der Wagen hatte eine Tür neben dem Fahrersitz. Ich war sehr stolz darauf. «Ich kann Ihnen den Samen im Handumdrehen bringen», sagte ich.

«Das ist eine ausgezeichnete Idee», sagte er, «und das würden Sie wirklich für mich tun, Cornelius?»

«Mit dem größten Vergnügen», entgegnete ich.

Kurz darauf verabschiedete ich mich und fuhr zurück nach Trinity. Der Kopf summte mir von allem, was mir A. R. Woresley erzählt hatte. Es bestand gar kein Zweifel daran, daß er eine ungeheuerliche Entdeckung gemacht hatte, und wenn er seine Forschungsergebnisse veröffentlichte, würde die Welt ihn als großen Mann feiern. Er war wahrscheinlich wirklich ein Genie.

Aber das berührte mich bei der ganzen Angelegenheit eigentlich kaum. Was mich viel mehr beschäftigte, war folgende Frage: Wie konnte ich mit Hilfe dieser Geschichte zu meiner Million kommen? Ich hatte nicht das geringste dagegen einzuwenden, daß auch A. R. Woresley dabei reich wurde. Das verdiente er sicher. Aber der mit vorzüglicher Hochachtung als Verfasser Unterzeichnende sollte zuerst an die Reihe kommen. Je mehr ich darüber nachdachte, desto fester war ich davon überzeugt, daß hinter der nächsten Ecke ein Vermögen auf mich wartete. Ich hegte nur meine Zweifel daran, daß es von Bullen und Kühen stammen sollte.

Ich lag in jener Nacht schlaflos im Bett und wälzte das Problem im Geiste unablässig hin und her. Dem Leser dieser Tagebücher mag ich in mancher Hinsicht als ein ziemlich leichtfertiger Bursche erscheinen, aber ich kann Ihnen versichern, wenn es um meine eigensten Interessen und Vorteile geht, bin ich durchaus imstande, äußerst konzentriert zu denken. Ungefähr um Mitternacht begann sich eine vage Idee zu formen und mir im Kopf herumzuschwirren. Sie gefiel mir auf der Stelle, diese Idee, und zwar aus dem einfachen Grunde, weil sie die beiden Dinge unter einen Hut brachte, die ich im ganzen Leben am unterhaltsamsten fand: Verführung und Kopulation. Sie gefielen mir erst recht, als mir klarwurde, was für ungeheuerliche Mengen von Verführungen und Kopulationen damit verbunden waren.

Ich sprang aus dem Bett und zog mir den Morgenrock an. Ich fing an, mir Notizen zu machen. Ich grübelte über alle Probleme nach, die dabei auftauchen mußten. Ich legte mir Möglichkeiten zurecht, wie man sie überwinden könnte. Und ganz zum Schluß kam ich zu der felsenfesten Überzeugung, daß der Plan funktionieren würde. Er mußte einfach funktionieren.

Die Geschichte hatte nur einen einzigen Haken. Ich mußte A. R. Woresley zum Mitmachen bewegen.

# 8

Am nächsten Tag suchte ich ihn im College auf und lud ihn ein, am gleichen Abend mit mir zu essen.

«Ich pflege nie auswärts zu essen», antwortete er, «meine Schwester erwartet mich zum Abendbrot zu Hause.»

«Es ist geschäftlich», sagte ich, «es geht um Ihre ganze Zukunft. Sagen Sie ihr nur, es sei lebenswichtig, denn das ist es wirklich. Ich habe vor, einen reichen Mann aus Ihnen zu machen.»

Nach einigem Hin und Her nahm er schließlich meine Einladung an.

Ich ging um sieben Uhr mit ihm in den *Blauen Eber* in der Trinity

Street und bestellte für uns beide. Zuerst ein Dutzend Austern für jeden und eine Flasche Clos Vougeot Blanc, ein sehr seltener Wein. Danach eine Portion Roastbeef und einen guten Volnay.

«Ich muß schon sagen, Sie lassen's sich gutgehen, Cornelius», bemerkte er.

«Anders würd ich's nicht haben wollen», erwiderte ich, «mögen Sie Austern?»

«Sehr gern.»

In diesem Restaurant machte ein Mann hinter der Bartheke die Austern auf, und wir beobachteten ihn dabei. Es waren Colchester-Austern, mittelgroß und schön rund und kräftig. Ein Kellner servierte sie uns. Der Weinkellner öffnete den Clos Vougeot Blanc. Wir begannen zu essen.

«Ich sehe, daß Sie Ihre Austern kauen», sagte ich.

«Was erwarten Sie denn sonst von mir?»

«Man muß sie im Ganzen runterschlucken.»

«Das ist albern.»

«Ganz im Gegenteil», widersprach ich, «bei Austern besteht der erste Genuß in dem Gefühl, sie die Kehle hinunterschlüpfen zu spüren.»

«Das kann ich gar nicht glauben.»

«Dieser Genuß wird dann zusätzlich ganz enorm durch das Bewußtsein gesteigert, daß sie in dem Augenblick, in dem man sie verschluckt, tatsächlich noch lebendig sind.»

«Mir ist es eigentlich lieber, wenn ich daran gar nicht denken muß.»

«Oh, das muß man aber! Wenn man sich stark genug konzentriert, dann kann man die lebendige Auster manchmal noch im Magen zappeln fühlen.»

Der nikotinverfärbte Schnurrbart von A. R. Woresley begann zu zucken. Er sah aus wie ein kleines nervöses Stacheltier, das sich an seine Oberlippe gekrallt hatte.

«Wenn man eine bestimmte Stelle einer Auster genau betrachtet», fuhr ich fort, «genau hier ... dann kann man einen winzigen Puls schlagen sehen. Da ist er. Sehen Sie's? Und wenn man jetzt mit der Gabel hineinsticht ... gerade so ... dann bewegt sich das Fleisch. Es zieht sich zusammen. Das tut es auch, wenn man Zitronensaft draufträufelt. Austern mögen keinen Zitronensaft. Und sie mögen es auch nicht, wenn man mit der Gabel in ihnen herumstochert. Sie weichen zurück. Das Fleisch bebt. Ich werde diese hier jetzt essen ... ist es nicht ein Prachtexemplar? ... so, jetzt ist sie unten ... und jetzt werde ich ein paar Sekunden lang vollkommen still und reglos dasitzen und mich ganz dem Gefühl hingeben, wie sie sanft in meinen Magen gleitet ...»

Das kleine braune Stacheltier auf A. R. Woresleys Oberlippe begann heftiger denn je auf- und abzuhüpfen, und die Backen darüber waren sichtlich blaß geworden. Er schob seinen Teller mit den Austern langsam beiseite.

«Ich werde Ihnen etwas Räucherlachs bestellen.»

«Danke vielmals.»

Ich bestellte den Lachs und packte mir den Rest von seinen Austern auf den Teller. Während er darauf wartete, daß ihm der Kellner den Lachs brachte, beobachtete er mich beim Austernessen. Er war jetzt schweigsam, fast niedergeschlagen, und genauso wollte ich ihn haben. Verflixt, der Mann war doppelt so alt wie ich, und ich wollte ihn nur ein wenig vom hohen Roß herunterholen, ehe ich ihm meinem grandiosen Einfall in den Schoß warf. Ich mußte ihn einfach zuerst etwas weichmachen und in die Hand zu bekommen versuchen, falls ich auch nur mit der leisesten Hoffnung rechnen wollte, daß er meinem Plan zustimmte. Ich beschloß, ihn noch mehr durch die Mangel zu drehen.

«Habe ich Ihnen schon mal von meiner alten Kinderfrau erzählt?» fragte ich.

«Ich dachte, wir wären hierhergekommen, um über meine Entdeckung zu sprechen», sagte er. Der Kellner stellte ihm einen Teller mit Räucherlachs hin. «Ah», machte er, «das sieht ausgezeichnet aus.»

«Als ich im Alter von neun Jahren ins Internat kam», sagte ich, «schickten meine Eltern meine liebe alte Kinderfrau in Pension. Sie kauften ihr ein kleines Häuschen auf dem Lande, und da lebte sie dann. Sie war ungefähr fünfundachtzig und eine bewundernswürdig zähe und muntere alte Person. Sie hat sich nie über irgend etwas beklagt. Aber als sie meine Mutter eines Tages besuchte, da fand sie, daß sie schlecht aussähe. Sie fragte sie ernergisch aus, und Nanny gab schließlich zu, daß sie ziemlich scheußliche Magenschmerzen hätte. Ob sie schon lange darunter litte, wollte meine Mutter wissen. Ach, um ganz ehrlich zu sein, gab sie schließlich zu, ja, ja, diese Magenschmerzen, die hätte sie schon seit Jahren. Aber so schlimm wie jetzt wären sie noch nie gewesen. Meine Mutter schickte zu einem Arzt. Der Arzt schickte Nanny ins Krankenhaus. Sie durchleuchteten sie, und die Röntgenstrahlen brachten etwas ganz Verblüffendes zutage. Mitten in Nannys Magen steckten, ungefähr drei Finger breit voneinander entfernt, zwei kleine milchige Gegenstände. Sie sahen aus wie durchsichtige Glasmurmeln. Weil sich keiner im Krankenhaus erklären konnte, um was es sich bei diesen beiden Gegenständen handeln könnte, entschieden sie sich zu einer Operation.»

«Das ist doch hoffentlich nicht noch eine von Ihren unangenehmen Anekdoten», unterbrach mich A. R. Woresley zwischen zwei Mundvoll Lachs.

«Es ist eine faszinierende Geschichte», sagte ich, «sie wird Sie ungeheuer interessieren.»

«Dann reden Sie weiter.»

«Was glauben Sie wohl», fuhr ich fort, «was das für runde Gegenstände waren, die der Chirurg, der sie aufgeschnitten hatte, in ihrem Magen entdeckte?»

«Ich hab nicht die leiseste Idee.»

«Es waren Augen.»

«Was soll das heißen, Augen?»

«Der Chirurg fand sich geradewegs in zwei wachsame, reglose, runde Augen starren. Und die Augen starrten ihn unverwandt an.»

«Lächerlich.»

«Nicht im geringsten», widersprach ich, «und wem haben diese Augen wohl gehört?»

«Wem denn?»

«Sie gehörten einer ziemlich großen Krake.»

«Sie wollen sich wohl lustig machen.»

«Ich schwöre, daß es wahr ist. Dieser gewaltige Krakenkerl hauste also als Parasit im Magen meiner lieben alten Nanny. Er teilte sich das Essen mit ihr, und er wurde gut gefüttert ...»

«Ich glaube, das reicht, Cornelius.»

«Und seine acht ekelhaften Saugarme hatte er ihr unlösbar um Lunge und Leber geschlungen. Sie konnten das nicht mehr voneinander trennen. Sie starb ihnen auf dem Operationstisch.»

A. R. Woresley hatte aufgehört, seinen Räucherlachs zu kauen.

«Das Interessanteste dabei ist natürlich die Frage, wie die Krake da hat hineinkommen können. Ich meine damit, wie kommt eine alte Dame überhaupt dazu, einen ausgewachsenen Seepolypen in ihrem Magen zu beherbergen? Er war viel zu groß, als daß sie ihn hätte schlucken können. Es war wie das Problem mit dem Schiff in der Flasche. Wie um des Himmels willen ist es hineingekommen?»

«Ich will das lieber gar nicht wissen», antwortete A. R. Woresley.

«Ich will's Ihnen verraten», sagte ich, «meine Eltern pflegten Nanny und mich jedes Jahr nach Beaulieu in Südfrankreich mitzunehmen. Und dort sind wir jeden Tag zweimal ins Meer gegangen und haben geschwommen. So muß wohl ganz offensichtlich folgendes geschehen sein: Nanny muß vor vielen Jahren einen winzigen neugeborenen Polypen verschluckt haben, und dieses kleine Geschöpf hat es irgendwie geschafft, sich mit seinen Saugnäpfen an ihrer Magenwand zu heften. Nanny hat immer mit gutem Appetit gegessen, so daß die kleine Krake gut ernährt worden ist. Nanny hat immer mit am Familientisch gegessen. Manchmal gab es Leber und Speck, manchmal Lammbraten oder Schwein. Und ob Sie es glauben oder nicht, Räucherlachs hat sie ganz besonders gern gemocht.»

A. R. Woresley legte die Gabel auf den Tisch. Auf seinem Teller war noch eine einzige hauchdünne Scheibe Räucherlachs übrig, aber er ließ sie liegen.

«Die kleine Krake ist also immer größer geworden. Sie wurde eine richtige Feinschmecker-Krake. Man kann sie sich richtig vorstellen, nicht wahr, wie sie da unten in ihrer dunklen Magenhöhle hockte und sich dachte: bin ja gespannt, was wir heute abend zu essen kriegen. Hoffentlich ist es *Coq au vin*. Ich hätte heute Lust auf *Coq au vin*. Und dazu vielleicht ein bißchen frisches Weißbrot.»

«Sie haben einen widerwärtigen Hang zum Obszönen, Cornelius.»

«Dieser Fall ist in die Geschichte der Medizin eingegangen», sagte ich.

«Ich finde es ekelhaft», sagte A. R. Woresley.

«Das tut mir leid. Ich wollte nur versuchen, Konversation zu machen.»

«Ich bin nicht hierhergekommen, um Konversation zu treiben.»

«Ich will aus Ihnen einen reichen Mann machen», sagte ich.

«Dann schießen Sie los und sagen mir wie.»

«Ich dachte, ich lasse das lieber, bis der Portwein auf dem Tisch steht. Ohne eine Flasche Portwein ist noch nie ein guter Plan entwickelt worden.»

«Sind Sie fertig, Sir?» fragte ihn der Kellner mit einem Blick auf den Räucherlachsrest.

«Servieren Sie's ab», sagte A. R. Woresley.

Wir saßen eine Weile schweigend da. Der Kellner brachte den Rinderbraten. Der Volnay wurde geöffnet. Es war März, und wir bekamen zu unserem Rindfleisch glasierte Rübchen und Bratkartoffeln und Yorkshire-Pudding.

Als A. R. Woresley das Rindfleisch erblickte, wurde er wieder etwas munterer. Er zog sich den Stuhl dicht an den Tisch und begann sich das Essen einzuschaufeln.

«Wußten Sie übrigens, daß mein Vater ein begeisterter Marine-Geschichtsforscher gewesen ist?» fragte ich.

«Nein, das wußte ich nicht.»

«Er hat mir einmal eine erschütternde Geschichte erzählt», sagte ich, «von einem englischen Kapitän, der während des amerikanischen Unabhängigkeitskriegs auf dem Deck seines Schiffs tödlich verwundet worden ist. Möchten Sie etwas Meerrettich zu Ihrem Rindfleisch?»

«Ja, bitte.»

«Ober», rief ich, «bringen Sie uns bitte etwas frisch gerissenen Meerrettich. Also, als er im Sterben lag, da hat der Kapitän ...»

«Cornelius», sagte A. R. Woresley, «mir reicht's jetzt mit Ihren Geschichten.»

«Aber das ist gar nicht meine Geschichte. Es ist eine von meinem Vater. Sie ist überhaupt nicht mit den anderen zu vergleichen. Sie wird Ihnen sehr gefallen.»

Er nahm seinen Rinderbraten in Angriff und gab keine Antwort.

«Als er also im Sterben lag», fuhr ich fort, «da nahm der Kapitän seinem Zweiten Offizier das Gelübde ab, daß seine Leiche nach Hause gebracht und in englischer Erde zur Ruhe gesetzt würde. Dies verursachte ein kleines Problem, denn das Schiff lag zu der Zeit in der Höhe der Küste von Virginia. Sie würden mindestens fünf Wochen brauchen, um nach England zurückzusegeln. Sie erwogen also, daß es nur eine einzige Möglichkeit gab, den Leichnam in einigermaßen anständiger Verfassung heimzuschaffen, und die bestand darin, ihn in einem Faß mit Rum einzulegen. So wurde es auch gemacht. Sie vertäuten das Faß am Fockmast, und das Schiff stach nach England in See. Fünf Wochen später ging es in Plymouth vor Anker, und die gesamte Schiffsbesatzung trat an, um ihrem Kapitän die letzte Ehre zu erweisen, während sein Leichnam aus dem Faß und in einen Sarg gehoben wurde. Als der Faßdeckel jedoch abgeschlagen wurde, quoll ein Gestank heraus, der so durchdringend war, daß selbst die stärksten Männer an die Reling stürzten. Andere fielen in Ohnmacht.

Das war nun ein Rätsel, denn normalerweise kann man in anständigem Schiffsrum alles einlegen. Warum also, warum dieser fürchterliche Gestank? Diese Frage kann man sich wirklich stellen.»

«Ich will sie aber nicht stellen», fuhr mich A. R. Woresley an. Sein Schnurrbart zuckte mehr denn je.

«Lassen Sie mich verraten, was passiert war.»

«Nein! Halten Sie den Mund!»

«Ich muß es aber erzählen», sagte ich, «während der langen Seefahrt hatten einige Matrosen heimlicherweise unten ins Faß ein Loch gebohrt und mit einem Spund verschlossen. Dann haben sie im Laufe der Wochen den ganzen Rum ausgetrunken.»

A. R. Woresley sagte gar nichts. Er sah allerdings auch nicht sehr gesund aus.

«Der beste Rum, den ich je probiert habe, soll einer der Matrosen später behauptet haben. So, und was sollen wir uns als Nachtisch bestellen?»

«Überhaupt keinen», sagte A. R. Woresley.

Ich bestellte die beste Flasche Portwein, die es in diesem Restaurant gab, und etwas Stilton-Käse. Während wir darauf warteten, daß der Portwein dekantiert wurde, herrschte tiefes Schweigen zwischen uns. Der Port war ein Cockburn, und zwar ein recht ordentlicher, obgleich ich den Jahrgang vergessen habe.

Der Port wurde serviert, und der köstliche, bröckelige grüne Stilton lag auf unseren Tellern. «Also», sagte ich, «lassen Sie mich jetzt berichten, wie ich Sie eine Million Pfund verdienen lassen will.»

Er war jetzt wachsam und eine Spur widerspenstig, aber er war nicht mehr angriffslustig. Er war endültig zermürbt.

# 9

«Sie sind buchstäblich pleite», begann ich, «die Abzahlungen für das Haus drücken Sie zu Boden. Ihre Einkünfte als Hochschullehrer sind kümmerlich. Ersparnisse haben Sie keine. Sie leben – entschuldigen Sie bitte, wenn ich das ausspreche – Sie leben im billigsten Dreck.»

«Wir leben sehr ordentlich.»

«Nein, das tun Sie nicht. Und das werden Sie auch niemals tun, außer Sie lassen sich von mir helfen.»

«Und wie sieht Ihr Plan aus?»

«Sie, Sir», sagte ich, «haben eine große wissenschaftliche Entdekkung gemacht. Daran gibt es gar keinen Zweifel.»

«Sie stimmen also mit mir darin überein, daß sie wichtig ist?» fragte er und erholte sich wieder etwas.

«Überaus wichtig. Aber passen Sie auf, was passieren wird, wenn Sie Ihre Forschungsergebnisse veröffentlichen. Jeder Tom, Dick oder Harry auf der ganzen Welt wird Ihre Erfindung stehlen und für sich selber nutzen. Sie werden gar nicht imstande sein, etwas dagegen zu unternehmen. Das ist im Laufe der Geschichte der Naturwissenschaften immer das gleiche gewesen. Denken Sie nur an die Pasteurisierung. Pasteur hat veröffentlicht. Jedermann hat sich seine Erkenntnisse angeeignet. Und was hat der alte Pasteur davon gehabt?»

«Er ist berühmt geworden», antwortete A. R. Woresley.

«Wenn das Ihr einziges Ziel ist, dann setzen Sie sich um Himmels willen hin und schreiben Sie Ihren Aufsatz und veröffentlichen Sie ihn. Ich werde mich dann mit Grazie aus der Szene stehlen.»

«Und nach Ihrem Plan», fragte A. R. Woresley, «wäre ich dann jemals imstande, meine Arbeit zu veröffentlichen?»

«Natürlich. Sobald die Million in Ihrer Tasche steckt.»

«Und wie lange würde das dauern?»

«Das weiß ich nicht genau. Ich schätze, höchstens fünf bis zehn Jahre. Danach stünde es Ihnen frei, berühmt zu werden.»

«Dann schießen Sie los», sagte er, «diesen brillanten Plan will ich kennenlernen.»

Der Portwein war vorzüglich. Der Stilton war ebenfalls ausgezeichnet, aber ich nahm nur einen kleinen Bissen, um mir den Gaumen zu klären. Ich bestellte mir einen Apfel. Ein harter und hauchdünn geschnittener Apfel ist die beste Begleitung zum Portwein.

«Ich schlage vor, daß wir uns nur mit menschlichen Spermen befassen», sagte ich, «ich schlage vor, daß wir nur die heute noch lebenden wahrhaft großen und berühmten Männer der Welt auswählen und für sie eine Samenbank anlegen. Wir werden von jedem Mann zweihundertfünfzig Strohhalme auf Lager nehmen.»

«Und was soll das für einen Sinn haben?» fragte A. R. Woresley.

«Gehen Sie nur sechzig Jahre zurück», sagte ich, «ungefähr bis zum Jahre 1860, und stellen Sie sich dann vor, Sie und ich lebten in dieser Zeit und besäßen das Wissen von heute und die Möglichkeit, Spermen unbegrenzt lange aufzubewahren. Welche um 1860 lebende Genies hätten Sie sich als Spender ausgesucht?»

«Dickens», antwortete er.

«Weiter», forderte ich ihn auf.

«Und Ruskin ... und Mark Twain.»

«Und Brahms», setzte ich hinzu, «und Wagner und Tschaikowskij und Dvořák. Die Liste ist ziemlich lang. Und jeder einzelne ein authentisches Genie. Bewegen Sie sich tiefer in das Jahrhundert hinein, wenn es Ihnen gefällt, zu Balzac, Beethoven, Napoleon, Goya, Chopin. Wäre es nicht eine Sensation, wenn wir in unserem

Stickstoffkasten ein paar hundert Strohhalme mit Beethoven-Samen hätten?»

«Und was würden Sie damit anfangen?»

«Natürlich verkaufen.»

«An wen?»

«An Frauen. An steinreiche Weiber, die ein Kind von einem der größten Genies aller Zeiten haben wollen.»

«Halt, warten Sie mal eben eine Minute, Cornelius. Frauen, ob sie nun reich sind oder nicht, werden doch gar nicht daran denken, sich mit den Spermen eines längst gestorbenen Fremden befruchten zu lassen, nur weil er ein Genie gewesen ist.»

«Das ist Ihre Meinung. Aber hören Sie, ich könnte Sie zu jedem Beethoven-Konzert mitnehmen, das Sie nur vorschlagen, und ich garantiere Ihnen, daß wir da ein halbes Dutzend Weiber finden, die fast alles dafür hergeben würden, um von diesem großen Mann ein Kind zu bekommen.»

«Denken Sie an alte Jungfern?»

«Nein. An verheiratete Frauen.»

«Und was würden ihre Ehemänner sagen?»

«Ihre Ehemänner würden gar nichts wissen. Nur die Mutter würde wissen, daß sie von Beethoven schwanger ist.»

«Das ist Schurkerei, Cornelius.»

«Aber sehen Sie sie denn nicht vor sich», beschwor ich ihn, «diese reiche unglückliche Frau, die mit irgendeinem unbeschreiblich häßlichen, groben, ungebildeten und widerwärtigen Fabrikbesitzer aus Birmingham verheiratet ist – von einem Augenblick zum anderen hat ihr Leben einen Sinn. Während sie durch den musterhaft gepflegten Garten schlendert, der zu dem riesigen Landsitz ihres Gatten gehört, summt sie den langsamen Satz aus Beethovens *Eroica* und denkt insgeheim: Mein Gott, ist es nicht wunderbar! Ich bin von dem Mann schwanger, der diese Musik vor hundert Jahren komponiert hat!»

«Wir haben aber nicht den Samen von Beethoven.»

«Es gibt ja genug andere», sagte ich, «berühmte Männer gibt es in jedem Jahrhundert, in jedem Jahrzehnt. Es ist eben unsere Arbeit, sie zu sammeln. Und hören Sie», fuhr ich fort, «wir haben noch einen ganz ungeheuerlichen Vorteil. Sie werden feststellen, daß sehr reiche Männer fast immer häßlich, grob, ungebildet und widerwärtig sind. Das sind alles Räuber, Banditen und Monster. Denken Sie doch nur an die Mentalität der Männer, die ihr ganzes Leben dem Zusammenraffen von Millionen und aber Millionen gewidmet haben – Rockefeller, Carnegie, Mellon oder Krupp. Das ist schon die alte Garde. Der Club von heute ist mindestens genauso unattraktiv. Industriekapitäne, Kriegsgewinnler. Alle miteinander unerfreuliche Burschen. Und sie suchen sich die Frauen unweigerlich nach der Schönheit aus, so wie sich die Frauen die Männer nach dem Geld aussuchen. Dann bekommen die Schönheiten von ihren häßlichen, gierigen Gatten häßliche, sinnlose Kinder. Sie fangen an, ihre Ehemänner zu verabscheuen. Sie fallen der Langeweile anheim. Sie retten sich in die Kultur. Sie kaufen Gemälde, meistens Impressionisten, und gehen in Wagner-Konzerte. Und an diesem Punkt, mein sehr verehrter Herr, sind diese Damen reif zur Ernte. Es tritt also Oswald Cornelius auf und bietet ihnen an, sie zu beglücken mit garantiert echtem Wagner-Sperma.»

«Wagner ist aber auch tot.»

«Ich versuche doch nur, Ihnen zu zeigen, wie unsere Samenbank in vierzig Jahren ausgerüstet sein wird, wenn wir jetzt beginnen, im Jahre 1919.»

«Wen wollen wir denn aufnehmen?» fragte A. R. Woresley.

«Wen würden Sie denn vorschlagen? Wer sind die Genies von heute?»

«Albert Einstein.»

«Ausgezeichnet», antwortete ich, «wer noch?»

«Sibelius.»

«Großartig. Und wie steht's mit Rachmaninow?»

«Aber Débussy auch», setzte er hinzu.

«Wer noch?»

«Sigmund Freud in Wien.»

«Ist das ein großer Mann?»

«Der ist auf dem besten Wege», erwiderte A. R. Woresley, «in Medizinerkreisen ist er bereits weltberühmt.»

«Da muß ich mich auf Sie verlassen. Weiter.»

«Igor Strawinsky», sagte er.

«Ich wußte gar nicht, daß Sie sich in Musik auskennen.»

«Aber natürlich.»

«Ich möchte Picasso vorschlagen, das ist ein Maler in Paris», sagte ich.

«Ist er ein Genie?»

«Ja», antwortete ich.

«Würden Sie Henry Ford aus Amerika akzeptieren?»

«Aber sicher», entgegnete ich, «das ist ein guter Mann. Und unseren eigenen König Georg V.»

«König Georg V.!» schrie er. «Was hat der denn damit zu tun?»

«Das ist königliches Blut. Stellen Sie sich doch nur einmal vor, wieviel manche Weiber für ein Kind vom König von England blechen würden!»

«Jetzt fangen Sie an, albern zu werden, Cornelius. Sie können doch nicht einfach in den Buckingham Palace hineinpoltern und Seine Majestät den König fragen, ob er die allerhöchste Gnade besäße, Ihnen ein Tütchen Samen zu verehren.»

«Warten Sie's nur ab», sagte ich, «Sie haben ja bis jetzt erst die Hälfte gehört. Und wir denken gar nicht daran, bei Georg V. haltzumachen. Wir brauchen im Gegenteil ein besonders breites Angebot königlichen Samens. Alle europäischen Könige. Lassen Sie mich mal durchzählen. Da ist Haakon von Norwegen. Dann Gustav von Schweden. Christian von Dänemark. Albert von Belgien. Alfonso von Spanien. Carol von Rumänien. Boris von Bulgarien. Victor Emmanuel von Italien.»

«Das ist doch Unfug!»

«Nein, nicht im geringsten. Reiche spanische Damen aus aristokratischen Familien werden ganz wild sein auf ein Baby von Alfonso. Und in jedem Land wird das so sein. Der Adel betet seine Monarchen an. Es ist unumgänglich, daß wir einen ausreichenden Vorrat von Königssamen in unsere Bank bekommen. Und ich krieg den schon. Da brauchen Sie sich keine Sorgen zu machen. Ich krieg den schon.»

«Das sind haarsträubende und schwachsinnige Mätzchen», sagte A. R. Woresley. Er schob sich ein Stück Stilton in den Mund und spülte es mit Portwein hinunter. Auf diese Weise ruinierte er beides, den Käse und den Wein.

«Ich bin entschlossen», sagte ich langsam, «jeden Penny meiner hunderttausend Pfund in unser gemeinsames Geschäft zu investieren. Das zum Beweis, für wie schwachsinnig ich diesen Plan halte.»

«Sie sind verrückt.»

«Sie hätten mir auch gesagt, ich sei verrückt, wenn Sie miterlebt hätten, wie ich mich damals im Alter von siebzehn Jahren auf der Suche nach dem Ölkäfer-Pulver in den Sudan aufgemacht hätte, nicht wahr?»

Das riß ihn wieder etwas zusammen. «Und was würden Sie für diese Spermien verlangen?» fragte er.

«Ein Vermögen», erwiderte ich, «ein Einstein-Baby gibt's nicht im Sonderangebot. Oder ein Sibelius-Baby. Oder ein Baby von König Albert von Belgien. He! Da fällt mir gerade etwas ein. Wäre ein Königsbaby nicht auch ein Thronanwärter?»

«Es wäre ein Bastard.»

«Ein Anwärter für irgendwas ist es aber sicher. Das sind königliche Bastarde immer. Für Königsspermien müßten wir auf jeden Fall einen Aufpreis verlangen.»

«Wieviel wäre das denn?»

«Ich finde, pro Schuß zwanzigtausend Pfund. Bürgerliche dürften etwas billiger sein. Wir müßten eine Preisliste aufstellen und eine Preisordnung. Könige sollten allerdings auf jeden Fall die teuersten sein.»

«H. G. Wells!» sagte er plötzlich. «Der gehört dazu.»

«Ja. Wir könnten ihn mit auf die Liste setzen.»

A. R. Woresley lehnte sich in seinem Stuhl zurück und schlürfte seinen Portwein. «Angenommen», sagte er, «nur einmal angenommen, daß wir zu dieser bemerkenswerten Samenbank kämen, wer würde denn diese reichen Käuferinnen auftreiben?»

«Ich.»

«Und wer würde die künstliche Befruchtung durchführen?»

«Ich.»

«Sie wissen doch gar nicht, wie das geht.»

«Das kann ich sicher lernen. Vielleicht macht es sogar Spaß.»

«Dieser Plan von Ihnen hat aber trotzdem noch einen Haken», sagte A. R. Woresley, «einen gehörigen Haken.»

«Und was wäre das?»

«Der wahrhaft wertvolle Samen ist nicht der von Einstein oder

Strawinsky. Es ist der von Einsteins Vater. Oder von Strawinskys Vater. Das sind die Männer, die wirklich Genies gezeugt haben.»

«Einverstanden», erwiderte ich, «aber bis ein Mann als Genie anerkannt wird, ist sein Vater längst gestorben.»

«Ihr Plan ist also ein einziges Betrugsmanöver.»

«Unser Ziel ist, das Geld verdienen», antwortete ich, «nicht die Zucht von Genies. Diese Frauen wollen auch gar nicht das Sperma von Sibelius' Vater haben. Hinter was die her sind, das ist eine ordentliche heiße Ladung von zwanzig Millionen lebendiger Spermien vom großen Mann höchstpersönlich.»

A. R. Woresley hatte seine grauenhafte Pfeife wieder angezündet, und Qualmwolken umhüllten ihm das Haupt. «Ich will zugeben», sagte er, «ja, ich bin sogar bereit, Ihnen zu garantieren, daß Sie imstande sind, reiche Käuferinnen für die Königs- oder Geniesamen zu finden. Aber Ihr gesamter bizarrer Plan ist unglücklicherweise aus einem einfachen Grund zum Scheitern verurteilt, weil es Ihnen nämlich nicht möglich sein wird, an Ihre Ware zu kommen. Sie werden doch nicht ernsthaft annehmen, daß große Männer und Könige sich dazu herablassen werden, sich dieser ... dieser peinlichen Herstellungsprozedur von Spermien zu unterziehen, für einen vollkommen unbekannten jungen Mann ...»

«Auf diese Art und Weise wird es auch nicht geschehen.»

«Wie wollen Sie's denn machen?»

«Auf meine Art und Weise wird es keinen geben, der imstande wäre, sich gegen Spermaspenden zu wehren.»

«Larifari. Ich würde widerstehen.»

«Nein, das könnten Sie nicht.»

Ich schob eine dünne Apfelscheibe in den Mund und aß sie. Ich hob mein Portweinglas an die Nase. Es hatte ein Pilzbouquet. Ich nahm einen Schluck und ließ ihn über die Zunge rollen. Das Aroma breitete sich in meinem Mund aus. Es erinnerte mich an einen mit duftenden Blütenblättern gefüllten Domanden. Ein paar Augenblicke lang war ich vollkommen gefangen von der Lieblichkeit des Weins, den ich in mir aufnahm. Und was hatte er für einen bemerkenswerten Schwanz nach jedem Schluck! Das Aroma hielt sich noch lange in diesem Winkel zwischen Nase und Kehle. «Lassen Sie mir drei Tage Zeit», sagte ich, «und ich verspreche Ihnen, daß ich eine vollständige und echte Ejakulation von Ihnen in meinem Besitz habe, samt einer Urkunde, die von Ihnen unterzeichnet ist und bestätigt, daß es sich um Ihre Spermien handelt.»

«Machen Sie sich doch nicht lächerlich, Cornelius. Sie können mich doch nicht zu etwas bringen, das ich nicht machen will.»

«Darüber hinaus habe ich nichts mehr zu sagen.»

Er blinzelte mich durch seine Rauchwolken hindurch mit zusammengekniffenen Augen an. «Sie würden mich doch nicht etwa erpressen, oder?» fragte er. «Oder mich foltern?»

«Natürlich nicht. Sie müßten aus völlig freiem Willen handeln. Was sind Sie bereit zu wetten, daß ich keinen Erfolg habe?»

«Sie sagen: aus freiem Willen?»

«Ja.»

«Dann setz ich alles ein, was Sie wollen.»

«Gut», erwiderte ich, «dann geht die Wette um folgendes. Wenn Sie verlieren, versprechen Sie folgendes: erstens, jegliche Publikation zu unterlassen, bis wir jeder eine Million verdient haben. Zweitens, ein echter und begeisterter Partner zu werden. Drittens, das gesamte technische Wissen zur Verfügung zu stellen, das ich zum Aufbau einer Samenbank brauche.»

«Es macht mir gar nichts aus, etwas zu versprechen, das ich doch nicht halten muß», sagte er.

«Dann versprechen Sie es?»

«Ich verspreche es», antwortete er.

Ich zahlte die Rechnung und bot A. R. Woresley an, ihn mit meinem Wagen nach Hause zu fahren. «Herzlichen Dank», sagte er, «aber ich habe mein Fahrrad. Wir armen Dons sind nicht so gut bei Kasse wie manche anderen Leute.»

«Das wird sich bald ändern», entgegnete ich.

Ich stand auf der Trinity Street und sah ihm nach, wie er in die Nacht hineinradelte. Es war erst halb zehn, und ich beschloß, sofort meinen nächsten Schritt zu unternehmen. Ich stieg ins Auto und fuhr geradewegs nach Girton.

# 10

Falls Sie es nicht wissen sollten, Girton war und ist das College für die Mädchen und gehört zur Universität. Innerhalb dieser düsteren Mauern hauste im Jahre 1919 eine Schar junger Damen, die körperlich so abstoßend, so stiernackig und breitmäulig war, daß ich mich kaum dazu überwinden konnte, ihnen auch nur einen Blick zuzuwerfen. Sie erinnerten mich immer an Krokodile. Wenn ich auf der Straße an ihnen vorüberging, lief es mir kalt den Rücken hinunter. Sie wuschen sich fast nie, und ihre Brillengläser waren von fettigen Fingerabdrücken verschmiert. Gescheit waren sie ganz bestimmt. Manche mochten sogar brillant sein. In meinen Augen war das jedoch ein jämmerlicher Ausgleich. Aber gemach.

Erst vor einer Woche hatte ich zwischen diesen Museumsstücken und Schreckschrauben ein Geschöpf von so sinnverwirrender Anmut entdeckt, daß ich gar nicht glauben konnte, ein Girton-Mädchen vor mir zu haben. Sie gehört aber trotzdem hierher. Ich hatte sie in der Mittagspause in einer Konditorei entdeckt. Sie aß einen Hefekringel. Ich fragte, ob ich mich mit an ihren Tisch setzen dürfe. Sie nickte und aß weiter. Und dann saß ich da, vollkommen atemlos, und starrte sie mit Kulleraugen an, als ob sie die wiederauferstandene Königin Kleopatra wäre. In meinem kurzen Leben war ich noch nie auf ein Mädchen oder eine Frau gestoßen, die sich in einer solchen, mit allen Sinnen wahrnehmbaren Woge der Wollust bewegte. Sie war buchstäblich von Sex durchtränkt. Es machte überhaupt nichts, daß ihr ganzes Gesicht voll Zucker und Kringelkrümeln war. Sie trug einen Regenmantel und einen Wollschal, aber sie hätte genausogut splitternackt sein können. So ein Mädchen trifft man nur ein- oder zweimal im Leben. Das Gesicht war unbeschreiblich schön, aber da flackerte etwas um die Nasenflügel herum, und die Oberlippe hatte so einen kuriosen kleinen Stups, daß es mir auf meinem Stuhl durch alle Glieder fuhr. Nicht einmal in Paris hatte ich ein weibliches Wesen getroffen, das meine Sinnlichkeit so unumwunden angeregt hätte. Sie aß ihren Hefekringel weiter. Ich starrte sie weiter an. Einmal, aber nur ein einziges Mal, hob sie ihre Augen langsam zu meinem Gesicht, ließ sie dort ruhen, kühl und klug, als ob sie sich irgend etwas ausrechnete, und dann ließ sie sie wieder sinken. Sie aß ihren Kringel zu Ende und schob den Stuhl zurück.

«Bleiben Sie!» sagte ich.

Sie hielt inne, und zum zweitenmal hoben sich diese berechnenden braunen Augen und blieben auf meinem Antlitz liegen.

«Was haben Sie gesagt?»

«Ich hab gesagt, bleiben Sie. Gehen Sie nicht fort. Bestellen Sie sich doch noch einen Kringel ... oder ein Rosinenbrötchen oder irgendwas sonst.»

«Wenn Sie mit mir reden wollen, dann sagen Sie's doch.»

«Ich will mit Ihnen reden.»

Sie legte die Hände im Schoß zusammen und wartete. Ich begann zu reden. Nach einer Weile redete sie mit. Sie studierte in Girton Biologie und hatte genauso wie ich ein Stipendium. Ihr Vater war Engländer, ihre Mutter Perserin. Sie hieß Yasmin Howcomely. Was wir zueinander sagten, ist vollkommen gleichgültig. Wir gingen von der Konditorei direkt zu mir und blieben dort bis zum nächsten Morgen. Wir blieben achtzehn Stunden zusammen, und danach fühlte ich mich wie ein Stück Pemmikan, wie ein Fetzen getrocknetes und entwässertes Fleisch. Sie war elektrisch, diese Person, unglaublich verrückt. Wenn sie eine Chinesin gewesen wäre und in Peking gelebt hätte, dann hätte sie ihr Ehrendiplom sogar noch mit auf dem Rücken gefesselten Händen und eisernen Ketten an den Füßen erworben.

Ich war so verrückt nach ihr, daß ich die goldene Regel brach und mich ein zweites Mal mit ihr traf.

Und jetzt war es abends, zwanzig vor zehn, A. R. Woresley radelte nach Hause, und ich selber stand in Girton in der Portiersloge und bat den alten Portier in aller Freundlichkeit, Miss Yasmin Howcomely davon zu informieren, daß Mr. Oswald Cornelius sie zu sehen wünschte, und zwar in einer äußerst dringenden Angelegenheit.

Sie kam sofort herunter. «Spring in den Wagen», sagte ich, «wir haben etwas Ernstes zu bereden.»

Sie hüpfte hinein, und ich fuhr mit ihr zurück nach Trinity, wo ich dem Portier einen halben Sovereign gab, damit er in die andere

Richtung blickte, während sie an ihm vorbei in meine Zimmer huschte.

«Behalt die Kleider an», sagte ich zu ihr, «heute geht's ums Geschäft. Was hältst du vom Reichwerden?»

«Das würde mir schon gefallen», antwortete sie.

«Kann ich dir vollkommen vertrauen?»

«Ja», erwiderte sie.

«Und du wirst es keiner Menschenseele weitererzählen?»

«Schieß los», sagte sie, «das klingt ja jetzt schon höchst amüsant.»

Ich fing an, ihr die ganze Geschichte von A. R. Woresleys Entdeckung zu erzählen.

«Du liebe Güte!» sagte sie, als ich fertig war. «Das ist ja eine große wissenschaftliche Leistung! Wer zum Teufel ist denn A. R. Woresley? Er wird weltberühmt werden! Ich möchte ihn gerne kennenlernen!»

«Das wirst du sicher bald», sagte ich.

«Wann denn?» Da sie selber eine blendende junge Wissenschaftlerin war, brannte sie vor Neugier und Begeisterung.

«Warte nur», sagte ich, «jetzt kommt erst die Fortsetzung.»

Ich berichtete ihr dann von meinen Plänen, wie ich diese Erfindung wirtschaftlich nutzen und ein Vermögen mit der Einrichtung einer Samenbank für die großen Genies der Welt und für alle Monarchen machen wollte.

Als ich fertig war, fragte sie mich, ob ich irgendwelchen Wein im Hause hätte. Ich öffnete eine Flasche Bordeaux und schenkte uns beiden ein Glas ein. Ich entdeckte auch noch eine Dose trockenes Gebäck, das sehr gut zum Wein paßte.

«Das ist eine merkwürdige Idee, diese Samenbank da», sagte sie, «aber ich fürchte, das wird nicht klappen.» Sie fing an, mir die gleichen wohlbekannten Gegenargumente aufzuzählen, die ich schon ein paar Stunden vorher von A. R. Woresley zu hören bekommen hatte. Ich ließ sie jedoch in aller Ruhe ausreden. Dann legte ich meine Karten auf den Tisch.

«Das vorige Mal hab ich dir die Geschichte von meinem Pariser Abenteuer erzählt», sagte ich, «kannst du dich noch daran erinnern?»

«Die Sache mit dem fabelhaften Ölkäfer», antwortete sie, «ich wünschte immer noch, du hättest noch was davon mitgebracht.»

«Das hab ich getan.»

«Das ist nicht dein Ernst.»

«Wenn man jedesmal nur einen Stecknadelkopf voll braucht, dann reichen fünf Pfund Pulver ziemlich lange. Ich hab noch ungefähr ein Pfund übrig.»

«Dann ist das die Lösung!» rief sie aus und klatschte in die Hände.

«Das weiß ich.»

«Du jubelst ihnen das Pulver unter, und sie liefern uns jedesmal tausend Millionen von ihren kleinen Krabbeltieren.»

«Und du bist der Lockvogel.»

«Ah, und was für ein Lockvogel ich sein werde!» sagte sie. «Ich werd sie in den Himmel locken. Selbst die ältesten Mummelgreise werden uns noch Ware abliefern. Zeig mir doch mal dieses Wunderpulver.»

Ich holte die berühmte Zwiebackdose und machte sie auf. Es waren noch etwa drei Zentimeter Pulver in der Dose. Yasmin stippte mit einem Finger hinein und war schon drauf und dran, ihn in den Mund zu stecken. Ich packte sie am Handgelenk. «Bist du verrückt?» rief ich. «Da an deiner Fingerspitze kleben ungefähr sechs volle Dosen!» Ich hielt ihr Handgelenk immer noch umklammert, zerrte sie ins Badezimmer und hielt ihren Finger unter das fließende Wasser.

«Ich möchte es aber ausprobieren!» jammerte sie. «Ach, komm, Liebling. Gib mir doch nur einmal ein kleines winziges bißchen zum Probieren!»

«Du lieber Himmel, Weib», sagte ich, «du hast ja keine Ahnung, was das mit dir macht!»

«Das hast du mir doch schon erzählt.»

«Wenn du sehen willst, wie es funktioniert, dann schau dir nur genau an, was es mit A. R. Woresley macht, wenn du es ihm morgen verpaßt.»

«Morgen?»

«Das ist abgemacht», sagte ich.

«Hurra! Wann denn morgen?»

«Du sollst beim alten Woresley eine Lieferung abzapfen, dann gewinne ich meine Wette», erklärte ich, «das bedeutet dann, daß er unser Partner wird. Woresley, du und ich. Wir werden ein ungeheures Team werden.»

«Das gefällt mir», erwiderte sie, «wir werden die Welt zum Wanken bringen.»

«Wir werden noch mehr zum Wanken bringen», sagte ich, «wir wollen alle gekrönten Häupter von Europa wanken lassen. Aber zuerst muß Woresley wanken.»

«Er muß aber alleine sein.»

«Das ist kein Problem», antwortete ich, «er ist jeden Abend zwischen halb sechs und halb sieben in seinem Laboratorium mutterseelenallein. Dann geht er zum Abendessen nach Hause.»

«Und wie soll ich's ihn schlucken lassen?» fragte sie. «Ich meine: das Pulver?»

«In einer Praline», antwortete ich, «in einer verlockenden kleinen Praline. Sie muß nur so klein sein, daß er sie sich auf einmal in den Mund steckt.»

«Und woher bekommen wir heutzutage verlockende kleine Pralinen?» fragte sie. «Du scheinst ganz zu vergessen, daß Krieg ist.»

«Darum geht's ja gerade», sagte ich, «A. R. Woresley wird seit 1914 keine anständige Schokolade mehr bekommen haben. Er wird sie sofort verschlingen.»

«Aber hast du denn welche?»

«Natürlich», antwortete ich, «für Geld kriegt man alles.»

Ich zog eine Schublade auf und holte eine Schachtel mit Schokoladentrüffeln heraus. Eine sah wie die andere aus. Jede war so groß wie eine kleine Murmel. Ich hatte sie mir bei Prestat besorgt, dem großen Schokoladengeschäft in der Londoner Oxford Street. Ich nahm eine Trüffel und bohrte mit einer Stecknadel ein kleines Loch hinein. Ich vergrößerte das Loch noch etwas. Dann benutzte ich den Kopf der gleichen Stecknadel, um eine Dosis Käferpulver abzumessen und ließ es in das Loch rieseln. Dann maß ich eine zweite Dosis ab und kippte sie auch hinein.

«He!» rief Yasmin. «Das sind doch zwei Portionen!»

«Ich weiß. Aber ich will hundertprozentig sicher sein, daß Mr. Woresley auch liefert.»

«Da wird er ja den Veitstanz kriegen.»

«Das wird er schon überstehen.»

«Und was ist mit mir?»

«Ich bin fest davon überzeugt, daß du auf dich aufpassen kannst», erwiderte ich. Ich drückte die weiche Schokolade etwas zusammen, um das Loch wieder zu verschließen. Dann steckte ich ein Streichholz in die Trüffel. «Ich geb dir zwei Trüffeln mit», sagte ich, «eine für dich und eine für ihn. Seine ist die mit dem Streichholz.» Ich verpackte beide Trüffeln in einem Papiertütchen und schob sie ihr hinüber. Dann besprachen wir den Schlachtplan in aller Ausführlichkeit.

«Wird er gewalttätig werden?» fragte sie.

«Nur ein kleines bißchen.»

«Und woher krieg ich das Ding, von dem du gesprochen hast?»

Ich zog den erwähnten Gegenstand heraus. Sie untersuchte ihn gründlich, um sich zu vergewissern, daß alles an ihm in Ordnung war und steckte ihn danach in ihre Handtasche.

«Alles klar?»

«Ja», erwiderte sie.

«Dann vergiß bitte nicht, daß dies die Generalprobe für alles andere sein wird, was du später zu erledigen hast. Versuch also, so viel wie möglich dabei zu lernen.»

«Ich wünschte, ich könnte Judo», sagte sie.

«Du wirst schon zurechtkommen.»

Ich fuhr sie nach Girton zurück und sorgte dafür, daß sie heil und sicher durchs Tor kam.

# II

Wir machen jetzt einen Sprung zum Nachmittag des folgenden Tages, es ist halb sechs. Ich hatte es mir auf dem Fußboden hinter den Holzborden in A. R. Woresleys Laboratorium gemütlich gemacht. Ich war im Laufe des Tages immer wieder beiläufig im Laboratorium aufgetaucht, war kurz darauf immer wieder weggegangen, hatte das Terrain erkundet und die Borde jedesmal ein kleines Stück vorgeschoben, bis sie schließlich etwa einen halben Meter von der Wand abstanden, so daß ich mich gerade dahinterquetschen konnte. Ich hatte außerdem zwischen zwei Borden eine Ritze gelassen, durch die ich hindurchspähen und das ganze Laboratorium in voller Länge und Breite überblicken konnte. A. R. Woresley arbeitete immer im hintersten Winkel des Raums, etwa zehn Schritt von dem Fleck entfernt, an dem ich Stellung bezogen hatte. Er war auch jetzt da. Er fummelte an einem Gestell mit Reagenzgläsern und mit einer Pipette und irgendeiner blauen Flüssigkeit herum. Er hatte heute nicht seinen üblichen weißen Kittel an, sondern trug eine graue Flanellhose und ein Hemd. Da klopfte es an die Tür.

«Herein!» rief er, ohne aufzuschauen.

Yasmin trat ein. Ich hatte ihr nicht verraten, daß ich zuschauen würde. Warum auch? Aber ein General muß seine Truppen in der Schlacht schließlich immer im Auge behalten. Mein Mädchen sah hinreißend aus, sie trug ein Baumwollkleid, das sich wie eine zweite Haut um ihr Supergestell spannte, und als sie den Raum betrat, brachte sie eine wahre Wolke aus Wollust und Verführungswonne mit, die ihr wie ein Schatten auf Schritt und Tritt nachwehte.

«Mr. Woresley?»

«Ja, ich bin Woresley», antwortete er, schaute aber immer noch nicht auf. «Was wünschen Sie?»

«Bitte, verzeihen Sie, wenn ich so hereinplatze, Mr. Woresley», sagte sie, «ich bin auch gar kein Chemiker. Ich bin Biologiestudentin. Aber ich bin auf ein ziemlich kompliziertes Problem gestoßen, das eigentlich mehr chemischer als biologischer Natur ist. Ich hab mich hier schon überall erkundigt, aber offenbar kann mir keiner weiterhelfen. Alle Kollegen haben mich an Sie verwiesen.»

«Ach, wirklich?» sagte A. R. Woresley mit einer ungeheuer geschmeichelten Stimme. Er ließ sich aber nicht dabei stören, seine blaue Flüssigkeit vorsichtig mit einer Pipette aus einem Becher in ein Reagenzglas umzufüllen. «Wenn Sie mich dies nur eben fertig machen lassen», setzte er hinzu.

Yasmin stand ganz still, wartete und taxierte ihr Opfer.

«Also schießen Sie los, meine Liebe», sagte A. R. Woresley schließlich, legte seine Pipette aus der Hand und drehte sich zum erstenmal um. «Was haben Sie denn...» Er hielt mitten im Satz inne. Sein Mund klappte auf, und seine Augen wurden so groß und kugelrund wie Halb-Kronen-Stücke. Dann tauchte die Spitze seiner roten Zunge unter den Borsten seines nikotinverfärbten Schnurrbarts auf und begann seine Lippen zu netzen. Auf einen Mann, der seit Jahren nicht viel mehr als die Girton-Mädchen und seine eigene Teufelsschwester zu sehen bekommen hatte, mußte Yasmin wie eine Erscheinung wirken, wie der erste Schöpfungsmorgen, der Geist über den Wassern. Er faßte sich jedoch rasch wieder.

«Sie wollten mich etwas fragen, meine Liebe?»

Yasmin hatte sich hervorragend auf ihre Frage vorbereitet. Ich habe vergessen, worum es sich im einzelnen drehte, aber sie bezog sich auf eine Situation, in der die Chemie (sein Fachgebiet) und die Biologie (ihr Fachgebiet) auf eine höchst komplizierte Art und Weise ineinandergriffen, und in der zur Lösung des Problems tatsächlich eine profunde Kenntnis der Chemie erforderlich war. Für diese Lösung – das hatte sie sich offenbar mit viel List und Tücke genau ausgerechnet – brauchte man mindestens neun Minuten, wahrscheinlich aber noch länger.

«Eine faszinierende Frage», sagte A. R. Woresley, «ich will versuchen, sie Ihnen so gut wie möglich zu beantworten.»

Er trat an die lange Tafel, die an der Wand des Laboratoriums angebracht war. Er griff nach einem Stück Kreide.

«Möchten Sie gern eine Praline?» fragte Yasmin. Sie hielt die Papiertüte in der Hand, und als sich A. R. Woresley umdrehte, schob sie sich gerade selber eine in den Mund. Sie nahm die zweite Praline aus der Tüte und hielt sie ihm auf den Fingerspitzen hin.

«Du liebe Güte!» brummelte er. «Das ist ja ein Hochgenuß!»
«Schmeckt lecker», sagte sie, «versuchen Sie doch.»
A. R. Woresley nahm die Trüffel, lutschte daran herum, ließ sie in seinem Mund von einer Ecke in die andere rollen, biß dann zu, kaute und schluckte sie hinunter. «Wunderbar», sagte er, «sehr freundlich von Ihnen.»
Den Augenblick, in dem die Trüffel seine Kehle hinunterzuwandern begann, hielt ich mit Hilfe meiner Armbanduhr fest. Ich sah, daß Yasmin genau das gleiche tat. Ein sehr umsichtiges Mädchen. A. R. Woresley stand vor der Tafel und beschäftigte sich mit einer langatmigen Exposition, zu der zahlreiche komplizierte chemische Formeln gehörten, die er mit Kreide an die Tafel schrieb. Ich hörte gar nicht zu. Ich zählte die Minuten, die verstrichen. Yasmin zählte ebenfalls. Sie hob kaum die Augen von ihrer Armbanduhr.
Sieben Minuten vergingen ...
Acht Minuten ...
Acht Minuten und fünfzig Sekunden ...
Neun Minuten! Und genau in diesem Augenblick hörte die Hand, die die Kreide an die Tafel preßte, plötzlich auf zu schreiben. A. R. Woresley war erstarrt.
«Mr. Woresley», sagte Yasmin strahlend und genau im richtigen Augenblick, «ob Sie mir wohl ein Autogramm geben könnten? Sie sind der einzige Naturwissenschaftler hier, von dem ich noch kein Autogramm in meiner Sammlung habe.» Sie hielt ihm einen Füllfeder und einen Fakultäts-Briefbogen hin.
«Was ist das?» stammelte er und schob eine Hand in die Hosentasche, bevor er sich umdrehte, um sie anzuschauen.
«Einfach dahin», sagte Yasmin und deutete mit dem Zeigefinger auf die untere Hälfte des Briefbogens, genau wie ich ihr gesagt hatte. «Ihr Autogramm. Ich sammle Autogramme. Ihres wird mir viel mehr wert sein als alle anderen.»
Um nach dem Füllfeder zu greifen, mußte A. R. Woresley die Hand wieder aus der Hosentasche ziehen. Es war ein zu komischer Anblick. Der arme Mann sah aus, als ob er glaubte, er hätte eine lebende Schlange in der Hose. Und jetzt fing er auch noch an, auf den Zehenspitzen auf und ab zu hüpfen.
«Einfach hier», sagte Yasmin und deutete mit dem Finger auf den

Zettel, «dann kleb ich es zu den anderen in meine Autogrammsammlung.»

A. R. Woresley unterzeichnete mit einem von vollkommen anderen Gefühlen umnebelten Hirn. Yasmin faltete das Blatt zusammen und steckte es in ihre Handtasche. A. R. Woresley krallte beide Hände in die Lehne der hölzernen Laboratoriumsbank. Er wurde plötzlich hin und her geschüttelt, als ob das ganze Gebäude in einen Sturm auf hoher See geraten wäre. Auf seiner Stirn bildeten sich Schweißperlen. Ich mußte daran denken, daß er eine doppelte Dosis bekommen hatte. Ich glaube, Yasmin mußte auch daran denken. Sie wich ein paar Schritte zurück und wappnete sich für die kommende Schlacht.

A. R. Woresley drehte ihr ganz langsam den Kopf zu und starrte sie an. Das Pulver hatte ihn voll erwischt, und in seinen Augen glitzerte es wie Irrsinn.

«Ich ... eh ... ich ... ich ...»

«Ist was, Mr. Woresley?» fragte Yasmin mit süßer Stimme. «Fühlen Sie sich nicht gut?»

Er umklammerte immer noch die Lehne und starrte sie an. Der Schweiß rann ihm jetzt über das ganze Gesicht und tropfte in seinen Schnurrbart.

«Kann ich Ihnen irgendwie helfen?» fragte Yasmin.

Ein sonderbares Gurgeln drang ihm aus der Kehle.

«Soll ich Ihnen ein Glas Wasser holen», fragte sie, «oder vielleicht etwas Riechsalz?»

Er stand immer noch wie angewurzelt da, umklammerte die Bank, wiegte den Kopf hin und her und gab diese sonderbaren Gurgelgeräusche von sich. Er erinnerte mich an einen Mann, dem eine Gräte im Hals steckengeblieben ist.

Plötzlich brach er in Gebrüll aus und stürzte sich mit einem einzigen Satz auf das Mädchen. Er packte sie mit beiden Händen an den Schultern und versuchte, sie auf den Fußboden zu stoßen, sie sprang jedoch zurück, so daß er sie verfehlte.

«Aha!» sagte sie. «Das ist es also, was Sie so quält, he? Na, deswegen braucht man sich doch nicht zu schämen, mein liebster Herr.» Ihre Stimme klang so kühl wie der Schnee im Winter.

Er tappte wieder mit ausgestreckten Händen nach ihr, aber sie war zu behende für ihn. «Warten Sie nur eine Sekunde», sagte sie, klappte geschwind die Handtasche auf und holte das Gummidings heraus, das ich ihr gestern abend gegeben hatte. «Ich bin durchaus bereit, Ihr Vergnügen zu teilen, Mr. Woresley, aber wir wollen doch nicht, daß hier jemand ein bißchen schwangerig wird, nicht wahr? So – und jetzt sind Sie ein braver kleiner Junge und halten mal einen Augenblick still, damit ich Ihnen Ihren kleinen Regenmantel anziehen kann.»

A. R. Woresley hatte aber keinen Sinn für kleine Regenmäntel. Er dachte auch gar nicht daran, schön brav stillzustehen. Ich glaube allerdings, er hätte gar nicht stillhalten können, selbst wenn er es gewollt hätte. Von meinem eigenen Beobachtungsposten aus war es hochinteressant und überaus lehrreich, die merkwürdige Wirkung einer doppelten Dosis auf den Benutzer zu registrieren. Zuerst einmal ließ sie ihn hüpfen. Er hüpfte ununterbrochen auf und ab, als ob er irgendeine Schlankheitsgymnastik betriebe. Dann zwang sie ihn auch noch dazu, ununterbrochen dieses absurde Gebrüll auszustoßen. Und dann konnte er offenbar gar nicht damit aufhören, seine Arme wie Windmühlenflügel zu schwenken. Schließlich floß ihm immer mehr Schweiß über das Gesicht. Und zu alldem tanzte Yasmin um ihn herum, streckte ihm dies lächerliche Gummidings mit beiden Händen hin und rief: «Ach, halten Sie doch still, Mr. Woresley! Ich laß Sie nicht an mich heran! Ich denke gar nicht daran. Erst müssen Sie sich dies hier anziehen lassen!»

Ich glaube, er hat sie nicht einmal hören können. Und obwohl er ganz offensichtlich vor Begierde fast wahnsinnig wurde, wirkte er gleichzeitig wie ein Mann, der große Qualen auszustehen hat. Er hüpfte anscheinend, weil ihn etwas maßlos reizte und peinigte. Irgendein Stachel bohrte in ihm. Und das stach und brannte so, daß er nicht mehr stillstehen konnte. Man steckt Hunden, damit sie bei einem Rennen das letzte hergeben, gern ein Stück frischen Ingwer ins Rektum. Dann zischen die Hunde ab wie die Teufel, um vor diesem fürchterlichen Brennen im After wegzukommen. Bei A. R. Woresley saß der Stachel in einem anderen Körperteil, und der Schmerz trieb ihn zum Hüpfen, er hopste und sprang durchs ganze Laboratorium, und gleichzeitig war ihm klar, so sah es wenigstens aus, daß ihn nur eine Frau von diesem fürchterlichen Brand erlösen konnte. Aber dieses verdammte Weib war zu flink für ihn. Er konnte sie nicht erwischen. Und dabei nahm das Stechen und Brennen immer noch zu.

Plötzlich riß er mit beiden Händen seine Hose vorn auf, und ein halbes Dutzend Hosenknöpfe flog durch die Luft und kullerte mit anmutigem Klimpern durch den ganzen Raum. Er ließ die Hose fallen. Sie fiel ihm auf die Füße. Er versuchte sie wegzuschlenkern, aber er schaffte es nicht, weil er seine Schuhe noch anhatte.

Mit der Hose um die Knöchel war A. R. Woresley vorübergehend, aber höchst wirkungsvoll gefesselt. Er konnte nicht mehr laufen. Er konnte nicht einmal gehen. Er konnte nur hoppeln.

Yasmin erfaßte sofort die günstige Gelegenheit und nutzte sie. Sie schoß auf die steilaufgerichtete und schwerfällig hin und her schwankende Rute zu, die sich durch den Unterhosenschlitz geschoben hatte. Sie packte sie mit der Rechten und hielt sie so energisch fest, als ob es sich um den Griff ihres Tennisschlägers handelte. Jetzt hatte sie ihn am Wickel. Er begann noch lauter zu heulen.

«Hören Sie doch um Gottes willen auf zu schreien!» sagte sie. «Sonst haben wir gleich die ganze Universität hier drinnen! Und halten Sie doch endlich still, damit ich dieses verdammte Dings drüberkriege!»

A. R. Woresley war jedoch taub für alles außer seinen brennenden Urbedürfnissen. Er konnte einfach nicht stillstehen. Und weil er durch die Hose um seine Knöchel behindert war, hüpfte er weiter durch die Gegend, schwenkte die Arme und brüllte wie ein Stier. Yasmin kam das sicher vor, als müßte sie einen seidenen Faden in die Nadel einer wie wild drauflos ratternden Nähmaschine einfädeln.

Schließlich verlor sie die Geduld, und ich sah gerade auf ihre rechte Hand, auf diejenige, die den Tennisschläger fest im Griff hatte. Sie holte damit aus wie zu einer Rückhand, mit der sie einen Schmetterball parieren wollte, und verdrehte am Ende dieses Schwungs nur ganz leicht und rasch das Handgelenk. Es war ein gemeiner, schlauer kleiner Ruck, und es war ganz zweifellos ein Punkt für sie, denn ihr Opfer stieß ein Geheul aus, bei dem alle Reagenzgläser im Raum schepperten und klirrten. Er war für fünf Sekunden außer Gefecht gesetzt, und das reichte ihr, um ihm das

Gummidings überzustreifen und wieder zurückzuspringen, außerhalb seiner Reichweite.

«Können wir's nicht ein klitzekleines bißchen leiser machen?» fragte sie. «Das ist doch kein Stierkampf.»

Er riß sich jetzt die Schuhe von den Füßen, schmiß sie quer durchs Laboratorium, und als er sich schließlich die Hose abgestrampelt hatte und wieder beweglich geworden war, hat Yasmin wohl erkannt, daß jetzt die Stunde der Wahrheit geschlagen hatte.

So war es in der Tat. Es hat jedoch keinen Sinn, das barbarische Gerangel zu beschreiben, das sich nunmehr anschloß. Es gab kein Vorspiel, keine Pausen, keine Gelegenheit zum Luftschnappen. Es war erstaunlich, was für eine Kraft die doppelte Dosis meines Käferpulvers diesem Mann verlieh. Er bearbeitete sie, als wäre sie eine Landstraße voller Huckeln und Kuhlen und er müßte sie einebnen. Er harkte sie vom Kopf bis zu den Füßen durch. Er harkte die Vorder- und die Rückseite, und er lud immer wieder aufs neue und feuerte seine Kanone ab, die unterdessen in Weißglut stehen mußte. Es heißt immer, die alten Briten hätten sich Feuer gemacht, indem sie einen Holzstab sehr rasch und sehr lange in einem Holzblock hin und her gedreht hätten. Nun, wenn sie auf diese Weise vielleicht ein paar Funken erzeugten, so war A. R. Woresley dabei, einen ganzen Brand zu erzeugen, ganz ohne Holz. Es hätte mich jedenfalls nicht überrascht, wenn zwischen den Ringkämpfern auf dem Fußboden ein paar Rauchwölkchen aufgestiegen wären.

Während all dieser Ereignisse nutzte ich die Zeit dazu, mir ein paar Notizen für den künftigen Gebrauch zu machen.

Notiz eins: Es möglichst immer so einrichten, daß Yasmin dem Lieferanten in einem Raum begegnet, wo es eine Couch oder einen breiten Sessel gibt oder mindestens einen Teppich auf dem Boden. Sie ist zweifelsohne ein kräftiges und zähes Mädchen, aber es geht sicher zu weit, wenn man sie unter so außergewöhnlich harten Bedingungen auch noch auf einem harten Dielenboden arbeiten läßt. So wie sich die Dinge zu entwickeln scheinen, könnte sie sich ernsthafte Verletzungen der Lendengegend zuziehen, unter Umständen sogar einen Schambeinbruch. Und wie stünde es dann um unseren klugen kleinen Plan, trallalla?

Notiz zwei: Keinem Mann mehr eine doppelte Dosis zu schlukken geben. Zuviel Pulver verursacht einen übermäßigen Reiz der empfindlichen Stellen und treibt das Opfer zum Veitstanz. Das macht es für Yasmin fast unmöglich, den Spermakollektor ohne Tricks zu applizieren. Eine Überdosis treibt das Opfer außerdem zu lautem Gebrüll, was sich als sehr störend erweisen kann, wenn die Ehefrau des Opfers, zum Beispiel die Königin von Dänemark oder Mrs. Bernard Shaw, sich zufällig friedlich im Nachbarzimmer aufhält und stickt.

Notiz drei: Verschiedene Methoden entwickeln, wie man Yasmin dabei helfen kann, so rasch wie möglich wieder drunter rauszukommen und mit dem kostbaren Sperma zu verduften. Am besten sofort, sowie das Zeugs im Kollektor ist. Selbst wenn das Teufelspulver nur in sparsamen Portionen genossen wird, kann es mit Leichtigkeit ein neunzigjähriges Genie für mehrere Stunden in Schwung bringen. Und abgesehen von allen Unbequemlichkeiten, die Yasmin dabei auf sich nehmen muß, ist es für die kleinen Zappeltiere einfach lebensnotwendig, umgehend und so lange sie noch frisch sind, ins Tiefkühle zu kommen. Ein Blick auf den alten Woresley zeigt zum Beispiel, daß er immer noch total in Fahrt ist, obgleich er den Kollektor offenbar schon sechsmal nacheinander beliefert hat. Vielleicht kann ein kräftiger Stich mit einer Hutnadel in den Hintern in Zukunft unser Problem lösen.

Da draußen auf den Laboratoriums-Dielenbrettern hatte Yasmin jedoch keine Hutnadel zur Hand, und bis zum heutigen Tage weiß ich nicht genau, was sie A. R. Woresley in Wirklichkeit angetan hat. Er stieß jedenfalls abermals einen von seinen nervenzerfetzenden Heulern aus und erstarrte dann plötzlich. Nicht daß ich es wissen wollte, denn schließlich geht es mich nichts an. Was es aber auch gewesen sein mochte, ich war fest davon überzeugt, daß ein so nettes Mädchen wie sie es einem so netten Mann wie ihm nie und nimmer angetan hätte, wenn es nicht unumgänglich notwendig gewesen wäre. Als nächstes bekam ich gerade noch mit, wie sich Yasmin aufrappelte, von ihm fortstürzte und mit den Früchten ihres Sieges in der Hand zur Tür hetzte. Ich wäre fast aufgestanden und hätte Beifall geklatscht, als sie die Bühne verließ. Was für eine Vorstellung! Was für ein Abgang! Die Tür knallte zu, und sie war fort.

Und plötzlich herrschte Totenstille im Laboratorium. Ich sah, wie sich A. R. Woresley langsam vom Fußboden hochstemmte. Dann stand er da, benommen und schwankend. Er wirkte wie ein Mann, der eins mit dem Kricketschläger vor den Kopf bekommen hat. Er wankte zum Waschbecken hinüber und begann, sich kaltes Wasser ins Gesicht zu spritzen, und während er damit beschäftigt war, kroch ich aus meinem Versteck heraus, schlich auf Zehenspitzen aus dem Raum und zog die Tür leise hinter mir zu.

Im Korridor war keine Spur von Yasmin. Ich hatte ihr gesagt, daß ich mich während der Operation in meiner Bude in Trinity aufhalten würde, und wahrscheinlich war sie jetzt auf dem Wege dorthin. Ich lief hinaus, sprang in meinen Wagen und fuhr auf einem Umweg zum College, damit ich ihr nicht begegnete. Ich parkte den Wagen, lief zu mir hinauf und wartete. Nach ein paar Minuten erschien sie.

«Gib mir was zu trinken», sagte sie und ging zielstrebig auf einen Sessel zu. Mir fiel auf, daß sie irgendwie o-beinig ging und sich sehr behutsam bewegte.

«Du siehst aus, als wärst du auf einem ungesattelten Pferd von Gent nach Aachen geritten, um die gute Nachricht zu überbringen», sagte ich.

Sie gab mir keine Antwort. Ich goß ihr einen dreifachen Gin in ein Glas und fügte einen Kubikzentimeter Limonensaft hinzu. Sie nahm einen kräftigen Schluck von dieser erstklassigen Mischung und sagte: «Ahhh, das ist schon besser.»

«Wie ist es gelaufen?»

«Wir haben ihm etwas zuviel verpaßt.»

«Das hab ich mir gleich gedacht», bemerkte ich.

Sie klappte die Handtasche auf und zog das Gummidings hervor, das sie klugerweise am offenen Ende zugeknotet hatte. Dann holte sie noch den Zettel mit A. R. Woresleys Unterschrift heraus.

«Großartig!» rief ich. «Du hast es geschafft! Es hat alles geklappt! Hat's dir Spaß gemacht?»

Ihre Antwort verblüffte mich. «Genaugenommen eigentlich ja», sagte sie.

«Wirklich? Du meinst, so grob war er gar nicht?»

«Im Vergleich zu ihm kommt mir jetzt jeder Mann, den ich je in meinem Leben kennengelernt habe, wie ein Eunuch vor», erwiderte sie.

Ich mußte lachen.

«Du eingeschlossen», setzte sie hinzu.

Ich hörte auf zu lachen.

«Und so», sagte sie verträumt und schlürfte noch einen Schluck Gin, «genauso will ich ab jetzt meine Männer haben.»

«Aber du hast doch gesagt, wir hätten ihm zuviel gegeben.»

«Nur ein klitzekleines bißchen», antwortete sie, «er konnte gar kein Ende finden. Er war absolut unermüdlich.»

«Und wie bist du mit ihm zum Ende gekommen?»

«Ach, das spielt keine Rolle.»

«Ob nicht vielleicht eine Hutnadel das nächste Mal ganz praktisch wäre?»

«Das ist eine gute Idee», sagte sie, «ich werde eine Hutnadel bei mir haben. Aber eine genau richtige Dosis wäre mir wesentlich lieber, dann muß ich die Hutnadel gar nicht erst benutzen.»

«Die Dosis kriegen wir schon hin.»

«Es wäre mir wirklich lieber, wenn ich den König von Spanien nicht in den Popo pieken müßte, falls du kapierst, wie ich das meine.»

«O ja, o ja, o ja.»

«Ich möchte mich von meinen Partnern auf nette Art und Weise verabschieden können.»

«Ging das diesmal nicht?»

«Nicht so ganz, nein», erwiderte sie und lächelte schwach.

«So oder so, du hast es gut gemacht», sagte ich, «du hast ihm das Dings auch wieder abgezogen.»

«Er war so komisch», sagte sie, «ich wünschte, du hättest ihn sehen können. Er ist die ganze Zeit auf und ab gehüpft.»

Ich nahm das Papier mit A. R. Woresleys Unterschrift und spannte es in meine Schreibmaschine. Dann setzte ich mich hin und tippte den folgenden Text genau über seine Unterschrift:

*Ich bestätige hiermit, daß ich am heutigen Tag, dem 27. März 1919, höchstpersönlich eine bestimmte Quantität Samenflüssigkeit an Oswald Cornelius, Esquire, Präsident des Interna-*

*tionalen Samenheims von Cambridge, England, geliefert habe. Es ist mein ausdrücklicher Wunsch und Wille, daß dieser mein Samen auf unbeschränkte Zeit und unter Verwendung der revolutionären und jüngst entdeckten Woresley-Technik aufbewahrt werden soll, und ich erkläre mich im weiteren einverstanden, daß es dem obengenannten Oswald Cornelius jederzeit gestattet ist, Einzelportionen dieser Samenquantität zur Befruchtung auserwählter und hochqualifizierter weiblicher Personen zu verwenden, um mein Erbgut zum Nutzen künftiger Generationen auf der ganzen Welt zu verbreiten.*

*gezeichnet:*
*A. R. Woresley*
*Professor der Chemie*
*Universität Cambridge*

Das zeigte ich Yasmin. «Das bezieht sich natürlich nicht auf Woresley», sagte ich, «denn seine Lieferung wollen wir ja gar nicht einfrieren. Aber was hälst du insgesamt davon? Wirkt das echt über der Unterschrift von Königen und Genies?»

Sie las es sich langsam und sorgfältig durch. «Das ist gut», sagte sie dann, «es wird genau seinen Zweck erfüllen.»

«Meine Wette habe ich gewonnen», sagte ich, «jetzt muß Woresley kapitulieren.»

Sie saß da und schlürfte ihren Gin. Sie war ganz entspannt und erstaunlich kühl. «Ich habe das sonderbare Gefühl», sagte sie, «daß diese ganze Geschichte tatsächlich funktioniert. Zuerst klang sie eher lächerlich. Aber jetzt wüßte ich nicht, was uns noch aufhalten sollte.»

«Uns kann nichts mehr stoppen», sagte ich, «wenn du an den Mann rankommen und ihm das Pulver verpassen kannst, wirst du jedesmal Erfolg haben.»

«Es ist wirklich ein phantastisches Zeug.»

«Das hab ich in Paris am eigenen Leib erfahren.»

«Du glaubst doch nicht, daß einer der Alten davon einen Herzanfall bekommt, oder?»

«Natürlich nicht», sagte ich, obwohl ich auch darüber schon nachgedacht hatte.

«Ich möchte nicht eine Spur von Leichen quer durch die ganze Welt hinter mir lassen», sagte sie, «vor allem nicht die Leichen großer und berühmter Männer.»

«Das wirst du auch nicht», entgegnete ich, «da brauchst du dir keine Sorgen zu machen.»

«Nimm zum Beispiel Alexander Graham Bell», sagte sie, «du hast gesagt, er ist jetzt zweiundsiebzig Jahre alt. Glaubst du wirklich, daß er das aushalten könnte?»

«Zäh wie Schuhleder», sagte ich, «das sind all die großen Männer. Aber ich will dir verraten, was wir machen können, um dich zu erleichtern. Wir können die Dosis dem Alter entsprechend regulieren. Je älter einer ist, um so weniger kriegt er.»

«Gekauft», sagte sie, «das ist eine gute Idee.»

Ich führte Yasmin aus und lud sie zu einem superben Abendessen in den *Blauen Eber* ein. Das hatte sie verdient. Danach lieferte ich sie unversehrt wieder in Girton ab.

## 12

Am nächsten Tag steckte ich das Gummidings und den signierten Brief in die Tasche und machte mich auf die Suche nach A. R. Woresley. Im Institut sagten sie mir, er wäre den ganzen Vormittag noch nicht aufgetaucht. Also fuhr ich zu seinem Haus hinaus und klingelte. Dieses alte Hexenweib von Schwester kam an die Tür.

«Arthur geht's nicht gut», sagte sie.

«Was ist denn passiert?»

«Er ist vom Fahrrad gefallen.»

«Ach, du liebe Zeit.»

«Er ist in der Dunkelheit heimgeradelt und mit einem Briefkasten zusammengestoßen.»

«Das tut mir aber leid. Ist er schwer verletzt?»

«Blaue Flecken am ganzen Leib», erwiderte sie.

«Aber doch hoffentlich nichts gebrochen?»

«Tja», sagte sie, und in ihrer Stimme schwang ein bitterer Unterton mit, «zumindest keine Knochen.»

O Gott, dachte ich. Oh, Yasmin! Was hast du bloß mit ihm angestellt?

«Überbringen Sie ihm bitte meine tiefempfundene Anteilnahme», sagte ich. Dann fuhr ich wieder fort.

Am nächsten Tag meldete sich ein recht gebrechlicher A. R. Woresley wieder zum Dienst.

Ich wartete, bis ich ihn allein im Laboratorium hatte, dann legte ich den Briefbogen seiner eigenen Fakultät vor ihn hin, das Blatt Papier mit dem Text, den ich über seine Unterschrift getippt hatte. Daneben legte ich seine eigenen tausend Millionen Spermien (unterdessen abgestorben) auf den Arbeitstisch und sagte: «Ich habe meine Wette gewonnen.»

Er starrte den obszönen Gummibeutel an. Er las den Brief und erkannte seine Unterschrift.

«Sie Gauner!» rief er. «Sie haben mich reingelegt!»

«Sie haben sich an einer Dame vergriffen.»

«Wer hat denn das getippt?»

«Ich.»

Er stand nur da und versuchte das alles zu verarbeiten.

«Na gut», sagte er, «aber was ist mir da zugestoßen? Ich bin ja absolut wahnsinnig gewesen. Was haben Sie in Gottes Namen mit mir angestellt?»

«Sie haben eine doppelte Dosis von *cantharis vesicatoria sudanii* bekommen», antwortete ich, «der alte Ölkäfer. Ein wirklich hochpotenter Stoff.»

Er starrte mich an, und man konnte seinem Gesicht entnehmen, daß ihm allmählich die Zusammenhänge klarwurden. «Das ist es also gewesen», sagte er, «wahrscheinlich in dieser verdammten Schokolade.»

«Natürlich. Und wenn Sie sie schon geschluckt haben, dann werden der König von Belgien und der Prinz von Wales und Mr. Joseph Conrad und alle anderen es auch tun.»

Er fing an, in seinem Laboratorium hin und her zu marschieren, wenn auch noch etwas wackelig. «Ich habe Ihnen schon einmal gesagt, Cornelius», sagte er, «daß Sie ein vollkommen skrupelloser Bursche sind.»

«Absolut», sagte ich und grinste.

«Woher wissen Sie überhaupt, was dieses Weib mir angetan hat?»

«Ich kann's eben recht gut raten.»

«Das war eine Hexe! Sie ist ein, ein ... Vampir! Eine ekelhafte Person.»

«Ihnen scheint sie aber ganz gut gefallen zu haben», sagte ich und deutete auf das Ding auf dem Tisch.

«Ich stand unter Drogen.»

«Sie haben sie vergewaltigt. Sie haben sie vergewaltigt wie ein Tier. Sie waren ekelerregend.»

«Das war der Ölkäfer.»

«Natürlich», sagte ich, «aber wenn Monsieur Marcel Proust sie wie ein Tier vergewaltigt oder König Alfonso von Spanien, werden sie dann wissen, daß sie den sudanesischen Ölkäfer geschluckt haben?»

Er gab mir keine Antwort.

«Sie werden es vermutlich nicht einmal ahnen», fuhr ich fort, «sie werden sich höchstens wundern, was zum Teufel da über sie kommt, genauso wie Sie es getan haben. Aber sie werden niemals auf den wahren Grund kommen, und am Ende werden sie es einfach der unglaublichen Attraktivität des Mädchens zuschreiben. Der können sie es wenigstens zuschreiben. Oder?»

«Tja ... ja.»

«Sie werden ziemlich erschüttert sein, daß sie sie vergewaltigt haben, genau wie Sie. Dann werden sie sich schämen und zerknirscht sein, genau wie Sie. Und schließlich werden sie die ganze Geschichte vertuschen wollen, ebenfalls genau wie Sie. Mit anderen Worten, sie können uns gar keinen Ärger machen. Wir schieben mit dem unterzeichneten Brief und mit dem kostbaren Samen ab, und damit hat sich die Sache.»

«Sie sind wirklich ein Halunke reinsten Wassers, Cornelius. Sie sind ein hemmungsloses Schlitzohr.»

«Das weiß ich», antwortete ich und grinste abermals. Die Logik meiner Beweisführung war jedoch unwiderlegbar. Der Plan war hieb- und stichfest. A. R. Woresley, der gewiß nicht auf den Kopf gefallen war, begann das allmählich einzusehen. Ich konnte sehen, wie er nachgab.

«Und was ist mit dem Mädchen?» fragte er. «Wer ist das denn gewesen?»

«Sie ist der dritte Partner unserer Organisation. Sie ist unser offizieller Lockvogel.»

«Das ist vielleicht ein Lockvogel», sagte er.

«Deshalb hab ich sie ausgesucht.»

«Es wird mir sehr unangenehm sein, Cornelius, wenn ich sie wiedersehen muß.»

«Ach, nicht die Spur», entgegnete ich, «sie ist ein großartiges Mädchen. Sie wird Ihnen schon gefallen. Sie gefallen ihr zufällig auch.»

«Unfug. Wie kommen Sie denn darauf?»

«Sie hat erzählt, Sie wären absolut und positiv der Größte. Sie hat gesagt, von jetzt an müßten alle ihre Männer so sein wie Sie.»

«Das hat sie gesagt? Das hat sie tatsächlich gesagt, Cornelius?»

«Wortwörtlich.»

A. R. Woresley strahlte.

«Sie hat gesagt, neben Ihnen wirkten alle anderen Männer wie Eunuchen», setzte ich noch hinzu, denn ich wollte es ihm gründlich und ein für allemal einbleuen.

A. R. Woresleys ganzes Gesicht begann vor Selbstgefälligkeit zu glühen.

«Sie nehmen mich doch nicht auf den Arm, Cornelius, wie?»

«Fragen Sie sie doch selber, wenn Sie sie wiedersehen.»

«Gut, gut, gut, gut», sagte er, strahlte weiter vor sich hin und bügelte seinen scheußlichen Schnurrbart mit der Rückseite seiner Finger glatt. «Gut, gut, gut, gut», sagte er abermals, «und darf ich auch wissen, wie sie heißt, diese bemerkenswerte junge Dame?»

«Yasmin Howcomely. Sie ist zur Hälfte Perserin.»

«Wie interessant.»

«Sie müssen umwerfend gewesen sein», sagte ich.

«Ich habe meine starken Momente, Cornelius», sagte er, «ah, ja, ich habe wirklich meine starken Momente.» Er schien den Ölkäfer vollkommen verdrängt zu haben. Er wollte sich den ganzen Verdienst selber zuschreiben, und ich ließ es ihm durchgehen. «Sie kann es gar nicht erwarten, Sie wiederzusehen.»

«Ausgezeichnet», erwiderte er und rieb sich die Hände. «Und sie wird Mitglied unserer kleinen Organisation, haben Sie gesagt?»

«Vollkommen richtig. Von jetzt an werden Sie sie ziemlich oft sehen.»

«Gut», sagte er, «schön und gut.»

Und so trat A. R. Woresley unserer Firma bei. So leicht ging das. Und er war darüber hinaus ein Ehrenmann.

Er erklärte sich bereit, mit jeglicher Veröffentlichung über seine Entdeckung zu warten.

Er erklärte sich bereit, Yasmin und mich in jeder nur möglichen Art und Weise zu unterstützen.

Er erklärte sich bereit, einen tragbaren Behälter für den flüssigen Stickstoff zu konstruieren, den wir auf unseren Reisen bei uns führen konnten.

Er erklärte sich bereit, mir ganz genau beizubringen, wie ich die angelieferten Samen verlängern und zum Einfrieren auf Röhrchen ziehen mußte.

Yasmin und ich sollten reisen und sammeln.

A. R. Woresley sollte seine Stellung in Cambridge behalten, aber gleichzeitig an einem geeigneten und geheimen Ort eine große zentrale Gefrieranlage einrichten, das Samenheim. Von Zeit zu Zeit würden die Reisenden, also Yasmin und ich, mit unserer Ernte auftauchen und sie aus dem tragbaren Behälter in das Samenheim überführen.

Ich würde ausreichendes Kapital für alle Ausgaben zur Verfügung stellen. Ich würde alle Reisekosten zahlen, Hotels und so weiter, während Yasmin und ich unterwegs waren. Außerdem würde ich Yasmin ein ausreichendes Kleidergeld zur Verfügung stellen, damit sie sich atemberaubende Garderobe beschaffen konnte.

Es war alles ganz klar und einfach.

Ich ließ mich exmatrikulieren, und Yasmin auch.

Ich suchte und kaufte ein Haus in der Nachbarschaft von A. R. Woresley. Es war ein schlichtes rotes Backsteinhaus mit vier Schlafzimmern und zwei ziemlich geräumigen Wohnzimmern. Irgendein pensionierter Mitbegründer des Empires hatte es in längst vergangenen Zeiten ausgerechnet *Dunroamin* getauft.

Dunroamin sollte Hauptquartier des Samenheims sein. Dort wollten Yasmin und ich während der Vorbereitungszeit wohnen, und dort sollte auch ein kleines Laboratorium für A. R. Woresley eingerichtet werden. Ich mußte ziemlich viel Geld für die Ausstattung dieses Laboratoriums mit den Apparaturen ausgeben, die wir zur Herstellung von flüssigem Stickstoff brauchten, außerdem für Mixer, Mikroskope und den ganzen anderen Kram, den wir brauchten. Zum Schluß ließ ich das Haus noch möblieren, und dann zogen Yasmin und ich ein. Von diesem Zeitpunkt an war unsere Beziehung allerdings rein geschäftlicher Natur.

Innerhalb eines Monats hatte A. R. Woresley den tragbaren Behälter für den flüssigen Stickstoff entwickelt. Er besaß doppelte und luftleere Aluminiumwände und alle möglichen niedlichen kleinen Laden und andere Behältnisse für die winzigen Sperma-Strohhalme. Er hatte ungefähr den Umfang eines großen Koffers, und sah außerdem tatsächlich wie ein Koffer aus, weil er außen ganz mit Leder überzogen war.

Ein zweiter kleinerer Reisebehälter enthielt Kühlfächer für Eis, ein Handrührgerät und Flaschen, in denen wir das Glyzerin, die Eidotter und die Magermilch transportieren konnten. Außerdem ein Mikroskop, mit dessen Hilfe wir sofort und an Ort und Stelle die Vitalität der angelieferten Spermien untersuchen konnten. Alles wurde mit äußerster Sorgfalt vorbereitet.

Zum Schluß begann A. R. Woresley, in den Kellerräumen unseres Hauses die Samenbank selbst zu installieren.

## 13

Anfang Juni 1919 waren wir fast startbereit. Ich sage fast, weil wir uns immer noch nicht über die Namensliste hatten einigen können. Wer sollten die berühmten Männer der Welt sein, die Yasmin – und im Hintergrund auf der Lauer liegend auch ich – mit einem Besuch beehren würde?»

Wir drei hatten uns in zahllosen Sitzungen in Dunroamin über dieses heikle Problem immer wieder die Köpfe heißgeredet. Die Könige waren einfach. Die Könige wollten wir vollständig haben. Deshalb hielten wir deren Namen zuallererst fest:

| | |
|---|---|
| König Albert von Belgien | gegenwärtiges Alter 45 |
| König Boris von Bulgarien | gegenwärtiges Alter 25 |
| König Christian von Dänemark | gegenwärtiges Alter 49 |
| König Alexander von Griechenland | gegenwärtiges Alter 23 |
| König Victor Emmanuel von Italien | gegenwärtiges Alter 50 |
| König Haakon von Norwegen | gegenwärtiges Alter 47 |
| König Ferdinand von Rumänien | gegenwärtiges Alter 54 |
| König Alfonso von Spanien | gegenwärtiges Alter 33 |
| König Gustaf von Schweden | gegenwärtiges Alter 61 |
| König Peter von Jugoslawien | gegenwärtiges Alter 75 |

Holland hatten wir ausgelassen, dort gab es nur eine Königin. Portugal fehlte ebenfalls, weil während der Revolution von 1910 die Monarchie gestürzt worden war. Monaco lohnte den Aufwand nicht, und so blieb nur noch unser eigener König Georg V. übrig. Nach endlosen hitzigen Debatten beschlossen wir, den alten Knaben in Ruhe zu lassen. Ich fand es einfach nicht gemütlich, so etwas im eigenen Haus zu machen, und außerdem hatte ich bereits Pläne, wie man eben diesen Gentleman auf andere Art und Weise verwenden könnte, die ich Ihnen gleich erklären werde. Wir beschlossen statt dessen, Edward, den Prinzen von Wales, als Ersatzmann mit auf die Liste zu setzen. Ihn mochte Yasmin im Verein mit dem Ölkäfer überrollen, wann immer sie Lust dazu hatte. Und erfreulicherweise konnte sie es kaum erwarten.

Die Liste der großen Männer und Genies war wesentlich schwerer zusammenzustellen. Ein paar wie zum Beispiel Puccini und Joseph Conrad und Richard Strauss lagen sozusagen auf der Hand. Das galt auch für Renoir und Monet, zwei schon ziemlich betagte Kandidaten, die selbstverständlich baldmöglichst besucht werden mußten. Aber damit war es ja nicht getan. Wir mußten entscheiden, welche von den heute, 1919, bekannten und berühmten Männern auch in zehn, zwanzig und sogar in fünfzig Jahren noch bekannt und berühmt sein würden.

Dann gab es noch eine sehr umstrittene Gruppe von jüngeren Männern, die im Augenblick zwar erst mittelmäßig berühmt waren, von denen ich aber annahm, daß sie später auch zu den Großen zählen würden. Bei dieser Gruppe mußte man sich also blindlings auf das Glück verlassen. Freilich, etwas Instinkt und Gefühl gehörten auch dazu. Würde zum Beispiel der junge James Joyce mit seinen erst siebenunddreißig Jahren von späteren Generationen als Genie betrachtet werden? Ich stimmte mit ja, ebenso wie A. R. Woresley, aber Yasmin hatte noch nie etwas von ihm gehört. Wir setzten ihn also mit diesem Zwei-zu-Drei-Stimmenergebnis auf unsere Liste.

Zum Schluß kamen wir überein, zwei verschiedene Listen aufzustellen. Die erste sollte Vorrang haben. Die zweite enthielt die Ersatzleute, die Männer mit verheißungsvollen Möglichkeiten. Mit diesen Ersatzmännern wollten wir uns erst beschäftigen, wenn wir mit den Vorrang-Burschen durch waren. Dabei würden wir auch das Alter der betreffenden Leute berücksichtigen. Wo immer es sich einrichten ließ, wollten wir die Älteren zuerst aufsuchen, damit sie nicht von hinnen geschieden waren, bevor sie uns beliefert hatten.

Wir kamen außerdem überein, die Listen jedes Jahr auf den neuesten Stand zu bringen, damit wir auch die neuen Namen erfassen konnten, die unterdessen plötzlich prominent geworden waren.

Und so sah unsere Prioritätsliste aus dem Jahre 1919 in alphabetischer Reihenfolge aus:

| | |
|---|---|
| Bell, Alexander Graham | gegenwärtiges Alter 72 |
| Bonnard, Pierre | gegenwärtiges Alter 52 |
| Churchill, Winston | gegenwärtiges Alter 45 |
| Conrad, Joseph | gegenwärtiges Alter 62 |
| Doyle, Arthur Conan | gegenwärtiges Alter 60 |
| Einstein, Albert | gegenwärtiges Alter 40 |
| Ford, Henry | gegenwärtiges Alter 56 |
| Freud, Sigmund | gegenwärtiges Alter 63 |
| Kipling, Rudyard | gegenwärtiges Alter 54 |
| Lawrence, David Herbert | gegenwärtiges Alter 34 |

| | |
|---|---|
| Lawrence, Thomas Edward | gegenwärtiges Alter 31 |
| Lenin, Wladimir Iljitsch | gegenwärtiges Alter 49 |
| Mann, Thomas | gegenwärtiges Alter 45 |
| Marconi, Guglielmo | gegenwärtiges Alter 45 |
| Matisse, Henri | gegenwärtiges Alter 50 |
| Monet, Claude | gegenwärtiges Alter 79 |
| Munch, Edvard | gegenwärtiges Alter 56 |
| Proust, Marcel | gegenwärtiges Alter 48 |
| Puccini, Giacomo | gegenwärtiges Alter 61 |
| Rachmaninow, Sergej | gegenwärtiges Alter 46 |
| Renoir, Auguste | gegenwärtiges Alter 78 |
| Shaw, Georg Bernard | gegenwärtiges Alter 63 |
| Sibelius, Jean | gegenwärtiges Alter 54 |
| Strauss, Richard | gegenwärtiges Alter 55 |
| Strawinsky, Igor | gegenwärtiges Alter 37 |
| Yeats, William Butler | gegenwärtiges Alter 54 |

Und dies war unsere zweite Liste, die die Namen einiger recht junger Männer umfaßte, also reine Spekulationen, dazu ein paar Grenzfälle:

| | |
|---|---|
| Amundsen, Roald | gegenwärtiges Alter 47 |
| Braque, Georges | gegenwärtiges Alter 37 |
| Caruso, Enrico | gegenwärtiges Alter 46 |
| Casals, Pablo | gegenwärtiges Alter 43 |
| Clemenceau, Georges | gegenwärtiges Alter 79 |
| Delius, Frederick | gegenwärtiges Alter 57 |
| Foch, Maréchal Ferdinand | gegenwärtiges Alter 68 |
| Ghandi, Mohandas | gegenwärtiges Alter 50 |
| Haig, General Sir Douglas | gegenwärtiges Alter 58 |
| Joyce, James | gegenwärtiges Alter 37 |
| Kandinsky, Wassily | gegenwärtiges Alter 53 |
| Lloyd Georg, David | gegenwärtiges Alter 56 |
| Nijinskij, Waslaw | gegenwärtiges Alter 27 |
| Pershing, General Georg | gegenwärtiges Alter 59 |
| Picasso, Pablo | gegenwärtiges Alter 38 |

| | |
|---|---|
| Ravel, Maurice | gegenwärtiges Alter 44 |
| Russell, Bertrand | gegenwärtiges Alter 47 |
| Schönberg, Arnold | gegenwärtiges Alter 45 |
| Tagore, Rabindranath | gegenwärtiges Alter 58 |
| Trotzki, Lew Dawidowitsch | gegenwärtiges Alter 40 |
| Valentino, Rudolph | gegenwärtiges Alter 24 |
| Wilson, Woodrow | gegenwärtiges Alter 63 |

Diese Listen enthielten selbstverständlich Irrtümer und Lükken. Es gibt nichts Riskanteres, als ein echtes und die Zeiten überdauerndes Genie schon zu seinen Lebenszeiten zu bestimmen. Fünfzig Jahre nach seinem Tod ist die Sache wesentlich einfacher. Aber Tote nützten uns nichts. Und dann noch eins: Rudolph Valentino hatten wir nicht etwa aufgenommen, weil wir ihn für ein Genie hielten. Es war eine rein kommerzielle Entscheidung. Wir vermuteten einfach, daß der Samen eines Mannes mit einer so riesigen und leidenschaftlichen Anhängerschaft eines Tages ein gutes Geschäft werden würde. Woodrow Wilson hielten wir ebensowenig wie Caruso für ein Genie. Aber sie waren weltberühmte Persönlichkeiten, und deshalb mußten wir sie in Erwägung ziehen.

Europa sollte natürlich zuerst abgeerntet werden. Die lange Reise nach Amerika würde noch warten müssen. Deshalb nagelten wir eine große Karte von Europa an die eine Wand des Wohnzimmers und spickten sie mit kleinen Fähnchen. Jedes Fähnchen gab die präzisen Umstände eines Kandidaten an: rote Fähnchen bedeuteten Prioritäten, die Männer der zweiten Gruppe dagegen bekamen gelbe Fähnchen. Auf jeder Fahne war Name und Anschrift angegeben. Auf diese Weise konnten Yasmin und ich unsere Besuche nach der geographischen Lage planen und ein Gebiet nach dem anderen so ökonomisch wie möglich hinter uns bringen, ohne von einer Ecke eines Landes zur anderen und wieder zurück schießen zu müssen. In Frankreich steckten die meisten Fähnchen, und in Paris und Umgebung gab es ein regelrechtes Gedränge.

«Wirklich ein Jammer, daß Degas und Rodin vor zwei Jahren gestorben sind», sagte ich.

«Ich möchte zuerst die Könige erledigen», sagte Yasmin. Wir saßen zu dritt im Wohnzimmer von Dunroamin und besprachen den nächsten Schritt.

«Warum die Könige?»

«Weil ich einen unwiderstehlichen Drang in mir spüre, von Königen vergewaltigt zu werden», antwortete sie.

«Lassen Sie diese albernen Späße», sagte A. R. Woresley.

«Aber warum darf ich es mir denn nicht aussuchen?» fragte sie. «Ich stehe schließlich an vorderster Front, nicht Sie! Und ich möchte eben gern mit dem König von Spanien anfangen. Dann können wir nach Italien gondeln und uns den alten Victor Emmanuel vornehmen, und dann kommt Jugoslawien dran, dann Griechenland und so weiter. Auf diese Weise haben wir die ganze Geschichte in ein paar Wochen erledigt.»

«Darf ich mich auch einmal danach erkundigen, wie Sie sich Zutritt in all diese Königsschlösser verschaffen wollen?» fragte A. R. Woresley und wandte sich dabei an mich. «Yasmin kann ja schließlich nicht an das Tor klopfen und erwarten, daß sie eine Privataudienz beim König bekommt. Und Sie denken doch sicher an eine Privataudienz, sonst ist es zwecklos.»

«Der Teil dürfte nicht allzu schwierig sein», antwortete ich.

«Er wird unmöglich sein», widersprach Woresley, «wahrscheinlich müssen wir die Könige streichen.»

Ich hatte mich jedoch schon wochenlang mit diesem Problem beschäftigt und deshalb meine Antwort parat. «Das ist ein wahres Kinderspiel», sagte ich, «wir werden König George V. als Lockvogel benutzen. Er wird sie überall reinbringen.»

«Machen Sie sich doch nicht lächerlich, Cornelius.»

Ich ging zu einer Schublade und holte ein paar Blätter mit Notizen heraus. «Nehmen wir einmal an, wir wollen wirklich mit dem König von Spanien anfangen», sagte ich und raschelte mit den Papieren. «Ah ja, hier haben wir es. Mein lieber Alfonso ...»

Ich reichte Woresley den Zettel hinüber. Yasmin verließ ihren Sessel und schaute ihm über die Schulter.

«Was ist denn das, um Himmels willen?» rief er.

«Ein streng vertraulicher Privatbrief von König Georg V. an König Alfonso», erwiderte ich.

Und genau das war es auch. Der Papierbogen trug oben in der Mitte das aufwendig geprägte königliche Wappen in Rot, und darunter stand, ebenfalls in geprägten roten Buchstaben, einfach und majestätisch: Buckingham Palace London.

Darunter hatte ich in einer leidlich gelungenen Kopie der flüchtigen Handschrift des Königs folgenden Text geschrieben:

*Mein lieber Alfonso,*

*mit diesen Zeilen möchte ich Sie mit einer teuren Freundin von mir bekannt machen, Lady Victoria Nottingham. Sie befindet sich allein auf einer Reise nach Madrid, wo sie gewisse geschäftliche Dinge zu erledigen hat, die mit einer Erbschaft von ihrer Großmutter mütterlicherseits in Verbindung stehen.*

*Ich möchte nun an Sie, lieber Vetter, die inständige Bitte richten, Lady Victoria zu empfangen, und zwar unter allen Umständen privat. Sie hat mit den örtlichen Behörden in bezug auf ihre Besitzansprüche gewisse Schwierigkeiten bekommen, und ich bin fest davon überzeugt, wenn sie Ihnen ihren Fall dargelegt hat, so wird es Ihnen ein leichtes sein, ein rechtes Wort an rechtem Ort fallenzulassen, so daß sich für Lady Victoria alles glatt entwickeln kann.*

*Ich möchte mich Ihnen darüber hinaus vollkommen anvertrauen, mein lieber Alfonso, und Ihnen nicht verhehlen, daß mir Lady Victoria eine besonders vertraute und liebe Freundin ist. Mehr möchte ich dazu nicht sagen, aber ich glaube gewiß, daß ich mich auf Sie verlassen kann und daß Sie dieses Geständnis in Ihrem Busen bergen werden. Wenn Sie diese Zeilen erhalten, wird sich die genannte Dame im Hotel Ritz, Madrid, befinden. Ich wäre Ihnen zutiefst verpflichtet, wenn Sie ihr umgehend eine Antwort übermitteln ließen und ihr eine Privataudienz gewährten. Verbrennen Sie bitte diesen Brief, nachdem Sie ihn gelesen haben, und geben Sir mir keine Antwort.*

*Stets der Ihre*
*und mit den wärmsten persönlichen Grüßen*
*Georg R. I.*

A. R. Woresley und Yasmin sahen mich mit weitaufgerissenen Augen an.

«Wo haben Sie diesen Briefbogen her?» fragte Woresley.

«Ich habe ihn gedruckt.»

«Und das haben Sie selber geschrieben?»

«Ja, und ich bin eigentlich ganz stolz darauf. Es ist eine recht anständige Imitation der königlichen Handschrift. Und die Unterschrift fast fehlerfrei. Ich habe tagelang geübt.»

«Man wird sie wegen Urkundenfälschung verhaften. Sie werden ins Gefängnis kommen!»

«Ach, nicht die Spur», antwortete ich, «Alfonso wird es gar nicht wagen, sich einer Menschenseele anzuvertrauen. Begreifen Sie denn nicht, was das für ein wunderschöner Trick ist? Unser großer und erhabener König deutet vornehm an, daß er mit Yasmin ein Techtelmechtel hat. Das, mein sehr verehrter Herr, ist ein überaus vertrauliches und auch gefährliches Material. Sie dürfen nicht vergessen, daß die europäischen Monarchen zum exklusivsten und zugleich versipptesten Club der Welt gehören. Sie arbeiten sich gegenseitig in die Hände. Und jeder noch so ungehobelte Bursche ist auf irgendeine verrückte Art und Weise mit allen anderen verwandt oder verschwägert. Sie sind wirklich miteinander verstrickt wie eine Portion Spaghetti. Nein – es besteht nicht die geringste Gefahr, daß Alfonso den König von England enttäuscht. Er wird Yasmin sofort empfangen. Er wird ganz wild darauf sein, sie empfangen zu dürfen. Er wird sich die heimliche Mätresse vom alten Georg ganz genau und aus der Nähe betrachten wollen. Und denken Sie außerdem daran, daß unser König bei allen anderen Monarchen sehr hoch im Kurs steht. Er hat schließlich gerade den Krieg gegen die Preußen gewonnen.»

«Cornelius», sagte A. R. Woresley, «Sie jagen mir eine Todesangst ein. Sie bringen uns noch alle hinter Gitter.»

«Ich finde es fabelhaft», sagte Yasmin, «es ist brillant. Es muß einfach klappen.»

«Und was passiert, wenn ein Sekretär den Umschlag öffnet?» fragte Woresley.

«Das kann nicht passieren», antwortete ich. Ich holte einen Stapel Briefumschläge aus der Schublade, suchte den richtigen heraus und reichte ihn Woresley. Es war ein länglicher weißer Briefumschlag, das Papier von bester Qualität, oben links wieder das königliche Wappen in Rot und oben rechts die Worte Buckingham Palace. In der Handschrift des Königs hatte ich folgende Adresse daraufgeschrieben:

*Für*
*Seine Königliche Hoheit, König Alfonso XIII.*
*Persönlich und vertraulich*
*Nur von SKH zu öffnen*

«Das sollte reichen», sagte ich, «außerdem werde ich diesen Briefumschlag höchstpersönlich im Königspalast in Madrid abgeben.»

A. R. Woresley machte den Mund auf, um etwas zu sagen, klappte ihn dann aber wieder zu.

«Für die restlichen neun Könige habe ich ungefähr gleichlautende Briefe vorbereitet», fuhr ich fort, «kleine Abweichungen liegen ja auf der Hand. Jede Botschaft ist ganz individuell zugeschnitten worden. Haakon von Norwegen ist zum Beispiel mit der Schwester König Georgs verheiratet, mit Maud – ich mache eine Wette, daß Sie das nicht gewußt haben –, und deshalb lautet der Schlußsatz: ‹Ich bitte Sie, mich meiner Schwester Maud zu Füßen zu legen, vertraue jedoch darauf, daß Sie unser kleines Privatgeschäft gänzlich unerwähnt lassen.› Und so weiter und so weiter. Das ist ganz narrensicher, mein lieber Arthur.»

Ich nannte ihn jetzt beim Vornamen.

«Sie scheinen Ihre Schulaufgaben sehr gründlich gemacht zu haben, Cornelius.» Er selbst dagegen vermied nach Art aller Professoren und Schulmeister, mich mit dem Taufnamen anzusprechen. «Und wie schlagen Sie vor, sich Zutritt zu den anderen zu beschaffen, den Nicht-Königen?»

«Das ist gar kein Problem», erwiderte ich, «wenn ein Mädchen wie Yasmin an die Tür eines Mannes klopft, gibt es kaum einen, der sich weigern wird, sie hereinzubitten. Sie haben es ja auch nicht getan. Ich gehe jede Wette ein, daß Ihnen das Wasser schon im Munde zusammenlief, als sie nur den Fuß in Ihr Laboratorium setzte.»

Das brachte ihn zum Schweigen.

«Dann können wir also mit dem König von Spanien anfangen?» fragte Yasmin. «Er ist erst einunddreißig Jahre alt und dem Foto nach recht lecker.»

«Na gut», sagte ich, «Madrid ist die erste Station. Aber dann müssen wir sofort nach Frankreich. Renoir und Monet stehen ganz oben auf unserer Liste. Der eine ist achtundsiebzig und der andere neunundsiebzig. Ich möchte sie noch beide erwischen, ehe es zu spät ist.»

«Aber mit dem Ölkäfer kriegen diese alten Knaben doch einen Herzschlag», sagte Yasmin.

«Wir werden die Dosis reduzieren», antwortete ich.

«Also passen Sie mal auf, Cornelius», sagte A. R. Woresley, «ich möchte nicht zu einem Mord an Monsieur Renoir oder Monsieur Monet beitragen. Blut soll nicht an meinen Händen kleben.»

«Was da kleben wird, sind nur wertwolle Spermien, weiter nichts», entgegnete ich, «überlassen Sie nur alles uns.»

## 14

Alles war für unseren ersten Auftritt fertig. Yasmin und ich packten die Koffer und brachen auf nach Madrid. Bei uns hatten wir den lebenswichtigen Koffer mit dem flüssigen Stickstoff, den kleineren Koffer mit Glyzerin et cetera, einen ausreichenden Vorrat erstklassiger Schokoladetrüffeln und vier Unzen Ölkäfer-Pulver. Ich muß noch einmal erwähnen, daß das Gepäck damals kaum vom Zoll untersucht wurde. Mit unseren merkwürdigen Koffern würden wir also keinerlei Schwierigkeiten haben.

Wir überquerten den Kanal und nahmen den Schlafwagen über Paris nach Madrid. Wir brauchten für die Reise insgesamt nur neunzehn Stunden. In Madrid schrieben wir uns im *Ritz* ein, wo wir telegrafisch zwei getrennte Zimmer bestellt hatten, eins für Oswald Cornelius Esquire und eins für Lady Victoria Nottingham.

Am nächsten Morgen ging ich zum Palast, wo ich schon am äußeren Tor von ein paar Wachsoldaten aufgehalten wurde. Ich schwenkte meinen Briefumschlag und rief dabei auf spanisch: «Dies ist für den König!», und auf diese Weise kam ich bis zum großen Haupteingang. Dort zog ich an der Glocke. Ein geschniegelter Lakai öffnete eine der Türen. Daraufhin sagte ich den einen spanischen Satz auf, den ich auswendig gelernt hatte, und der folgendermaßen lautete: «Dies ist für Seine Majestät, König Alfonso von Spanien, von König Georg von Großbritannien. Es ist sehr eilig.» Dann ging ich wieder fort. Wieder im Hotel, machte ich es mir in Yasmins Zimmer mit einem Buch bequem und wartete die weiteren Entwicklungen ab.

«Und was passiert, wenn er die Stadt verlassen hat?» fragte sie.

«Hat er nicht», erwiderte ich, «seine Fahne weht auf dem königlichen Palast.»

«Und was, wenn er nicht antwortet?»

«Er wird schon antworten. Wenn er diesen Brief auf dem Papier gelesen hat, dann wird er gar nicht wagen, nicht zu antworten.»

«Kann er denn Englisch?»

«Alle Könige können Englisch», sagte ich, «das gehört zu ihrer Erziehung. Alfonso spricht fließend Englisch.»

Kurz vor dem Mittagessen klopfte es an die Tür. Yasmin machte auf, und vor ihr stand der Geschäftsführer des Hotels in eigener Person und machte ein bedeutungsvolles Gesicht. Er trug ein Silbertablett, und auf dem Silbertablett lag ein weißer Briefumschlag. «Eine eilige Botschaft, Mylady», sagte er und verneigte sich. Yasmin nahm das Kuvert, bedankte sich und schloß die Tür.

«Reiß es auf!» sagte ich.

Sie riß es auf und zog einen Brief heraus, der mit der Hand geschrieben war, auf erlesenem königlichen Bütten.

*Meine Lady Victoria,* lautete er, *es wäre Uns ein Vergnügen, Sie heute nachmittag um vier Uhr zum Tee bei Uns zu sehen. Wenn Sie Ihren Namen am Tor nennen, werden Sie sofort eingelassen.*

*Alfonso R.*

«Einfach, nicht wahr?» fragte ich.

«Wieso schreibt er Wir?»

«Alle Monarchen sprechen von sich in der ersten Person Plural. Du hast jetzt noch drei Stunden, um dich zurechtzumachen und am Schloßtor zu sein», sagte ich, «laß uns zuerst die Trüffeln präparieren.»

Ich hatte mir in dem Geschäft in Cambridge ein paar Pralinenschachteln beschafft, sehr klein und sehr elegant, in die genau sechs Trüffeln paßten. Eine Schachtel sollte Yasmin dem König als kleines Geschenk überreichen. Sie sollte zu ihm sagen: Ich habe Ihnen ein kleines Geschenk mitgebracht, Sire, ein paar Pralinen. Sie sind köstlich. Georg hat sie speziell für mich anfertigen lassen. Dann sollte sie die Schachtel aufklappen und mit einem unwiderstehlichen Lächeln sagen: Sie haben doch sicher nichts dagegen, wenn ich mir eine stehle? Ich kann einfach nicht widerstehen. Sie wirft sich eine Trüffel in den Mund, nimmt dann die bezeichnete Praline und hält sie dem König anmutig zwischen Zeigefinger und Daumen hin, wobei sie sagt: Probieren Sie doch auch eine! Der arme Mann wird völlig hingerissen sein, und er wird brav die Trüffel schlucken, genauso wie es A. R. Woresley in seinem Laboratorium getan hatte. Und das wär's dann gewesen. Danach mußte Yasmin nur noch neun Minuten lang unverfänglich mit ihm flirten und plaudern, ohne sich in irgendwelche komplizierten Einzelheiten verstricken zu lassen, die mit dem angeblichen Grund ihres Besuchs zu tun haben.

Ich holte also das Ölkäfer-Pulver heraus, und wir präparierten die verhängnisvollen Trüffeln. «Diesmal keine doppelte Dosis», sagte Yasmin, «ich möchte die Hutnadel nicht benutzen müssen.»

Damit war ich einverstanden, und sie markierte die Trüffeln selbst mit ein paar winzigen Kratzern auf der Schokoladenoberfläche.

Es war Juni und sehr heiß in Madrid. Yasmin zog sich mit großer Sorgfalt an, trug aber das denkbar dünnste Kleid. Ich gab ihr ein Gummidings aus meinem großen Vorrat, und sie steckte es in ihre Handtasche.

«Und achte um Himmels willen darauf, daß du's ihm überstreifst», sagte ich, «alles andere ist unwichtig. Und komm so rasch wie möglich zurück. Geh gleich nebenan in mein Zimmer.» Ich wünschte ihr Glück, und sie brach auf.

Ich bereitete in meinem Zimmer alles sehr gründlich und sorgfältig vor, damit ich gleich mit der Weiterverarbeitung der Spermien beginnen konnte. Es war ja mein erster Einsatz unter realen Bedingungen, und ich wollte alles richtig machen. Ich muß zugeben, daß ich nervös war. Yasmin mußte jetzt im Schloß sein. Wahrscheinlich reichte sie dem König von Spanien gerade das Ölkäfer-Pulver, und danach würde es wieder das übliche und wohlbekannte Gerangel geben. Ich konnte nur hoffen, daß sie alles richtig machte.

Die Zeit verstrich langsam. Ich war mit meinen Vorbereitungen fertig. Ich beugte mich zum Fenster hinaus und schaute zu, wie die Pferdedroschken unten auf der Straße hin- und herfuhren. Ein- oder zweimal kam auch ein Auto vorbei, aber es gab hier nicht so viele wie in London. Ich schaute auf die Uhr. Es war schon nach sechs. Ich machte mir einen Whisky Soda. Ich nahm ihn mit zum offenen Fenster und trank ihn dort in kleinen Schlucken. Ich hoffte sehnlichst, Yasmin vor dem Hoteleingang aus einem Wagen steigen zu sehen. Ich hielt jedoch vergeblich nach ihr Ausschau. Ich mixte mir einen zweiten Whisky. Ich setzte mich hin und versuchte ein Buch zu lesen. Unterdessen war es halb sieben. Sie war seit zweieinhalb Stunden fort. Plötzlich pochte es laut an meiner Tür. Ich stand auf und machte sie auf. Yasmin fegte mit glühenden Wangen ins Zimmer.

«Ich hab's geschafft!» rief sie und schwenkte ihre Handtasche wie eine Fahne vor meiner Nase herum. «Ich hab's! Hier drinnen hab ich's!»

«Rasch, gib es her!» sagte ich.

Das verknotete Gummidings, das Yasmin mir überreichte, enthielt fast drei Kubikzentimeter königlichen Samen. Ich schob einen Tropfen unter das Mikroskop, um die Vitalität zu prüfen. Die winzigen königlichen Schwänzeltierchen schossen wie wild durch die Gegend, hervorragend vital.

«Erstklassiges Material», sagte ich, «aber eh du den Mund aufmachst, will ich sie noch schnell auf die Strohhalme ziehen und einfrieren. Danach mußt du mir haargenau erzählen, was passiert ist.»

Yasmin ging in ihr Zimmer, um zu baden und sich umzuziehen.

Ich begann mit meiner Arbeit. A. R. Woresley und ich waren überein gekommen, daß wir von jeder Person genau fünfzig Strohhalme herstellen wollten. Eine größere Anzahl würde in unserer Reisekühlanlage zu viel Platz einnehmen. Ich begann also, die Samenflüssigkeit mit Eidotter, Magermilch und Glyzerin zu verlängern. Dann mischte ich alles durch, verteilte die Flüssigkeit mit einer genormten Pipette in die kleinen Gummiröhrchen und versiegelte sie. Ich legte sie eine halbe Stunde lang auf Eis. Ich setzte sie ein paar Minuten lang dem Stickstoffdampf aus. Dann senkte ich sie schließlich behutsam in den flüssigen Stickstoff und verschloß den Behälter. Es war geschafft. Wir besaßen jetzt fünfzig Samenportionen des Königs von Spanien, und zwar höchst lebenskräftige Portionen. Die Gleichung war ziemlich einfach. Er hatte uns drei vollständige Kubikzentimeter geliefert. Drei Kubikzentimeter enthielten grob geschätzt dreitausend Millionen Spermien, und wenn man diese dreitausend Millionen in fünfzig Portionen teilte, dann ergab das pro Dosis eine Potenz von sechzig Millionen Spermien. Das war genau das Dreifache von A. R. Woresleys Optimalforderung von zwanzig Millionen pro Dosis. Mit anderen Worten: Die spanischen Königs-Strohhalme besaßen eine erstklassige Zeugungsfähigkeit. Ich geriet sofort in gehobene Stimmung, klingelte nach dem Zimmerkellner und bestellte eine Flasche Krug auf Eis.

Yasmin kam herein und sah kühl und sauber aus. Der Champagner traf fast gleichzeitig ein. Wir warteten, bis der Kellner die Flasche geöffnet, die Gläser gefüllt und das Zimmer wieder verlassen hatte. «So», sagte ich, «jetzt erzähl mir alles.»

«Es war verblüffend», begann sie, «es hat alles genauso angefangen, wie du es gesagt hast. Ich wurde in einen riesigen Raum geführt, wo lauter Goyas und El Grecos an den Wänden hingen. Der König saß ganz am anderen Ende hinter einem gewaltigen Schreibtisch. Er trug einen völlig normalen Anzug. Er stand auf und kam hinter dem Schreibtisch hervor, um mich zu begrüßen. Er hat einen Schnurrbart und ist ein ganz nett aussehender kleiner Bursche. Er gab mir einen Handkuß, und, mein Gott, Oswald, du hättest nur sehen sollen, wie er vor mir gekatzbuckelt hat, nur weil er dachte, ich wär die Mätresse vom König von England. ‹Madame›, hat er gesagt, ‹ich bin entzückt, Sie kennenzulernen. Und wie geht es unserem gemeinsamen Freund?›

‹Er hat einen leichten Gichtanfall›, hab ich gesagt, ‹aber sonst ist er in bester Verfassung.› Dann hab ich die Schokoladenarie hinter mich gebracht, und er hat seine kleine Trüffel wie ein braves Lämmchen geschluckt, und geschmeckt hat sie ihm auch noch. ‹Köstlich, ausgesprochen köstlich!› hat er gesagt und nur so drauflosgeschmatzt. ‹Das muß ich gleich meinem Botschafter sagen, damit er mir ein paar Pfund davon schicken läßt.› Als er dann das letzte Stück Schokolade runtergeschluckt hatte, da hab ich auf die Uhr geschaut. ‹Nehmen Sie doch bitte Platz›, hat er dann gesagt.

Es gab in dem ganzen Raum vier große sofaähnliche Angelegenheiten, und bevor ich Platz nahm, hab ich sie noch untersuchen können. Ich wollte das weichste und praktischste von den vieren aussuchen. Ich wußte ja, noch neun Minuten und das Sofa, das ich mir ausgesucht hatte, würde ein Schlachtfeld sein.»

«Klug geplant», sagte ich.

«Ich hab mir also eine Art Riesenchaiselongue ausgesucht, ganz und gar mit pflaumenblauem Samt bezogen. Der König blieb stehen, und als wir anfingen, uns zu unterhalten, faltete er die Hände auf dem Rücken, ging hin und her und versuchte ganz königlich auszusehen.

Ich sagte: ‹Unser gemeinsamer Freund hat mir aufgetragen, Ihnen zu sagen, daß Sie sich absolut auf ihn verlassen könnten, wenn Sie einmal in seinem Land in einer vertraulichen Angelegenheit seine Hilfe brauchen sollten.›

‹Das werde ich mir merken›, erwiderte er.

‹Er hat mir noch eine andere Botschaft aufgetragen, Euer Majestät.›

‹Und wie lautet sie?›

‹Versprechen Sie mir auch, daß Sie nicht ärgerlich werden, wenn ich es Ihnen sage?›

‹Aber gewißlich nicht, Madame. Sagen Sie mir nur, was er Ihnen noch aufgetragen hat.›

‹Er hat gesagt: Richte diesem Alfonso, diesem gutaussehenden Burschen aus, daß er die Hände von meinem Mädchen lassen soll. Das hat er wortwörtlich gesagt, Euer Majestät!› Da hat der kleine Alfonso gelacht und in die Hände geklatscht und hat gesagt: ‹Oh, meine sehr verehrte Lady, ich werde versuchen, seinen Wunsch zu respektieren, aber es wird mir sicher schwerfallen.›»

«Yasmin», sagte ich, «du bist wahrhaftig eine schlaue kleine Hexe.»

«Ach, es hat so einen Spaß gemacht», sagte sie, «ich hab es so genossen, ihn an der Nase herumzuführen. Er ist wegen meiner sogenannten Affäre fast vor Neugier aus der Haut geplatzt, aber er hat sich nicht getraut, mich danach zu fragen. Er hat mir nur immer wieder Fangfragen gestellt. Er hat zum Beispiel gesagt: ‹Ich nehme an, Sie haben ein Haus in London?›

‹Aber natürlich›, hab ich gesagt, ‹ich hab mein eigenes Stadthaus, wo ich ganz normal Gesellschaften gebe. Und dann hab ich ein ganz kleines Privatnest in Windsor Great Park, wo mich nur eine einzige Person besucht, wenn er ausreitet. Und dann hab ich noch ein Landhäuschen in Sandringham, wo diese gewisse Person auf ein Täßchen Tee hereinschauen kann, wenn er auf der Fasanenjagd ist. Aber Sie wissen ja sicher, wie sehr er die Jagd liebt.›

‹Das weiß ich wohl›, erwiderte Alfonso, ‹und ich habe gehört, daß er der beste Schütze in ganz England sein soll.›

‹O ja›, erwiderte ich, ‹und das in mehr als einer Art und Weise, Euer Majestät.›

‹Ha!› sagte er. ‹Ich merke schon, Sie sind ein schlagfertiges Persönchen!›»

«Hast du auf die Uhr geschaut?» fragte ich Yasmin.

«Darauf kannst du dich verlassen. Ich habe vollkommen vergessen, was er in dem entscheidenden Moment gesagt hat, aber interessanterweise ist er genauso erstarrt wie der alte Woresley in seinem Laboratorium, mitten im Satz. Jetzt kommt's also, hab ich da gedacht, dann wollen wir mal die Boxhandschuhe anziehen.»

«Ist er auf dich losgesprungen?»

«Aber nein! Du darfst doch nicht vergessen, daß Woresley die doppelte Dosis gehabt hat.»

«Ah, natürlich.»

«Also jedenfalls, er stand direkt vor mir, als er erstarrte, und er hatte enge Hosen an, so daß ich genau erkennen konnte, was los war. Und eben im selben Moment sagte ich gerade, daß ich die Autogramme von berühmten Männern sammelte und bat um seine Unterschrift auf seinem eigenen Briefpapier. Ich stand einfach auf und ging selber zu seinem Schreibtisch und suchte mir das Papier heraus und zeigte ihm, wo ich seine Unterschrift haben wollte. Es war wirklich puppenleicht. Der unglückselige Kerl wußte schon gar nicht mehr, was er eigentlich tat. Er unterschrieb, und ich steckte den Briefbogen in meine Handtasche und setzte mich wieder hin. Weißt du, Oswald, wenn man sie im richtigen Moment erwischt, genau in dem Augenblick, in dem die Wirkung des Pulvers einsetzt, da kann man mit ihnen anfangen, was man will. Sie sind so verblüfft und so wie vor den Kopf geschlagen, weil das alles so plötzlich passiert, daß sie buchstäblich alles tun würden. Wir werden nie Schwierigkeiten haben, an diese Unterschriften zu kommen. Na, ich war also wieder auf dem Sofa, und Alfonso starrte mich an, daß ihm fast die Augen aus dem Kopf fielen, und mußte immer schlukken, und dabei hüpfte sein Adamsapfel rauf und runter. Puterrot im Gesicht war er auch, und dann fing er an, ganz tief zu atmen.

‹Setzen Sie sich doch zu mir, Euer Majestät›, sagte ich und klopfte neben mir auf das Sofa. Er kam auch ganz brav und setzte sich hin. Das Schlucken und das Starren und die Zitterei dauerten noch ungefähr eine geschlagene Minute, und ich konnte genau sehen, wie sich das Pulver in seinem ganzen Leib ausbreitete und eine ungeheure Wollust in ihm aufbaute. Es war wie Dampf in einem Kessel, und außer durchs Sicherheitsventil konnte er nicht hinaus. Das Sicherheitsventil aber war ich, mein kleines Ich. Und wenn er mich nicht bekam, dann mußte er explodieren. Plötzlich sagte er mit völlig erstickter und ziemlich barscher Stimme: ‹Ich wäre Ihnen sehr verbunden, Madame, wenn Sie sich unverzüglich all Ihrer Kleider entledigten.›

‹Oh, Sire!› rief ich und griff mir mit beiden Händen an die Brust. ‹Was sagen Sie da!›

‹Weg damit!› keuchte er.

‹Aber dann werden Sie sich auf mich stürzen, Majestät!› rief ich.

‹Lassen Sie mich bitte nicht warten›, sagte er und keuchte noch lauter.

‹Wenn Sie mich vergewaltigen, Sire, dann kann ich schwanger werden, und unser gemeinsamer Freund wird erfahren, daß zwischen uns etwas gewesen ist. Er wird so zornig werden, daß er seine Kriegsschiffe schickt und Ihre Städte unter Beschuß nimmt.›

‹Dann müssen Sie ihm eben sagen, daß er es war, der Sie geschwängert hat. Nun machen Sie schon, ich kann nicht länger warten!›

‹Er wird wissen, daß er es nicht gewesen ist, Euer Majestät, denn er und ich, wir sorgen immer vor.›

‹Dann tragen Sie auch jetzt Ihre Vorsorge!› fuhr er mich an. ‹Und bitte keinen Streit mehr mit mir, Madame!›»

«Das hast du fabelhaft gemacht», lobte ich Yasmin, «und dann hast du's ihm übergestülpt.»

«Gar kein Problem», erwiderte sie, «es war wirklich leicht. Mit Woresley hab ich ja richtiggehend kämpfen müssen, aber diesmal war das so, als ob ich einen Teewärmer auf die Kanne setze.»

«Und dann?»

«Sie sind schon sonderbar, diese Königlichen», antwortete Yasmin, «und sie haben ein paar Tricks im Vorrat, von denen ein normaler Sterblicher eben noch nichts gehört hat.»

«Was denn zum Beispiel?»

«Tja», sagte sie, «also einmal, er bewegt sich nicht. Ich glaube, das hängt mit der Theorie zusammen, daß man als König keine Handarbeit betreibt.»

«Dann hast du das alles machen müssen.»

«Nein, ich durfte mich auch nicht bewegen.»

«Jetzt sei doch nicht albern, Yasmin. Ihr könnt doch keine statische Kopulation vollzogen haben.»

«Könige können das», korrigierte sie mich, «warte nur, bis du alles gehört hast. Du wirst es sicher nicht glauben. Du wirst es einfach nicht glauben können, daß man so was erlebt.»

«Was denn?» fragte ich.

«Ich hab dir doch erzählt, daß ich mir eine Chaiselongue ausgesucht hatte, die ganz mit pflaumenblauem Samt bezogen war.»

«Ja.»

«Na, es stellte sich also heraus, daß ich mir genau die richtige geangelt hatte. Dieses verdammte Sofa war nämlich eine Art Spezialkonstruktion. Eine königliche Lotterwiese. Sie war wirklich phantastisch. Sie hatte irgend etwas unter sich, der Himmel mag wissen was, aber es muß eine Art von Maschine gewesen sein, und als der König einen Hebel zog, begann das ganze Sofa auf und ab zu wogen.»

«Jetzt nimmst du mich auf den Arm.»

«Ich nehm dich nicht auf den Arm!» rief sie aus. «So was könnte ich mir gar nicht ausdenken, selbst wenn ich es wollte, und das weißt du ganz genau.»

«Du willst also wirklich behaupten, daß ein Motor unter dem Sofa war? Hast du denn was gesehen?»

«Natürlich nicht. Aber gehört hab ich es, ganz genau. Es hat ganz grauenhaft geknirscht.»

«Glaubst du, das war ein Benzinmotor?»

«Nein, ein Benzinmotor ist es nicht gewesen.»

«Aber was denn dann?»

«Einer zum Aufziehen», sagte sie.

«Einer zum Aufziehen! Das ist doch unmöglich! Woher willst du das wissen?»

«Weil, als er abgelaufen war, da mußten Majestät vom Sofa rollen und das Ding wieder aufziehen, mit einem Schlüssel.»

«Davon glaub ich kein einziges Wort», entgegnete ich, «was für ein Schlüssel soll das denn gewesen sein?»

«Ein ganz großer», antwortete sie, «und als er das Werk wieder aufgezogen hatte, da machte es krks, krks, krks, daher weiß ich, daß es zum Aufziehen war. Aufziehwerke knirksen immer so.»

«Grundgütiger», sagte ich, «ich kann es immer noch nicht glauben.»

«Du verstehst eben nichts von Königen», erwiderte Yasmin, «Könige sind anders. Sie langweilen sich rasch, und deshalb versuchen sie sich immer etwas Neues auszudenken, das sie amüsieren könnte. Denk doch nur an den verrückten König von Bayern, der alle Stühle um den Eßtisch herum hat anbohren lassen, genau in der Mitte. Und mitten im Essen, wenn all seine Gäste in ihren prachtvollen und kostspieligen Roben gemütlich dasaßen, drehte er ein kleines heimliches Hähnchen auf, und dann spritzte Wasser aus den Löchern nach oben. Ein ziemlich kräftiger Wasserstrahl, der sie allesamt bis auf die Haut durchnäßte. Könige sind schon komisch.»

«Aber erzähl weiter von dem Aufziehsofa», sagte ich, «wie war das, unangenehm oder anregend?»

Yasmin nippte an ihrem Champagner und gab mir nicht gleich eine Antwort.

«Stand irgendwo der Name des Herstellers drauf?» fragte ich. «Woher kann ich mir eins beschaffen?»

«Ich würde mir keins kaufen», erwiderte sie.

«Warum nicht?»

«Das ist die Sache nicht wert. Es ist nur ein Spielzeug. Ein Spielzeug für komische Könige. Ein Überraschungseffekt, mehr nicht. Zuerst, als es sich in Bewegung setzte, da kriegte ich den größten Schreck meines Lebens. ‹He!› hab ich geschrien. ‹Was zum Teufel geht denn da los?›

‹Ruhe!› antwortete der König. ‹Sprechen ist verboten!›

Und dann fing es unten im Sofa ganz laut zu schwirren an, und das verdammte Ding hat fürchterlich gezittert und gebebt. Und ist gleichzeitig auf und ab gefedert. Also ehrlich, Oswald, das war wie ein Ritt über ein Schiffsdeck bei schwerem Seegang. O Gott, dachte ich, gleich werd ich seekrank. Aber das bin ich dann doch nicht geworden, und nachdem er es das zweite Mal aufgezogen hat, bin ich allmählich auf den Geschmack gekommen. Weißt du, es war nämlich wirklich, als ob man auf einem Pferd säße und ritte. Man mußte mitgehen. Man mußte den Rhythmus rauskriegen.»

«Es hat dir dann also Spaß gemacht?»

«Das würde ich nicht sagen. Aber es hat natürlich gewisse Vorteile. Man wird zum Beispiel nicht müde. Für alte Leute wäre das fabelhaft.»

«Alfonso ist erst dreiunddreißig.»

«Alfonso ist verrückt», erwiderte Yasmin, «einmal hat er beim Aufziehen gesagt: ‹Das erledigt gewöhnlich ein Diener.› Du liebe Güte, hab ich da gedacht, der schmutzige Schweinehund ist tatsächlich verrückt.»

«Und wie bist du rausgekommen?»

«Das war nicht ganz so leicht», erwiderte Yasmin, «er konnte das Werk ja gar nicht gleich wieder aufziehen, und davon ist er wahrhaftig nicht außer Puste geraten. Aber nach ungefähr einer Stunde hatte ich genug. ‹Schalten Sie es ab›, hab ich gesagt, ‹jetzt hab ich genug.›

‹Wir machen weiter, bis ich den Gegenbefehl gebe›, sagte er.

‹Ach, seien Sie doch nicht so›, hab ich da erwidert, ‹kommen Sie schon, packen Sie's ein.›

‹Außer mir hat keiner das Recht, Befehle zu geben›, sagte er.

Na gut, hab ich gedacht, dann muß ich wohl doch die Hutnadel nehmen.»

«Hast du das getan? Hast du ihn tatsächlich gestochen?» fragte ich.

«Darauf kannst du dich verlassen», erwiderte sie, «ich hab sie ihm gut zwei Finger tief hineingejagt.»

«Und was ist dann passiert?»

«Er ist fast bis zur Decke hochgeschossen. Dann hat er einen gellenden Schrei ausgestoßen und ist auf den Fußboden gekullert. ‹Sie haben mich gestochen!› hat er gekreischt und sich den Hintern gehalten. Ich natürlich wie ein Blitz vom Sofa und die Kleider angezogen, und er ist weiter splitternackt durch die Gegend gehüpft und hat gejammert: ‹Sie haben mich gestochen! Sie haben mich gestochen! Wie können Sie es wagen, mir so etwas anzutun!›»

«Großartig», sagte ich zu Yasmin, «wunderbar. Umwerfend. Ich wünschte, ich hätte das sehen können. Hat er geblutet?»

«Das weiß ich nicht, und das interessiert mich auch nicht, er fiel mir allmählich wirklich auf die Nerven, und dann bin ich auch richtig biestig geworden und habe gesagt: ‹Jetzt sperren Sie mal die Ohren auf, Sie da, und hören mir ganz genau zu. Unser gemeinsamer Freund würde Sie ganz schön am Wickel kriegen, wenn er von dem hier erführe. Sie haben mich vergewaltigt, verstehen Sie, das ist Ihnen doch hoffentlich klar?› Da hat er endlich die Klappe gehalten. ‹Was ist denn um Himmels willen nur über Sie gekommen?› hab ich weitergeredet und mich dabei so schnell wie möglich angezogen, weil es jetzt um jede Minute ging. ‹Wie sind Sie überhaupt dazu gekommen, mich so zu behandeln?› hab ich geschrien, ich mußte nämlich schreien, weil dieses verdammte Sofa hinter mir immer noch rappelte und klapperte.

‹Ich weiß es nicht›, erwiderte er. Plötzlich war er nämlich ganz bedripst und kleinlaut. Und als ich fertig war, bin ich zu ihm rübergegangen und hab ihm einen Kuß auf die Wange gedrückt und gesagt: ‹Dann wollen wir einfach vergessen, was passiert ist, nicht wahr?›, und dabei hab ich ihm das Dings vom königlichen Zepter gezogen und bin ganz erhaben aus dem Saal gerauscht.»

«Hat irgend jemand versucht, dich aufzuhalten?» fragte ich.

«Keine Menschenseele.»

«Erstklassig», sagte ich, «vorzügliche Arbeit. Aber gib mir lieber gleich den Zettel.»

Sie reichte mir den Briefbogen aus dem Schloß mit der Unterschrift, und ich legte ihn sorgfältig ab. «Und jetzt pack deine Koffer», sagte ich, «wir verlassen die Stadt mit dem nächsten Zug.»

## 15

Innerhalb einer halben Stunde hatten wir gepackt, unsere Hotelrechnung bezahlt und waren auf dem Weg zum Bahnhof. Paris war unser nächstes Ziel.

Wir nahmen den Schlafwagen und kamen an einem strahlenden Junimorgen an. Wir mieteten uns wieder im *Ritz* ein. «Wo man auch ist», pflegte mein Vater immer zu sagen, «im Zweifelsfall geht man ins *Ritz*.» Weise Worte. Yasmin kam zu mir herüber, und wir besprachen bei einem frühen Mittagessen – für jeden einen kalten Hummer, dazu eine Flasche Chablis – die nächsten Schritte. Ich hatte die Liste mit den Vorrangkandidaten vor mir auf dem Tisch liegen.

«Unter allen Umständen zuerst Renoir und Monet», sagte ich, «und in dieser Reihenfolge.»

«Und wo finden wir sie?» fragte Yasmin.

Es ist nie sehr schwierig, die Lebensumstände berühmter Männer herauszubekommen. «Renoir lebt in Essoyes», sagte ich, «das ist eine kleine Ortschaft ungefähr hundertzwanzig Meilen südwestlich von Paris, zwischen der Champagne und Burgund. Renoir ist jetzt achtundsiebzig, und ich habe gehört, daß er an den Rollstuhl gefesselt ist.»

«Barmherzigkeit, Oswald, ich muß doch wohl nicht einen armen alten Trottel im Rollstuhl mit dem Ölkäfer-Pulver füttern!» rief Yasmin.

«Er wird es genießen», sagte ich, «außer ein bißchen Arthritis hat er gar nichts. Er malt immer noch. Er ist mit Sicherheit der heute berühmteste lebende Maler, und darüber hinaus will ich dir noch etwas verraten. Es gibt in der ganzen Geschichte der Kunst keinen einzigen Maler, der für seine Bilder schon zu Lebzeiten so viel Geld bekommen hätte wie Renoir. Er ist ein Gigant. In zehn Jahren werden wir seine Strohhalme mit Sicherheit für ein Vermögen verkaufen können.»

«Wo ist denn seine Frau?»

«Tot. Er ist ein einsamer alter Mann. Du wirst ihn grenzenlos entzücken. Wenn er dich sieht, will er dich wahrscheinlich sofort als Akt malen.»

«Das würde mir gefallen.»

«Andererseits hat er ein Modell namens Dédée, nach der er vollkommen verrückt ist.»

«Die krieg ich schon aus dem Weg», sagte Yasmin.

«Wenn du deine Karten richtig ausspielst, schenkt er dir vielleicht sogar ein Bild.»

«Ach, das würde mir auch gefallen.»

«Dann arbeite ruhig darauf hin», erwiderte ich.

«Und was ist mit Monet?» fragte sie.

«Er ist auch ein einsamer alter Mann. Er ist neunundsiebzig, ein Jahr älter als Renoir, und er lebt wie ein Einsiedler in Giverny. Das ist gar nicht weit von hier. Gleich am Stadtrand von Paris. Er bekommt nur noch selten Besuch. Clemenceau soll angeblich manchmal vorbeischauen, aber sonst eigentlich niemand. Du wirst der kleine Sonnenstrahl in seinem Leben sein. Und vielleicht kriegst du noch ein Gemälde. Eine Landschaft von Monet? So etwas wird später Hunderttausende wert sein. Tausende bringt es heute schon.»

Die Aussicht, von jedem dieser großen Künstler ein Gemälde zu bekommen, versetzte Yasmin regelrecht in Aufregung.

«Eh wir durch sind, wirst du noch eine ganze Reihe von Malern besuchen», sagte ich, «du könntest eine ganze Gemäldesammlung zusammenbekommen.»

«Das ist wirklich eine gute Idee», erwiderte sie, «Renoir, Monet, Matisse, Bonnard, Munch, Braque und so weiter. Ja, das ist wirklich eine gute Idee. Das darf ich nicht vergessen.»

Die Hummer waren groß und trotzdem zart, und sie hatten besonders breite Scheren. Der Chablis war auch ausgezeichnet, ein Grand Cru Bougros. Ich habe eine große Vorliebe für einen anständigen Chablis, und zwar nicht nur für die stahltrockenen Grands Crus, sondern auch für ein paar von den Premiers Crus, bei denen das fruchtige Bouquet etwas stärker herauskommt. Dieser spezielle Bougros hatte jenes ausgeprägte, frische Bouquet, das ich an diesen Weinen so schätze. Yasmin und ich besprachen unsere strategischen Pläne, während wir aßen und tranken. Es war meine feste Überzeugung, daß kein Mann eine junge Dame abweisen konnte, die so viel Charme und eine derart verheerende Schönheit besaß wie Yasmin. Kein Mann, auch kein Greis, war imstande, sie mit Gleichgültigkeit zu behandeln. Diese Überzeugung wurde mir auf Schritt und Tritt neu bestätigt. Selbst der abgebrühte Mann mit dem steinernen Gesicht unten am Empfang war ganz kribbelig geworden, als er Yasmin vor sich stehen sah. Ich hatte ihn ganz genau beobachtet, und ich hatte diesen wohlbekannten alten Funken genau im Zentrum seiner beiden kohlpechrabenschwarzen Pupillen aufglimmen sehen, und dann war seine Zungenspitze herausgeschlüpft, hatte angefangen, ganz langsam über seine Unterlippe zu gleiten, seine Finger hatten mechanisch mit unseren Anmeldeformularen herumgefummelt, und zum Schluß hatte er uns die falschen Schlüssel gegeben.

So eine sinnverwirrende und von Sinnlichkeit strotzende Person war unsere Yasmin, eine Art Ölkäfer in Menschengestalt, und wie ich schon sagte, es gab keinen Mann auf der ganzen Welt, der sie davongescheucht hätte.

Aber diese ganze Sexual-Chemie half uns gar nichts, wenn es das Mädchen nicht schaffte, bis zu unseren Kunden vorzudringen. Energische Haushälterinnen und ebenso energische Ehefrauen konnten sich sehr wohl als Problem erweisen. Mein Optimismus fußte jedoch auf der Tatsache, daß die Burschen, hinter denen wir herwaren, fast ausschließlich zur Gruppe der Maler, Musiker oder Schriftsteller gehörten. Sie waren Künstler. Und Künstler sind vermutlich die am leichtesten zugänglichen Leute, die es gibt. Selbst die ganz Berühmten werden niemals wie Geschäftsleute abgeschirmt von eisenharten Sekretärinnen oder von Amateurgangstern in dunklen Anzügen. Erfolgreiche Geschäftsleute und ihresgleichen hausen in Höhlen, die man nur durch lange Tunnel und zahllose Vorzimmer erreichen kann, in denen hinter jeder Ecke ein Zerberus sitzt und Wache hält. Künstler sind Einzelgänger, und wenn man bei ihnen klingelt, machen sie meistens selber die Haustür auf.

Die Frage war nur: aus welchem Grund sollte Yasmin überhaupt an ihrer Haustür läuten?

Nun, sie war eine junge Engländerin, eine Studentin der Kunst (oder der Musik oder der Literatur, was gerade paßte), die eine so tiefe Verehrung für das Werk von Monsieur Renoir hegte – oder Monet oder Strawinsky und so weiter –, daß sie ganz aus England angereist gekommen war, um dem großen Meister ihre Verehrung zu erweisen, ihre Aufwartung zu machen, ihm ein kleines Geschenk zu überreichen und dann wieder zu gehen. Nunc dimittis.

«So –» sagte ich zu Yasmin, während ich die letzte köstliche Hummerschere verspeiste – macht es Ihnen übrigens auch so einen Spaß, wenn es Ihnen gelingt, dieses Fleisch in einem einzigen Stück aus der harten Schale zu ziehen, heil und rosig rot? Ich empfinde immer einen kleinen persönlichen Triumph dabei. Es mag lächerlich klingen, aber ich spüre den gleichen Triumph, wenn ich eine Walnuß so aus der Schale bekomme, daß die Nuß selber unverletzt bleibt. Ich muß sogar gestehen, ich kann mich keiner Walnuß ohne diesen ganz besonderen Ehrgeiz nähern. Mit solchen Spielen macht das Leben mehr Spaß. Aber zurück zu Yasmin. «So», sagte ich zu ihr, «wirst du in neunundneunzig von hundert Fällen direkt ins Haus oder ins Atelier gebeten werden. Ich kann mir nicht vorstellen, daß dich bei deinem Lächeln und deinem sündhaften Aussehen einer von diesen Burschen abweisen wird.»

«Und was machen wir mit ihren Wachhunden oder mit ihren Ehefrauen?»

«Ich glaube, die überwindest du auch im Handumdrehen. Sie können dir vielleicht einmal sagen, daß ihr Mann ins Malen oder ins Schreiben vertieft ist und daß du um sechs Uhr wiederkommen sollst. Aber ans Ziel wirst du zum Schluß eben doch immer kommen. Du darfst nicht vergessen, daß du eine lange Reise auf dich genommen hast, um dem großen Meister deine Verehrung zu Füßen zu legen. Und du mußt auch immer betonen, daß du nur ein paar Minuten bleiben willst.»

«Neun», sagte Yasmin und lächelte, «nur neun Minuten. Wann fangen wir an?»

«Morgen», erwiderte ich, «ich will heute nachmittag noch ein Auto kaufen. Das werden wir bei unseren Operationen in Frankreich und Europa brauchen. Und morgen fahren wir dann gleich nach Essoyes, und du wirst Monsieur Renoir einen Besuch abstatten.»

«Bei dir wird keine Zeit vergeudet, nicht wahr, Oswald?»

«Mein Liebling», entgegnete ich, «sobald ich ein Vermögen gemacht habe, werde ich den Rest meines Lebens damit verbringen, die Zeit zu vergeuden. Bis ich all dieses Geld auf der Bank habe, beabsichtige ich allerdings, sehr hart zu arbeiten. Und das mußt du auch tun.»

«Wie lange werden wir deiner Meinung nach brauchen?»

«Um ein Vermögen zu machen? Ungefähr sieben oder acht Jahre. Länger nicht. Das ist nicht sehr viel, wenn man bedenkt, daß man sich danach die Zeit nur noch mit Nichtstun vertreiben kann.»

«Nein», stimmte sie zu, «viel ist das nicht. Und außerdem, ich genieße das alles.»

«Das weiß ich.»

«Was ich vor allem genieße», fuhr sie fort, «ist die Vorstellung, von all den berühmtesten Männern der Welt vergewaltigt zu werden. Und von allen Königen. Das reizt meine Phantasie.»

«Komm, laß uns einen französischen Wagen kaufen», sagte ich.

Wir gingen also aus, und ich kaufte diesmal einen entzückenden kleinen Citroën Torpedo, viersitzig und mit zehn PS, ein funkelnagelneues Modell, das damals gerade auf den Markt gekommen war. Es kostete mich umgerechnet dreihundertfünfzig Pfund, und das war genau das, was mir vorgeschwebt hatte. Obgleich der Wagen keinen Kofferraum besaß, war auf den Rücksitzen genug Platz für meine gesamte Ausrüstung und die Koffer. Es war ein offener Tourenwagen mit einem Segeltuchverdeck, das man in weniger als einer Minute hochklappen konnte, wenn es zu regnen begann. Das Chassis war dunkelblau, die Farbe des Aristokratenbluts, und die

Höchstgeschwindigkeit lag bei atemberaubenden fünfundfünfzig Stundenmeilen.

Am nächsten Morgen brachen wir nach Essoyes auf, und ich hatte mein Reiselaboratorium hinten im Citroën sicher verstaut. In Troyes machten wir Mittagspause, aßen Forelle aus der Seine (ich bestellte mir zwei, weil sie so gut waren) und tranken dazu eine Flasche Weißwein aus der Gegend. Um vier Uhr nachmittags kamen wir in Essoyes an und stiegen in einem kleinen Hotel ab, dessen Name ich vergessen habe. Ich baute mein Schlafzimmer sofort wieder zum Laboratorium um, und sowie alles für das sofortige Testen und Verlängern und Einfrieren der Lieferung vorbereitet war, machten Yasmin und ich uns auf den Weg, um Monsieur Renoir zu suchen. Es war überhaupt nicht schwierig. Die Frau am Empfang beschrieb uns alles haargenau. Ein großes weißes Haus, sagte sie, auf der rechten Seite der Straße und dreihundert Meter jenseits der Kirche oder so ähnlich.

Nach meinem Jahr in Paris sprach ich fließend Französisch. Yasmin beherrschte die Sprache so weit, daß sie einigermaßen durchkam. Sie hatte in ihren Kinderjahren einmal eine französische Gouvernante gehabt, und das erwies sich jetzt als äußerst nützlich.

Das Haus fanden wir ganz ohne Mühe. Es war ein mittelgroßes weißes Holzhaus, das ganz allein mitten in einem wunderschönen Garten stand. Es war, wie mir bekannt war, nicht der Hauptsitz des großen Mannes. Der lag im Süden, in Cagnes, aber in den Sommermonaten fand er es hier wahrscheinlich kühler.

«Viel Glück», sagte ich zu Yasmin, «ich parke ungefähr hundert Meter weiter und warte auf dich.»

Sie stieg aus dem Auto und ging zum Gartentor. Ich beobachtete ihren Gang. Sie trug Schuhe mit niedrigen Absätzen und ein helles Leinenkleid, keinen Hut. Kühl und gesammelt trat sie durch das Tor und bog in den Gartenweg ein, dabei ließ sie im Rhythmus ihrer Schritte die Arme schwingen. Ihre Bewegungen waren voll Anmut, ein kleiner Schatten tanzte hinter ihr her, und sie sah mehr aus wie eine junge Novizin auf dem Weg zur Ehrwürdigen Mutter als wie eine Frau, die gerade im Begriff stand, es auf die dreisteste Art und Weise im Kopf und Körper eines der größten Maler der Welt explodieren zu lassen.

Es war ein warmer, sonniger Abend. Während ich im offenen Wagen saß und wartete, döste ich ein und wachte erst zwei Stunden später auf, als ich spürte, wie sich Yasmin auf den Sitz neben mir schob.

«Was ist passiert?» fragte ich. «Rasch, erzähl's mir! War alles in Ordnung? Hast du ihn gesehen? Hast du die Ware?»

In der einen Hand hatte sie ein kleines Paket, das in braunes Packpapier eingewickelt war, in der anderen ihre Handtasche. Sie machte die Handtasche auf und holte den unterschriebenen Brief und das so überaus wichtige Gummisäckchen heraus. Sie reichte mir beides ohne ein Wort. Es lag ein sonderbarer Ausdruck auf ihrem Gesicht, eine Mischung aus Ekstase und Scheu, und als ich sie ansprach, schien sie mich gar nicht zu hören. Sie mußte meilenweit entfernt sein.

«Was ist denn los?» fragte ich. «Warum das tiefe Schweigen?»

Sie blickte starr durch die Windschutzscheibe, ohne meine Worte wahrzunehmen. Ihre Augen leuchteten sehr stark, und ihr Antlitz strahlte, fast engelhaft, in einem geheimnisvollen Glanz.

«Lieber Gott, Yasmin», sagte ich, «was ist denn zum Teufel mit dir los? Du siehst ja aus, als ob du gerade eine Erscheinung gehabt hättest.»

«Fahr ruhig los», erwiderte sie, «aber laß mich in Ruhe.»

Wir fuhren ins Hotel zurück, ohne ein einziges Wort zu wechseln, und dann ging jeder in sein Zimmer. Ich machte mich sofort an die mikroskopische Untersuchung der Lieferung. Die Spermien waren zwar vital, die Schätzung fiel aber niedrig aus, sehr niedrig. Mehr als zehn Strohhalme bekam ich nicht zustande. Aber das waren immerhin zehn gesunde Portionen mit durchschnittlich ungefähr zwanzig Millionen Spermien. Beim Himmel, dachte ich, dafür wird jemand in nächster Zukunft ganz schön blechen müssen. Sie werden genauso selten sein wie eine Erstausgabe von Shakespeare. Ich bestellte Champagner und einen Teller mit Gänseleberpastete und Toast und ließ gleichzeitig Yasmin die Nachricht bringen, daß ich hoffte, sie würde kommen und mir beim Essen Gesellschaft leisten.

Sie tauchte eine halbe Stunde später auf und brachte das kleine braune Päckchen im Packpapier mit. Ich goß ihr ein Glas Champagner ein und legte ihr eine Scheibe Gänseleberpastete auf ein Stück Toast. Sie nahm den Champagner, übersah jedoch die Gänseleberpastete und schwieg.

«Nun aber los», sagte ich, «was hast du denn?»

Sie leerte ihr Glas mit einem einzigen langen Zug und hielt es mir zum Nachschenken hin. Ich goß ihr das Glas wieder voll. Sie trank es halb aus, dann stellte sie es hin.

«Um Himmels willen, Yasmin!» rief ich. «Was ist denn passiert?»

Sie sah mich unverwandt an und sagte einfach: «Er hat mir einen Schlag versetzt.»

«Willst du damit sagen, daß er dich geschlagen hat? Du liebe Güte, das tut mir leid! Er hat dich also regelrecht geprügelt?»

«Sei doch kein Esel, Oswald.»

«Was meinst du denn sonst?»

«Ich meine, ich bin von ihm hingerissen. Er ist der erste Mann, der mich völlig umgeworfen hat.»

«Ah, jetzt begreife ich, was du meinst! Du lieber Himmel!»

«Er ist ein Wunder, dieser Mann», sagte sie, «er ist ein Genie.»

«Natürlich ist er ein Genie. Deshalb haben wir ihn doch ausgesucht.»

«Ja, aber er ist ein wunderschönes Genie. Er ist so schön, Oswald, und so sanft und so wunderbar, wie ich noch nie jemanden getroffen habe.»

«Er hat dich wirklich erschlagen.»

«Das hat er ganz bestimmt.»

«Und was ist nun dein Problem?» fragte ich. «Hast du deswegen ein schlechtes Gewissen?»

«O nein», erwiderte sie, «ich habe nicht im geringsten ein schlechtes Gewissen. Ich bin einfach überwältigt.»

«Du wirst noch ganz schön oft überwältigt sein, eh wir durch sind», sagte ich, «er war nicht das einzige Genie, das du besuchen mußt.»

«Ich weiß.»

«Du willst doch nicht aufhören, oder?»

«Gewiß nicht. Gib mir noch etwas zu trinken.»

Ich füllte ihr Glas zum drittenmal in der gleichen Anzahl von

Minuten. Sie saß da und schlürfte den Champagner in winzigen Schlucken. Dann sagte sie: «Hör mal, Oswald ...»

«Ich höre.»

«Bis jetzt haben wir die ganze Angelegenheit von der komischen Seite betrachtet, nicht wahr? Es ist ein Spaß gewesen, fast ein Streich, das stimmt doch?»

«Unfug! Ich nehme es sehr ernst.»

«Und wie war das mit Alfonso?»

«Du warst diejenige, die sich über ihn lustig gemacht hat», stellte ich fest.

«Das weiß ich», entgegnete sie, «er hat es aber auch verdient. Er war ein Witz.»

«Ich verstehe nicht ganz, worauf du hinauswillst», sagte ich.

«Renoir war anders», fuhr sie fort, «darauf will ich hinaus. Er ist ein Gigant. Sein Werk wird unsterblich sein.»

«Sein Sperma auch.»

«Halt den Mund davon und hör mir bis zu Ende zu», sagte sie, «ich will folgendes sagen, manche Leute sind ein Witz. Andere nicht. Alfonso ist ein Witz. Alle Könige sind Witzfiguren. Wir haben auch noch ein paar andere Witzfiguren auf unserer Liste.»

«Wen denn?»

«Henry Ford ist eine Witzfigur», sagte sie, «ich glaube auch, dieser Mister Freud aus Wien. Und der drahtlose Knabe, Marconi. Der ist garantiert ein Witz.»

«Und worauf läuft das alles hinaus?»

«Es dreht sich um folgendes», sagte Yasmin, «ich habe ganz und gar nichts dagegen, wenn wir uns über die Witzbolde lustig machen. Ich hab auch nichts dagegen, daß ich sie ein wenig derb anfassen muß, falls das nötig wird. Aber ich will verdammt sein, wenn ich anfangen muß, meine Hutnadel in Männer wie Renoir und Conrad und Strawinsky zu bohren. Das kann ich nicht, nicht nach dem, was ich heute gesehen habe.»

«Was hast du heute gesehen?»

«Ich hab's dir doch schon gesagt, ich habe einen wirklich großen und wunderbaren alten Mann gesehen.»

«Und er hat dich umgeschmissen.»

«Darauf kannst du dich verlassen.»

«Dann darf ich dich vielleicht etwas anderes fragen: Hat er die Sache genossen?»

«Erstaunlich», antwortete sie, «er hat es erstaunlich genossen.»

«Erzähl mir, was passiert ist.»

«Nein», entgegnete sie, «ich hab nichts dagegen, dir alles über die Witzfiguren zu erzählen. Aber die anderen sind privat.»

«Saß er im Rollstuhl?»

«Ja. Er muß sich jetzt schon den Pinsel ans Handgelenk binden, weil er ihn nicht mehr mit den Fingern halten kann.»

«Wegen seiner Arthritis?»

«Ja.»

«Und du hast ihm den Ölkäfer gegeben?»

«Natürlich.»

«War das nicht zu viel für ihn?»

«Nein», sagte sie, «wenn man so alt ist, braucht man so etwas.»

«Und er hat dir ein Bild geschenkt», sagte ich und deutete auf das braune Paket im Packpapier.

Da wickelte sie es aus und hielt es mir hin, damit ich es betrachten konnte. Es war ein kleines Stück Leinwand ohne Rahmen und zeigte ein junges Mädchen mit Rosenwangen, langen goldenen Haaren und blauen Augen, ein erstaunliches kleines Bild, ein Stück Zauber und, wenn man es betrachtete, ein wahres Wunder: es strömte eine lebendige Wärme aus, die den ganzen Raum erfüllte.

«Ich hab ihn nicht darum gebeten», sagte Yasmin, «er hat es mir geschenkt. Ist es nicht schön?»

«Ja», antwortete ich, «es ist schön.»

# 16

Die Wirkung, die Renoir bei diesem dramatischen Besuch in Essoyes auf Yasmin ausgeübt hatte, raubte unseren folgenden Unternehmungen Gott sei Dank nicht das ganze Vergnügen. Ich persönlich habe es ohnehin immer schwierig gefunden, alles allzu ernst zu nehmen, und ich glaube, daß die Welt ein wesentlich angenehmerer Aufenthaltsort wäre, wenn sich jedermann meinem Vorbild anschlösse. Ich bin vollkommen frei von Ehrgeiz. Mein Wahlspruch – es ist besser, sich einen milden Tadel zuzuziehen, als schwere Arbeit zu verrichten – sollte Ihnen wohlbekannt sein. Ich will nichts weiter vom Leben haben, als daß ich mich vergnügen kann.

Bevor man dieses angenehme Ziel erreicht, muß man allerdings ziemlich viel Geld zusammengebracht haben. Geld stellt für einen Sybariten eine absolute Notwendigkeit dar. Es ist der Schlüssel zum Königreich. Darauf wird mir nun der aufmerksame Leser fast mit Sicherheit erwidern: «Sie behaupten, Sie besäßen keinen Ehrgeiz, merken Sie denn gar nicht, daß gerade der Wunsch nach Reichtum den abscheulichsten Ehrgeiz überhaupt darstellt?»

Das ist nicht unbedingt richtig. Ob ein Ehrgeiz tadelnswert oder nicht ist, bestimmt sich durch die Art und Weise, auf die man diesen Reichtum an sich bringt. Ich selbst bin in bezug auf die Methoden, die ich anwende, peinlich gewissenhaft. Ich weigere mich strikt, auch nur das geringste mit einem Geldverdienst zu tun zu haben, wenn der Prozeß nicht diesen beiden goldenen Regeln entspricht:

Erstens muß er mich ungeheuer amüsieren. Zweitens muß er denjenigen ein außergewöhnliches Vergnügen bereiten, denen ich das Geld aus der Tasche ziehe. Das ist eine simple Philosophie, und ich kann sie nur wärmstens allen Wirtschaftskapitänen, Kasinochefs, Finanzministern und Kassendirektoren allüberall empfehlen.

Zwei Dinge waren in dieser Periode besonders auffällig. Das erste war das ungewöhnliche Gefühl des Erfülltseins, das Yasmin von jedem Künstler mitbrachte, den sie besuchte. Sie pflegte aus jedem Haus oder Atelier wieder aufzutauchen mit Augen, die strahlten wie Sterne, und einer leuchtend roten Rose auf jeder Wange. Das brachte mich immer wieder dazu, über das sexuelle Geschick von Männern mit außergewöhnlichen kreativen Gaben nachzugrübeln. Erstreckte sich diese verschwenderische Schöpferkraft auch auf andere Gebiete? Und wenn es so war, waren ihnen tiefe Geheimnisse und magische Methoden zum Verzaubern einer Dame kund, die jenseits der Möglichkeiten eines normalen Sterblichen lagen, so wie ich einer war? Die roten Rosen auf Yasmins Wangen und der Glanz in ihren Augen ließen mich argwöhnen, wenn auch ein wenig widerwillig, daß es sich tatsächlich so verhielt.

Der zweite verblüffende Punkt der ganzen Unternehmung bestand in ihrer außerordentlichen Einfachheit. Es schien Yasmin nicht die geringsten Schwierigkeiten zu bereiten, ihr Opfer zum Abliefern zu bringen. Allerdings, je mehr man gerade über diesen Punkt nachdenkt, desto offensichtlicher wird einem, daß sie auch kaum mit Schwierigkeiten hätte rechnen müssen.

Männer sind von Natur aus polygam. Fügt man nun noch die wohlbekannte Tatsache hinzu, daß überragende Künstler dazu neigen, potenter zu sein als ihre Artgenossen – so wie sie auch dazu neigen, ausschweifendere Trinker zu sein –, so kann man allmählich verstehen, warum sich keiner in große Streitgespräche mit Yasmin einließ. Denn was hatten wir immer wieder? Ein Rudel von außergewöhnlich begabten und deshalb hyperaktiven Künstlern, die eine Ladung vom besten Ölkäfer-Pulver intus haben und sich plötzlich, mit herausquellenden Augen, einer jungen Frau von unbeschreiblicher Schönheit gegenüberfinden. Sie sitzen in der Falle. Sie werden gerupft und gerollt und wie auf dem Silbertablett serviert, und das steht jedesmal in dem Augenblick fest, in dem sie die verhängnisvolle Schokolade geschluckt haben. Ich bin fest davon überzeugt, daß sich unter diesen Umständen selbst der Papst in Rom – wie alle anderen Männer – innerhalb von neun Minuten seiner Soutane entledigt hätte.

Aber ich muß noch einmal den Faden dort aufnehmen, wo ich ihn unterbrochen hatte.

Nach dem Besuch bei Renoir kehrten wir zu unserem Hauptquartier im *Ritz* in Paris zurück. Von dort aus brachen wir auf zum alten Monet. Wir fuhren zu seinem prachtvollen Haus in Giverny, und ich setzte Yasmin nach der nunmehr erprobten Methode vorm Gartentor ab. Sie hielt sich über drei Stunden im Haus auf, aber das beunruhigte mich nicht. Da ich allmählich wußte, daß es in Zukunft zu einer ganzen Reihe von langen Wartepausen dieser Art kommen würde, hatte ich mir hinten im Auto eine richtige kleine Bibliothek eingerichtet, einen vollständigen Shakespeare, etwas von Jane Austen, ein bißchen Dickens, ein bißchen Balzac und den neuesten Kipling.

Schließlich tauchte Yasmin auf, und ich sah, daß sie unter dem einen Arm ein großes Ölgemälde trug. Sie ging langsam, schlenderte nur verträumt den Gartenweg entlang, doch als sie näher kam, entdeckte ich wieder als erstes den vertrauten Glanz der Ekstase in ihren Augen und die leuchtenden Rosen auf ihren Wangen. Sie sah aus wie eine freundliche, zahme Tigerin, die den Kaiser von China verschlungen hat und gerade merkt, er hat ihr geschmeckt.

«Alles in Ordnung?»

«Alles», murmelte sie.

«Zeig mir das Bild.»

Es war eine flimmernde Skizze von Wasserlilien auf dem Teich in Monets Garten in Giverny, ein wirklich schönes Bild.

«Er hat gesagt, ich wäre eine Wundertäterin.»

«Er hat recht.»

«Er hat gesagt, ich wäre die schönste Frau, die er je in seinem Leben gesehen hätte. Er hat mich gebeten zu bleiben.»

Wie sich herausstellte, war Monets Samen von besserer Qualität als der von Renoir, obgleich Monet ein Jahr älter war, und ich hatte das Glück, fünfundzwanzig Strohhalme zu produzieren. Zugegeben, jeder Strohhalm enthielt nur das Minimum von knapp zwanzig Millionen Spermien, aber das würde ausreichen. Sie würden sich gut verkaufen lassen. Ich schätzte, daß diese Monet-Strohhalme nach einer geraumen Reihe von Jahren Hunderttausende wert sein würden.

# 17

Dann hatten wir eine Glückssträhne. Zu jener Zeit hielt sich gerade ein dynamischer und außergewöhnlicher Ballett- Impresario namens Diaghilew in Paris auf. Diaghilew besaß das Talent, große Begabungen zu erkennen, und im Jahre 1919 stand er gerade im Begriff, seine Ballett-Truppe nach dem Krieg wiederaufzubauen und ein neues Ballett-Repertoire vorzubereiten. Zu diesem Zweck hatte er eine Gruppe von bemerkenswert talentierten Männern um sich gesammelt. So war zum Beispiel gerade in diesem Augenblick Igor Strawinsky aus der Schweiz herübergereist gekommen, um die Musik für Diaghilews *Pulcinella* zu schreiben. Pablo Picasso entwarf das Bühnenbild.

Picasso entwarf auch das Bühnenbild für den *Dreispitz*. Henri Matisse hatte den Auftrag übernommen, die Kostüme und die Ausstattung für *Le Chant de Rossignol* zu entwerfen. Und ein zweiter Maler, von dem wir noch nichts gehört hatten und der André Derain hieß, war emsig damit beschäftigt, die Kulissen für *La Boutique Fantasque* vorzubereiten.

Strawinsky, Picasso und Matisse standen alle auf unserer Liste. Und nach der Theorie, daß das Urteil von Monsieur Diaghilew vermutlich zuverlässiger war als unseres, beschlossen wir, auch Derains Name mit aufzunehmen. Und all diese Männer waren gerade in Paris.

Zuerst nahmen wir uns Strawinsky vor. Yasmin marschierte einfach zu ihm hinein, als er am Flügel saß und an *Pulcinella* arbeitete. Er war mehr verblüfft als ärgerlich.

«Hallo», sagte er, «wer sind denn Sie?»

«Ich bin von England hierher gereist, um Ihnen eine Praline anzubieten», antwortete sie.

Diese absurde Bemerkung, die Yasmin noch bei vielen anderen Gelegenheiten machen sollte, entwaffnete den freundlichen und liebenswürdigen Mann vollständig. Der Rest war einfach, und obwohl ich gern ein paar saftige Einzelheiten erfahren hätte, blieb Yasmin schweigsam.

«Du könntest mir wenigstens verraten, wie er als Mensch war.»

«Blitzgescheit», antwortete sie, «oh, er war so gescheit und so rasch und so klug. Er hatte einen riesenhaften Kopf und eine Nase wie ein gekochtes Ei.»

«Ist er ein Genie?»

«Ja», erwiderte sie, «er ist ein Genie. Er hat den gewissen Funken, genauso wie Monet und Renoir.»

«Was ist das für ein Funken?» fragte ich. «Wo sitzt er? In den Augen?»

«Nein», sagte sie, «das ist nicht irgendwo Bestimmtes. Es ist einfach da. Man weiß, es ist da. Es ist wie ein unsichtbarer Heiligenschein.»

Von Strawinsky stellte ich fünfzig Strohhalme her.

Als nächster war Picasso an der Reihe. Er hatte in jener Zeit ein Atelier in der Rue de la Boétie, und ich setzte Yasmin vor einer ziemlich wacklig wirkenden Tür ab, von der die braune Ölfarbe abblätterte. Es gab keine Glocke und keinen Türklopfer, und deshalb stieß Yasmin die Tür einfach auf und ging hinein. Ich machte es mir draußen im Auto mit *Kusine Lisbeth* gemütlich, das ich immer noch für das beste Buch halte, das der alte französische Meister je geschrieben hat.

Ich glaube, ich hatte noch nicht einmal vier Seiten gelesen, da flog die Autotür auf, Yasmin stolperte herein und sackte auf dem Sitz neben mir zusammen. Ihre Haare waren vollkommen verstrubbelt, und sie schnaufte wie ein Wal.

«Du liebe Zeit, Yasmin! Was ist denn passiert?»

«Mein Gott!» keuchte sie. «Oh, mein Gott!»

«Hat er dich rausgeschmissen?» rief ich. «Hat er dir was getan?»

Sie war so atemlos, daß sie mir nicht sofort antworten konnte. Ein dünner Schweißfaden rann ihr die Schläfe herab. Sie sah aus, als wäre sie von einem Irren mit dem Schlachtermesser viermal um den Block gejagt worden. Ich wartete, bis sie sich wieder beruhigt hatte.

«Reg dich nicht auf», sagte ich, «mit ein oder zwei Fehlschlägen haben wir ja gerechnet.»

«Er ist ein Teufel!» sagte sie.

«Was hat er dir denn angetan?»

«Er ist ein Stier! Er ist wie ein kleiner brauner Stier!»

«Erzähl doch.»

«Als ich reinkam, da malte er an einem großen Stück Leinwand, und er drehte sich rum und riß seine Augen so weit auf, daß sie wirklich kugelrund wurden, und sie waren rabenschwarz, und er brüllte *Olé*! oder so etwas Ähnliches, und kam auf mich zugeschlichen, ganz langsam und so zusammengekrümmt, als ob er gleich losspringen wollte ...»

«Und ist er gesprungen?»

«Ja», entgegnete sie, «er ist gesprungen.»

«Du liebe Güte.»

«Er hat nicht einmal den Pinsel aus der Hand gelegt.»

«Du hast also gar keine Gelegenheit gehabt, ihm die Kapuze überzustreifen?»

«Nein, es tut mir leid. Ich hab nicht einmal meine Handtasche aufmachen können.»

«Verflucht.»

«Ich bin in einem Wirbelsturm gewesen, Oswald.»

«Hättest du ihn denn nicht ein bißchen dämpfen können? Du weißt doch, das, was du mit dem alten Woresley gemacht hast, um ihn zur Ruhe zu bringen.»

«Den da hätte nichts bremsen können.»

«Lagst du auf dem Boden?»

«Nein. Er hat mich auf ein dreckiges Sofa geschmissen. Überall haben Tuben mit Farbe herumgelegen.»

«Das hast du jetzt überall an dir. Sieh dir dein Kleid an.»

«Ich weiß.»

Für diesen Fehlschlag konnte man Yasmin keine Vorwürfe machen, das war mir vollkommen klar. Trotzdem war ich ziemlich ärgerlich. Es war unsere erste Niete. Ich konnte nur hoffen, daß es keine weiteren geben würde.

«Und weißt du, was er danach gemacht hat?» fragte Yasmin. «Er hat sich einfach die Hose zugeknöpft und gesagt: ‹Vielen Dank, Mademoiselle. Das war sehr erfrischend, aber jetzt muß ich wieder an meine Arbeit gehen.› Und damit hat er mir den Rücken gekehrt, Oswald. Er hat sich einfach umgedreht und weitergemalt.»

«Er ist Spanier», sagte ich, «genau wie Alfonso.»

Ich kletterte aus dem Auto und warf den Motor an, und als ich wieder einstieg, war Yasmin dabei, sich im Autospiegel die Frisur zu richten. «Ich gestehe es nicht gern», sagte sie, «aber den da hab ich genossen.»

«Ich weiß schon, daß dir so was Spaß macht.»

«Phänomenale Vitalität.»

«Und nun sag mir», fragte ich, «ist Monsieur Picasso ein Genie?»

«Ja», antwortete sie, «er war voll Kraft. Er wird eines Tages ungeheuer berühmt sein.»

«Verflixt.»

«Bei allen können wir nicht Erfolg haben, Oswald.»

«Wahrscheinlich nicht.»

Matisse war der nächste.

Yasmin hielt sich ungefähr zwei Stunden bei Monsieur Matisse auf, und dann tauchte die kleine Diebin doch tatsächlich mit noch einem Bild unterm Arm auf. Es war einfach zauberhaft, dieses Gemälde, eine fahle Landschaft mit Bäumen in Blau und Grün und Scharlachrot, signiert und 1905 datiert.

«Großartiges Bild», sagte ich.

«Großartiger Mann», setzte sie hinzu. Und mehr wollte sie über Henri Matisse nicht sagen. Kein einziges Wort.

Fünfzig Strohhalme.

# 18

Mein Reisecontainer mit flüssigem Stickstoff fing allmählich an, sich mit Strohhalmen zu füllen. Wir hatten jetzt König Alfonso, Renoir, Monet, Strawinsky und Matisse. Wir hatten jedoch noch Platz für ein paar mehr. Jeder Strohhalm enthielt nur einen viertel Kubikzentimeter, und das Röhrchen selbst war kaum dicker als ein Streichholz und etwa halb so lang. Fünfzig Strohhalme, ordentlich in einen Metallrost gestellt, nahmen nur sehr wenig Platz ein. Ich beschloß, daß wir auf dieser Tour noch drei weitere Partien eintreiben könnten, und sagte Yasmin, daß wir Marcel Proust, Maurice Ravel und James Joyce besuchen wollten. Sie lebten alle in der Nähe von Paris.

Sollte ich den Eindruck erweckt haben, daß Yasmin und ich unsere Besuche mehr oder weniger an aufeinanderfolgenden Tagen abgestattet haben, so ist dieser Eindruck falsch. Wir bewegten uns vielmehr sehr langsam und sehr vorsichtig. Zwischen den einzelnen Besuchen ließen wir gewöhnlich eine Woche verstreichen. Auf diese Weise hatte ich genug Zeit, vor dem nächsten Angriff genaue Erkundigungen über das Opfer einzuziehen. Wir fuhren niemals einfach vor einem Haus vor, klingelten und hofften dann, daß alles glatt verliefe.

Vor unserem Besuch brachte ich alles über die Gewohnheiten des jeweiligen Mannes in Erfahrung, zu welchen Stunden er arbeitete, wie es mit seiner Familie und seinen Dienstboten stand, falls er welche hatte, und dann wählten wir den Zeitpunkt des Auftritts mit großer Sorgfalt. Und selbst dann mußte Yasmin noch gelegentlich draußen im Auto warten, bis eine Ehefrau oder eine Hausangestellte herauskam und zum Einkaufen ging.

Der nächste auf unserer Liste war Monsieur Proust. Er war achtundvierzig Jahre alt, und vor sechs Jahren, 1913, hatte er *In Swanns Welt* veröffentlicht. Soeben war *Im Schatten junger Mädchenblüte* erschienen. Die Kritik hatte das Buch begeistert aufgenommen, und es hatte im den Prix Goncourt eingebracht.

Ich war jedoch etwas nervös wegen Monsieur Proust. Nach meinen Erkundigungen mußte er ein ziemlich sonderbarer Vogel sein. Er war reich und unabhängig. Er war ein Snob. Er war Antisemit. Er war eitel. Er war ein Hypochonder, der an Asthma litt. Er schlief bis vier Uhr nachmittags und blieb dann die ganze Nacht auf. Er wohnte mit einem treuen Wachhund von Haushälterin namens Céleste in einer Wohnung in der Rue Laurent-Pichet Nummer acht. Das Haus gehörte der berühmten Schauspielerin Réjane, und Réjanes Sohn wohnte in der Wohnung direkt unter Proust, während Réjane selbst in den restlichen Räumen lebte.

Ich erfuhr außerdem, daß Monsieur Proust vom literarischen Standpunkt aus vollkommen skrupellos war und beides, Überredungskunst und Geld, dazu zu benutzen pflegte, um überschwengliche Lobeshymnen über seine Bücher in Tageszeitungen und Magazinen unterzubringen. Und um das Maß voll zu machen, war er auch noch durch und durch homosexuell. Außer seiner getreuen Céleste durfte kein anderes weibliches Wesen sein Schlafzimmer betreten.

Um diesen Mann noch besser zu studieren, verschaffte ich mir eine Einladung zu einem Abendessen im Haus seiner vertrauten Freundin, der Prinzessin Soutzo. Und bei dieser Gelegenheit entdeckte ich, wie unansehnlich Monsieur Proust war. Mit seinem schwarzen Schnurrbart, seinen runden, hervorquellenden Augen und seiner schlotterigen kleinen Gestalt besaß er verblüffende Ähnlichkeit mit einem Cinématographenschauspieler namens Charly Chaplin. Bei der Prinzessin Soutzo beklagte er sich unablässig, es zöge im Eßzimmer, hielt Hof unter den Gästen und erwartete, daß jeder den Mund zuklappte, wenn er das Wort ergriff.

Ich kann mich noch an zwei unglaubliche Bemerkungen erinnern, die er an jenem Abend von sich gab. Über einen Mann, der Frauen vorzog, sagte er: «Ich kann an seiner Stelle antworten. Er ist vollkommen verrückt.» Und das nächste Mal hörte ich ihn sagen: «Es kräftigt die Lenden, wenn man zu Männern zärtlich ist.»

Kurzum, er war ein kurioser Kerl.

«Jetzt warte aber mal», hatte Yasmin gesagt, als ich ihr das alles zum erstenmal berichtet hatte, «ich bin doch nicht so närrisch, mich an eine Tunte ranzumachen.»

«Warum denn nicht?»

«Stell dich nicht so blöd, Oswald. Wenn er ein hundertprozentiger Schwuler ist ...»

«Er nennt das invertiert.»

«Es ist mir schnuppe, wie er es nennt.»

«Das ist ein sehr Proustscher Ausdruck», sagte ich, «schlag mal invertiert im Wörterbuch nach, dann wirst du nämlich entdecken, daß es als ‹das Unterste nach oben kehren› definiert wird.»

«Bei mir dreht er nicht das Unterste nach oben, danke bestens», sagte Yasmin.

«Nun blas dich doch nicht auf.»

«Ganz egal, das ist Zeitverschwendung», sagte sie, «der wird mich doch nicht mal anschauen.»

«Ich glaube, das wird er schon tun.»

«Was soll ich denn machen, mich als Sängerknabe verkleiden?»

«Wir werden ihm eine doppelte Dosis Käferpulver geben.»

«Das ändert doch nicht seine Gewohnheiten.»

«Nein», gab ich zu, «aber das wird ihn so geil machen, daß es ihm ganz gleichgültig ist, was für ein Geschlecht du hast.»

«Er wird mich auf den Kopf stellen.»

«Nein, das wird er schon nicht.»

«Er wird mich wie ein Komma auf den Schwanz stellen.»

«Nimm doch die Hutnadel mit.»

«Es kann trotzdem nicht klappen», widersprach sie, «wenn er wirklich lupenrein schwul ist, dann sind ihm doch alle Frauen rein physisch widerlich.»

«Es ist wichtig, daß wir ihn bekommen», sagte ich, «ohne fünfzig Proust-Strohhalme ist unsere Kollektion nicht vollständig.»

«Ist er wirklich so wichtig?»

«Er wird wichtig sein», antwortete ich, «davon bin ich fest überzeugt. In den kommenden Jahren wird es eine starke Nachfrage nach Proust-Kindern geben.»

Yasmin sah aus den Fenstern des *Ritz* hinaus in den wolkiggrauen Sommerhimmel über Paris. «Wenn das der Fall ist, dann gibt es nur eine einzige Möglichkeit», sagte sie.

«Und die wäre?»

«Mach es selber.»

Ich war so schockiert, daß ich in die Höhe fuhr.

«Beherrsch dich», sagte ich.

«Er will Männer», sagte sie, «nun, du bist ein Mann. Du bist perfekt. Du bist jung, du siehst gut aus und du bist verderbt.»

«Ja, aber ich bin kein Lustknabe.»

«Du traust dich wohl nicht?»

«Trauen tu ich mich natürlich. Aber das Ernten ist deine Arbeit, nicht meine.»

«Wer hat denn das gesagt?»

«Mit einem Mann kann ich nicht umgehen, Yasmin, das weißt du ganz genau.»

«Dies ist kein Mann. Dies ist eine Tunte.»

«Um Himmels willen!» rief ich. «Ich spring aus der Haut, wenn ich diesen kleinen Angeber an mich ranlassen muß! Damit du es endlich weißt, wenn ich nur ein Klistier sehe, dann schüttelt es mich schon eine ganze Woche.»

Yasmin brach in ein wildes Gelächter aus. «Jetzt gestehst du mir sicher noch», kreischte sie, «daß du einen engen Schließmuskel hast.»

«Jawohl, und ich denke gar nicht daran, ihn mir von Monsieur Proust ausleiern zu lassen, danke bestens», erwiderte ich.

«Du bist ein Feigling, Oswald», sagte sie.

Wir steckten in der Sackgasse. Ich schmollte. Yasmin stand auf und goß sich etwas zu trinken ein. Ich tat das gleiche.

Dann saßen wir da und tranken schweigend. Es war noch früh am Abend.

«Wo wollen wir denn heute abend essen?» fragte ich.

«Vergiß es», sagte sie, «ich finde, wir sollten zuerst dieses Proust-Problem zu lösen versuchen. Es paßt mir gar nicht, daß dieser kleine Kerl so davonkommen soll.»

«Hast du denn eine Idee?»

«Ich denke gerade nach», erwiderte sie.

Ich trank aus und goß mir das nächste Glas ein. «Auch noch einen?» fragte ich sie.

«Nein, danke», erwiderte sie.

Ich ließ sie in Ruhe weiterdenken. Nach einer Weile murmelte sie: «Na ja, wer weiß, vielleicht klappt das.»

«Was denn?»

«Es ist mir grad etwas durch den Kopf gefahren.»

«Sag's mir.»

Yasmin gab keine Antwort. Sie stand auf, ging zum Fenster hinüber und beugte sich hinaus. So blieb sie geschlagene fünf Minuten, vollkommen reglos, tief in Gedanken versunken, und ich behielt sie im Auge, hielt den Mund jedoch geschlossen.

Dann sah ich plötzlich, wie sie mit der rechten Hand hinter sich griff und mit dieser Hand so tat, als finge sie Fliegen. Sie schaute sich dabei nicht um. Sie hing weiter zum Fenster hinaus und fing diese unsichtbaren Fliegen hinter sich.

«Was ist denn da zum Teufel los?» fragte ich.

Sie drehte sich um und schaute mich an, und jetzt lag ein strahlendes Lächeln auf ihrem Gesicht. «Es ist großartig!» rief sie aus. «Ich bin ganz verliebt in die Idee! Ich bin wirklich ein schlaues kleines Mädchen!»

«Dann raus damit.»

«Es ist ein bißchen hinterhältig», sagte sie, «und ich muß auch sehr schnell sein, aber ich kann gut fangen. Wenn ich darüber nachdenke, so hab ich beim Kricket die Bälle immer besser gefangen als mein Bruder.»

«Verflixt noch mal, worüber redest du eigentlich?» fragte ich.

«Es würde bedeuten, daß ich mich als Mann verkleide.»

«Das ist einfach», entgegnete ich, «gar kein Problem.»

«Als hübscher junger Mann.»

«Willst du ihm den Käfer geben?»

«Die doppelte Dosis», antwortete sie.

«Ist das nicht etwas riskant? Du darfst nicht vergessen, was sie mit dem alten Woresley gemacht hat.»

«Das will ich ja auch bei ihm haben», sagte sie, «er muß vollkommen den Kopf verlieren.»

«Würdest du mir bitte genau erzählen, was du vorhast?» fragte ich sie.

«Stell nicht so viele Fragen, Oswald. Das kannst du alles mir überlassen. Ich betrachte Monsieur Proust als eine faire Herausforderung. Er gehört in die Klasse der Witzfiguren, und ich werde ihn als Witz behandeln.»

«Das ist er natürlich nicht», widersprach ich, «er ist auch ein Genie. Aber nimm auf jeden Fall die Hutnadel mit. Die königliche Hutnadel. Diejenige, die du dem König von Spanien zwei Zentimeter tief in den Hintern gehauen hast.»

«Mit einem Tranchiermesser würde ich mich wohler fühlen», sagte sie.

Wir verbrachten die nächsten Tage damit, Yasmin als Jungen zu verkleiden. Wir sagten dem Schneider und dem Perückenmacher und den Schuhleuten, daß sie für ein sehr großartiges Kostümfest ausgestattet werden müßte, und sie rotierten alle vor Begeisterung. Es ist wirklich erstaunlich, was eine anständige Perücke aus einem Gesicht machen kann. In dem Augenblick, in dem die Perücke auf dem Kopf saß und das Make-up weg war, hatte sich Yasmin in ein männliches Wesen verwandelt. Wir suchten etwas feminine blaßgraue Hosen aus, ein blaues Hemd, eine schmale Seidenkrawatte, eine geblümte Seidenweste und eine rehbraune Jacke. Die Schuhe waren Brogues, weiß und braun. Der Hut war ein weicher Filzhut, schnupftabaksfarben und mit einer breiten Krempe. Wir raubten ihrem edlen Busen die Kurven, indem wir ihn mit einer breiten elastischen Binde flachbandagierten. Ich brachte ihr bei, mit einer weichen Flüsterstimme zu sprechen, um die hohe Tonlage zu kaschieren, und wir übten fleißig, was sie sagen sollte, zuerst zu Céleste, wenn die Wohnungstür geöffnet wurde, und dann zu Monsieur Proust, wenn sie zu ihm hineingeführt wurde.

Eine Woche später waren wir startbereit. Yasmin hatte mir immer noch nicht verraten, wie sie es umgehen wollte, nach klassischer Proustscher Methode invertiert zu werden, und ich drängte sie auch nicht deswegen. Ich war schon glücklich, daß sie es überhaupt auf sich genommen hatte, diesen Mann zu bearbeiten.

Wir beschlossen, daß sie sich um sieben Uhr abends bei ihm einfinden sollte. Dann war unser Opfer bereits drei Stunden wach und in Bewegung. Ich half Yasmin in ihrem Zimmer im *Ritz* beim Anziehen. Die Perücke war wirklich prachtvoll. Sie saß ihr wie ein bronzegoldener Helm wie angegossen auf dem Kopf, etwas lockig, die Haare insgesamt etwas zu lang. Die graue Hose, die geblümte Weste und das rehbraune Jackett verwandelten sie in einen etwas weibischen, aber hinreißend hübschen jungen Mann.

«Da kann kein Herzchen mehr umhin, dich gleich zu herzen», sagte ich.

Sie lächelte, gab aber keinen Kommentar dazu.

«Warte mal», sagte ich, «etwas fehlt noch. Deine Hose sieht vollkommen leer aus. Das könnte dich verraten.»

Auf der Anrichte stand eine Schale mit Obst, ein Geschenk von der Hotelleitung. Ich suchte eine kleine Banane aus. Yasmin ließ die Hose herunter, und wir klebten die Banane mit Heftpflaster an der Innenseite ihres Oberschenkels fest. Als sie die Hose wieder hochgezogen hatte, war die Wirkung umwerfend – eine verräterische und verlockende Wölbung genau am rechten Fleck.

«Wenn er das nicht gleich sieht!» sagte ich. «Es wird ihn ganz verrückt machen.»

# 19

Wir gingen hinunter und stiegen in das Auto. Ich fuhr zur Rue Laurent-Pichet und stellte den Wagen ungefähr zwanzig Meter vor der Nummer acht auf der gegenüberliegenden Straßenseite ab. Wir betrachteten das Haus. Es war ein großes Steingebäude mit einer schwarzen Haustür. «Ab mit dir», sagte ich, «und viel Glück. Er wohnt im zweiten Stock.»

Yasmin schob sich aus dem Wagen. «Diese Banane ist ziemlich unbequem», sagte sie.

«Dann weißt du ja jetzt, wie man sich fühlt als Mann», entgegnete ich.

Sie wandte sich ab und schlenderte mit den Händen in den Hosentaschen zum Haus hinüber. Ich sah, daß sie probierte, ob die Tür offen war. Sie war nicht abgesperrt, wahrscheinlich weil das Haus in einzelne Wohnungen unterteilt war. Sie ging hinein.

Ich machte es mir im Auto gemütlich und wartete ab, was passieren würde. Ich, der General, hatte nach besten Kräften alles für die Schlacht vorbereitet. Das übrige lag bei Yasmin, dem Soldaten. Sie war wohlgerüstet und mit einer doppelten Dosis Käferpulver (darauf hatten wir uns schließlich doch geeinigt) und einer langen Hutnadel bewaffnet, an deren scharfer Spitze immer noch angetrocknete Spuren königlich spanischen Blutes klebten, das sich Yasmin geweigert hatte abzuputzen.

Es war ein milder bewölkter Augustabend in Paris. Das Verdeck meines blauen Citroën Torpedo war zurückgeklappt. Mein Sitz war äußerst bequem, aber ich war zu zappelig, um mich auf ein Buch zu konzentrieren. Ich hatte einen guten Blick auf das Haus, und es übte eine solche Faszination auf mich aus, daß ich es nicht aus den Augen lassen konnte.

Ich konnte genau die großen Fenster im zweiten Stock erkennen, wo Monsieur Proust lebte, und die grünen Samtvorhänge, die zur einen Seite zurückgezogen waren, aber ich konnte nicht hineinsehen. Jetzt mußte Yasmin dort oben sein, wahrscheinlich genau in jenem Zimmer, und sie würde jetzt das sagen, was ich ihr nach langer und gründlicher Überlegung eingetrichtert hatte: Bitte, verzeihen Sie mir, Monsieur, aber ich bin in Ihr Werk verliebt. Ich bin einzig und allein von England hergereist gekommen, um Ihrer Größe zu huldigen. Ach, bitte, nehmen Sie diese kleine Schachtel Pralinen an ... Sie sind köstlich ... Sie haben sicher nichts dagegen, wenn ich mir eine nehme ... Und diese hier, die ist für Sie ...

Ich wartete zwanzig Minuten. Ich wartete dreißig Minuten.

Ich warf immer wieder einen Blick auf die Uhr. Nach dem, was Yasmin von dem Herzchen hielt, wie sie ihn nannte, konnte es meiner Meinung nach eigentlich nicht zu einem tête-à-tête und zu zärtlichen Unterhaltungen danach kommen wie bei Renoir und Monet. Dies würde – schätzte ich – eine verhältnismäßig kurze und für den Schriftsteller ziemlich schmerzliche Visite werden.

Hinsichtlich der Dauer irrte ich mich erheblich. Dreiunddreißig Minuten, nachdem Yasmin durch die große schwarze Haustür gegangen war, sah ich, wie sie sich wieder öffnete und Yasmin herauskam.

Während sie auf mich zusteuerte, hielt ich Ausschau nach Spuren von Derangierung an ihrem Äußeren, konnte jedoch nichts entdekken. Der schnupftabaksfarbene Schlapphut saß ihr noch genauso frech und schief auf dem Kopf, und sie sah insgesamt noch genauso schick und adrett aus wie vorher.

Oder täuschte ich mich? War ihr Gang nicht etwas weniger federnd? Ja, das war nicht zu leugnen. Und verriet sich nicht eine gewisse Neigung, die prachtvollen langen, schlanken Beine etwas schonender aufzusetzen? Auch das war fraglos richtig. Sie bewegte sich wie jemand, der gerade nach einer langen Fahrt mit dem Fahrrad von einem recht unbequemen Sattel gestiegen ist.

All diese kleinen Beobachtungen richteten mich auf. Sie waren gewiß der Beweis dafür, daß mein tapferer Soldat wieder eine gute Schlacht bestanden hatte.

«Gut gemacht», sagte ich, als sie in das Auto stieg.

«Wieso glaubst du, daß ich Erfolg gehabt habe?»

Kühl bis ins Herz hinein, das war typisch Yasmin.

«Du willst mir doch nicht etwa sagen, daß ich mich irre.»

Sie gab mir keine Antwort. Sie kuschelte sich in den Sitz und klappte die Wagentür zu.

«Ich muß Bescheid wissen, Yasmin, denn wenn du die Ware hast, muß ich so schnell wie möglich heim und das Zeugs einfrieren.»

Sie hatte sie. Natürlich hatte sie sie. Ich brauste ins Hotel zurück und stellte fünfzig erstklassige Strohhalme her. Nach meiner mikroskopischen Untersuchung enthielt jedes Röhrchen nicht weniger als fünfundsiebzig Millionen Spermien. Ich weiß, daß es sich um sehr potentes Material gehandelt hat, denn während ich dieses neunzehn Jahre nach dem Ereignis niederschreibe, bin ich imstande, positiv zu beweisen, daß in Frankreich vierzehn Kinder herumlaufen, die Marcel Proust zum Vater haben.

Natürlich weiß nur ich, wer sie sind. Solche Angelegenheiten verlangen große Diskretion. Sie sind ein Geheimnis zwischen mir und den Müttern. Die Ehemänner haben keine Ahnung. Es ist ein Geheimnis der Mutter. Aber, du liebe Güte, Sie sollten nur einmal diese vierzehn törichten, stinkreichen und literarisch ambitionierten Mütter sehen! Sie sind alle gleich. Wenn sie voll Stolz ihre Proust-Sprößlinge betrachten, dann bilden sie sich wahrhaftig ein, sie hätten mit an Sicherheit grenzender Wahrscheinlichkeit einem großen Dichter das Leben geschenkt. Na ja, da irren sie sich alle miteinander. Nichts spricht dafür, daß den Lenden großer Dichter auch große Dichter entspringen. Gelegentlich entspringt ihnen ein schwacher Dichter, aber das ist schon das äußerste.

Da kommt es meiner Ansicht nach wesentlich häufiger vor, daß einem großen Maler ein großer Maler entspringt. Denken Sie nur an Teniers und Breughel und Tiepolo, selbst an Pissaro. Und auf dem Gebiet der Musik besaß der wunderbare Johann Sebastian eine so überwältigende Begabung, daß ihm gar nichts anderes übrigblieb, als den Überfluß an seine Kinder zu vererben.

Aber Schriftsteller, das geht nicht. Berühmte Schriftsteller und Dichter scheinen wesentlich öfter auf steinigem Acker zu gedeihen – als Söhne von Bergleuten oder Schlachtermeistern oder verarmten Lehrern.

Diese einfache Wahrheit hat jedoch eine kleine Schar wohlhabender und mit literarischem Ehrgeiz erfüllter Damen nie von dem Wunsch abbringen können, ein Kind von dem brillanten Monsieur Proust oder dem außergewöhnlichen Mister James Joyce zu empfangen. Und meine Aufgabe bestand wiederum nicht darin, Genies fortzupflanzen, sondern Geld einzunehmen.

Als ich diese fünfzig Proust-Strohhalme gefüllt und sicher im flüssigen Stickstoff untergebracht hatte, war es fast neun Uhr abends geworden. Yasmin hatte unterdessen gebadet und wieder elegante Frauenkleider angezogen, und ich lud sie ins *Maxim* zum Abendessen ein, um den Erfolg zu feiern. Sie hatte mir bis jetzt noch nichts von dem berichtet, was geschehen war.

Meine Tagebucheintragungen von jenem Datum besagen, daß wir uns zuerst jeder zwölf Schnecken bestellt haben. Es war Mitte August, und die Saison für Waldhühner aus Yorkshire und Schottland hatte gerade begonnen. Das war unser nächster Gang, und ich erklärte dem Oberkellner, wir hätten sie gern blau, also innen noch ganz blutig. Dazu tranken wir eine Flasche Volnay, das ist einer meiner Lieblingsburgunder.

«So», sagte ich, nachdem wir bestellt hatten, «jetzt erzähl mir alles.»

«Was willst du hören? Einen Rechenschaftsbericht? Eine Liste der Knalleffekte?»

«Alles mit jeder kleinsten Einzelheit.»

Auf unserem Tisch stand eine Schüssel Radieschen, und Yasmin warf sich eins in den Mund und biß zu, daß es krachte.

«An seiner Tür war eine Glocke», sagte sie, «da habe ich also geläutet. Céleste hat die Tür aufgemacht und mich angestarrt. Diese Céleste hättest du sehen sollen, Oswald. Klapperdürr und hager, spitze Nase, ein Mund, so schmal wie ein Messer, und zwei braune Knopfaugen, mit denen sie mich gemustert hat, richtig angeekelt. ‹Was wollen Sie?› hat sie mich angeblafft, und ich hab das Stück abgezogen mit der langen Reise ganz aus England, nur um dem verehrten Meister eine Gabe darzubringen. ‹Monsieur Proust arbeitet›, hat Céleste geantwortet und versucht, die Tür zuzumachen. Ich hab schnell den Fuß dazwischengestellt und sie aufgedrückt und bin einfach hineinmarschiert. ‹Ich hab nicht die ganze lange Reise auf mich genommen, um mir eine Tür vor der Nase zuschlagen zu lassen›, hab ich gesagt, ‹seien Sie also bitte so liebenswürdig, Ihren Herrn davon zu unterrichten, daß ich hier bin und ihn besuchen möchte.›»

«Das hast du gut gemacht», sagte ich.

«Ich mußte einfach so ein Theater spielen», sagte sie, «Céleste starrte mich jedenfalls an, und dann fragte sie mich, richtig bissig: ‹Wie ist der Name?› Und ich antwortete: ‹Mister Bottomley aus London.› Ich war richtig stolz auf diesen Namen.»

«Sehr geeignet», erwiderte ich, «hat dich das Mädchen angemeldet?»

«O ja. Und dann kam es schon in die Halle geschossen, dieses komische kleine Herzchen mit seinen Glupschaugen, er hat nicht einmal den Federhalter aus der Hand gelegt.»

«Und was ist dann passiert?»

«Ich fing sofort mit dieser großen Rede an, die du mir eingebleut hast, sagte also: ‹Bitte, vergeben Sie mir, Monsieur ...› aber ich hab noch nicht einmal ein halbes Dutzend Wörter gestammelt, da hat er schon die Hände in die Luft geworfen und gerufen: ‹Halt, halt! Ich habe Ihnen längst vergeben!› Er glotzte mich an, als ob ich der schönste und begehrenswerteste und leckerste kleine Knabe wäre, den er je in seinem Leben gesehen hatte, und ich gehe jede Wette ein, daß das auch stimmte.»

«Hat er Englisch oder Französisch gesprochen?»

«Von jedem etwas. Sein Englisch war recht gut, ungefähr so wie mein Französisch, das war also ganz egal.»

«Und er ist richtig auf dich reingefallen?»

«Er konnte seine Augen gar nicht von mir lösen. ‹Danke schön, das reicht, Céleste›, hat er gesagt und sich die Lippen geleckt. Aber Céleste hat es nicht gefallen. Sie wich und wankte nicht. Sie hat Unrat gewittert.

‹Du kannst gehen, Céleste›, sagte Monsieur Proust und erhob dabei seine Stimme.

Sie dachte gar nicht daran zu gehorchen. ‹Wünschen Sie noch etwas, Monsieur Proust?›

‹Ich wünsche, allein gelassen zu werden›, fuhr er sie an, und daraufhin ist das Weib beleidigt aus dem Raum gerauscht.

‹Bitte, nehmen Sie doch Platz, Monsieur Bottomley›, hat er da gesagt, ‹darf ich Ihnen den Hut abnehmen? Ich muß mich für meine Haushälterin entschuldigen. Sie will mich immer beschützen.›

‹Wovor will sie Sie denn beschützen, Monsieur?›

Er lächelte mich an, und dabei entblößte er seine schauderhaft schlechten Zähne mit lauter Lücken. ‹Vor Ihnen›, sagte er leise und legte meinen Hut auf einen Tisch.

Du liebe Güte, hab ich da gedacht, jetzt werde ich jeden Moment invertiert. Und in diesem Augenblick, Oswald, hab ich ernsthaft überlegt, ob ich den Ölkäfer nicht ganz und gar aus dem Programm streichen sollte. Der Kerl sabberte schon vor Gier. Wenn ich mich nur vorgebeugt hätte, um mir einen Schnürsenkel neu zu binden, wäre er schon über mir gewesen.»

«Aber du hast es dann doch nicht gelassen?»

«Nein», erwiderte sie, «ich hab ihm die Schokoladentrüffeln gegeben.»

«Warum?»

«Ach, man kann einfach leichter mit ihnen umspringen, wenn die Wirkung einsetzt. Sie wissen nicht mehr so recht, was sie tun.»

«Hat die Praline gut gewirkt?»

«Die wirken immer gut», antwortete sie, «aber weil es eine doppelte Dosis war, hat diese noch besser gewirkt.»

«Wieviel besser?»

«Solche Herzchen sind anders», entgegnete sie.

«Das glaub ich dir.»

«Sieh mal», erklärte sie, «wenn der Käfer einen normalen Mann verrückt macht, dann hat der nur noch eins im Sinn, nämlich sich sofort und auf der Stelle auf eine Frau zu stürzen. Aber wenn so ein Herzchen durch das Pulver aufgemöbelt wird, dann will er sich eben nicht gleich auf dich stürzen. Er grapscht erst einmal nach deinem Schwanz.»

«Das war ein bißchen kritisch.»

«Na und wie», sagte Yasmin, «ich hab ganz genau gewußt, wenn ich ihn so nah an mich ranlasse, daß er mich in den Griff bekommt, dann hat er nichts als eine zermanschte Banane in der Hand.»

«Und was hast du da gemacht?»

«Ich bin immer weggesprungen», sagte sie, «und zum Schluß ist natürlich eine Haschmichjagd durchs ganze Zimmer draus geworden, und rechts und links sind die Möbel umgekracht.»

«Ziemlich anstrengend.»

«Ja, und mitten drin ist die Tür aufgegangen, und da hat wieder dieses schreckliche kleine Weib gestanden. ‹Monsieur Proust›, hat sie gesagt, ‹das ist aber viel zuviel Gymnastik für Ihr Asthma.›

‹Hinaus mit dir!› hat er geschrien. ‹Hinaus, du Hexe!›»

«Ich glaube, die ist so was schon gewöhnt.»

«Das glaub ich auch», entgegnete Yasmin, «na, auf jeden Fall, mitten im Zimmer stand ein großer runder Tisch, und so lange ich dicht da dran blieb, wußte ich genau, daß er mich nicht erwischen kann. Ein großer runder Tisch hat schon manches Mädchen vor einem geilen alten Bock gerettet. Das Problem war nur, daß er diese Hetzjagd geradezu zu genießen schien, und ich dachte mir schon, vermutlich ist für solche Knaben das Haschmichmal ein ganz wesentliches Vorspiel.»

«Das dreht den Hahn auf.»

«Genau», sagte sie, «und dann, wie wir immer rund um den Tisch gesaust sind, fing er an, lauter Sachen zu sagen.»

«Was denn?»

«Unanständiges Zeugs», antwortete sie, «lohnt sich nicht zu wiederholen. Ach, übrigens, die Sache mit der Banane war natürlich doch ein Fehler.»

«Wieso?»

«Einfach zu groß», sagte sie, «ist ihm sofort ins Auge gefallen. Und während er mich um den Tisch herumhetzte, hat er die ganze Zeit auf die Banane gedeutet und ihr Loblieder gesungen. Ich hätte ihm ja wahnsinnig gern verraten, daß es nur eine blöde alte Banane aus dem *Ritz* ist, aber er hatte schon keine Ohren mehr dafür. Diese Banane trieb ihn die Wände hoch, der Ölkäfer schlug jede Sekunde stärker zu, und dann dämmerte es mir plötzlich, daß ich noch ein anderes Problem zu lösen hatte. Wie sollte ich das mit dem Gummidings machen, eh er sich auf mich stürzte? Bei ihm konnte ich mich doch genaugenommen nicht auf die Verhütung rausreden, nicht?»

«Eigentlich nein.»

«Na und dann, was hatte ich um Himmels willen dann für einen Grund, ihm mit so einem Dings zu kommen?»

«Schwierig», gab ich zu, «sehr schwierig. Wie hast du dich da rausgewunden?»

«Zum Schluß hab ich einfach zu ihm gesagt: ‹Wollen Sie mich, Monsieur Proust?›

‹Ja!› hat er da geschrien. ‹Sie will ich mehr als jeden anderen auf der Welt! Hören Sie doch mit der Rumrennerei auf!›

‹Noch nicht›, sagte ich, ‹zuerst müssen Sie dieses kleine niedliche Ding anziehen, damit er's warm hat.› Ich zog es aus meiner Tasche und ließ es über den Tisch schlittern. Er hörte auf, mich herumzuhetzen und starrte es an. Ich bin nicht sicher, ob er so etwas schon je in seinem Leben gesehen hatte.

‹Was ist das denn?› hat er wenigstens gerufen.

‹Wir nennen es Kitzler›, antwortete ich, ‹es ist einer von unseren berühmten englischen Kitzlern, die Mister Oscar Wilde erfunden hat.›

‹Oscar Wilde!› rief er aus. ‹Haha! Ein guter Mann!›

‹Er hat den Kitzler erfunden›, erklärte ich, ‹und Lord Alfred Douglas hat ihm dabei geholfen.›

‹Lord Alfred ist auch ein guter Mann gewesen!› hat er da gerufen.

Da hab ich zum Schluß noch einmal ganz dick aufgetragen und gesagt: ‹König Edward VII. hat auf Schritt und Schritt einen Kitzler bei sich gehabt.›

‹König Edward VII.!› rief er. ‹Du meine Güte!› Damit hat er das kleine Ding, das noch auf dem Tisch lag, hochgehoben. ‹Und das ist gut, ja?›

‹Es verdoppelt das Vergnügen›, antwortete ich, ‹schnell, seien Sie ein braver Junge und ziehen Sie es rasch an. Ich kann es nicht mehr erwarten.›

‹Sie müssen mir helfen.›

‹Nein›, hab ich da gesagt, ‹das müssen Sie selber tun.› Und während er damit herumgefummelt hat, da hab ich ... na ja ... Ich mußte ja dafür sorgen, daß er die Banane nicht zu Gesicht kriegte. Und das andere auch nicht, verstehst du? Und dann wußte ich doch ganz genau, daß irgendwann dieser entsetzliche Moment kommen würde, in dem ich die Hosen runterlassen müßte ...»

«Das war wirklich verdammt heikel.»

«Aber es ließ sich ja gar nicht ändern, Oswald. Während er also mit Oscar Wildes großartiger Erfindung herumgewurschtelt hat, drehte ich ihm den Rücken und riß mir die Hose runter und nahm dann das ein, was ich für die korrekte Position hielt, ich beugte mich einfach über die Sofalehne ...»

«Beim Himmel, Yasmin, du willst damit doch nicht sagen, daß du ihm gestattet hättest ...»

«Aber natürlich nicht», erwiderte sie, «nur: er durfte doch meine Banane nicht sehen und mich auch nicht zu packen kriegen.»

«Ja, aber hat er dich denn nicht besprungen?»

«Er ist wie ein Sturmbock auf mich zugeschnaubt.»

«Und wie bist du ihm ausgewichen?»

«Überhaupt nicht», antwortete sie und lächelte, «das war ja der Trick dabei.»

«Da komm ich nicht ganz mit», sagte ich, «wenn er wie ein Sturmbock auf dich zugekommen ist und du ihm nicht ausgewichen bist, dann muß er dich doch gerammt haben.»

«Er hat mich nicht so gerammt, wie er sich eingebildet hat, daß er mich gerammt hat», erklärte sie, «also sieh mal, Oswald, mir war nämlich etwas eingefallen. Mir war die Geschichte von A. R. Woresley und dem Stier seines Bruders eingefallen, und wie sie den Stier an der Nase herumgeführt und haben glauben lassen, er wär am rechten Fleck, während er ganz woanders war. A. R. Woresley hat ihn doch einfach gepackt und ganz woanders hindirigiert, kannst du dich noch daran erinnern?»

«Und das hast du auch getan?»

«Ja.»

«Aber doch sicher nicht in einen Beutel, so wie das Woresley gemacht hat?»

«Sei doch nicht albern, Oswald. Ich hab keinen Beutel gebraucht.»

«Natürlich nicht ... Nein ... Allmählich kapier ich, was du sagen willst ... Aber war das nicht ziemlich gefährlich? ... Ich meine nur ... wo du doch in die andere Richtung geschaut hast, und außerdem ... und wenn er wie ein Sturmbock ... Du hast ziemlich flink sein müssen, nicht wahr?»

«Ich bin wirklich flink gewesen. Ich hab ihn mitten in der Luft erwischt.»

«Und er hat nichts kapiert?»

«Genausowenig wie der Stier», antwortete sie, «genau gesagt sogar noch weniger, und ich will dir auch sagen warum.»

«Warum denn?»

«Also erstens, der Käfer hat ihn ganz verrückt gemacht, stimmt's?»

«Ja.»

«Und er hat gegrunzt und geschnaubt und mit den Armen gewedelt, stimmt's?»

«Ja.»

«Und den Kopf hat er in die Luft gereckt, genauso wie der Stier, stimmt's?»

«Wahrscheinlich ja.»

«Aber das Allerwichtigste ist doch gewesen, er hat sich eingebildet, ich wäre ein Mann. Er hat doch gedacht, er machte es mit einem Mann, stimmt's?»

«Selbstverständlich.»

«So. Und nun war er mit seinem Schwanz am rechten Fleck. Der fühlte sich rundherum wohl, stimmt's?»

«Ja.»

«Seiner Meinung nach gibt's aber nur einen einzigen Fleck, um den es sich handeln könnte. Bei einem Mann ist ja kein anderer Fleck vorhanden.»

Ich starrte sie bewundernd an.

«Mußte also darauf reinfallen», sagte sie. Sie angelte eine Schnekke aus ihrem Haus und schob sie sich in den Mund.

«Brillant», sagte ich, «absolut brillant.»

«Ich war selber auch ganz zufrieden mit mir.»

«Das ist die unübertrefflichste Täuschung.»

«Danke schön, Oswald.»

«Da ist nur noch eine Sache, die ich mir einfach nicht vorstellen kann», sagte ich.

«Und was ist das?»

«Als er wie ein Sturmbock auf dich zugeschossen kam, da muß er doch sein Ziel im Visier gehabt haben.»

«Nur ganz grob.»

«Aber er ist doch ein zu erfahrener Schütze.»

«Mein guter ahnungsloser Engel du», sagte sie, «es scheint dir nicht in den Kopf hinein zu wollen, was aus einem Mann mit einer doppelten Dosis wird.»

O doch, dachte ich insgeheim, ich habe schließlich hinter der

Ablage gesessen, als A. R. Woresley mit seiner doppelten Dosis loslegte. Ich sagte jedoch: «Nein. Ich kann es mir nicht vorstellen. Was wird aus einem Mann, der eine doppelte Dosis bekommen hat?»

«Ein Berserker», sagte sie, «er weiß buchstäblich nicht, was sein anderes Ende macht. Ich könnte es in ein Glas mit eingemachten Zwiebeln stopfen, und er würde den Unterschied gar nicht spüren.»

Im Laufe der Jahre hab ich eine verblüffende, aber simple Wahrheit über junge Damen herausgefunden, und sie lautete folgendermaßen: je schöner ihr Gesicht, desto ordinärer ihre Gedanken. Yasmin bildete keine Ausnahme. Da saß sie mir in ihrem atemberaubenden Fortuny-Kleid im *Maxim* gegenüber und sah mindestens aus wie Königin Semiramis auf dem Thron von Ägypten, aber reden tut sie wie eine aus der Gosse.

«Jetzt wirst du vulgär», sagte ich.

«Ich bin eine vulgäre Person», sagte sie und lächelte.

Der Rotwein wurde gebracht, und ich nahm einen Probeschluck. Ein wunderbarer Wein. Mein Vater pflegte zu sagen, wenn du einen Volnay von einem guten Weinhändler auf einer Karte entdeckst, so laß ihn dir nicht entgehen. «Und wie bist du so rasch weggekommen?» fragte ich sie.

«Er war sehr grob», antwortete sie, «grob und irgendwie stachelig. Es hat sich angefühlt, als ob mir ein riesenhafter Hummer auf dem Rücken säße.»

«Biestig.»

«Es war fürchterlich», sagte sie, «er hatte eine schwere goldene Uhrkette quer über die Weste gespannt, und die hat mir regelrecht den Rücken zerschrammt. Und dann noch eine große dicke Uhr in der Westentasche.»

«Nicht gut für die Uhr.»

«Nein», bestätigte sie, «die ist dabei auch draufgegangen. Ich habe sie krachen gehört.»

«Ja, aber ...»

«Wirklich ein großartiger Wein, Oswald.»

«Ich weiß. Aber wie bist du wirklich so rasch von ihm losgekommen?»

«Wenn die Jüngeren den Käfer schlucken, wird es wohl immer ein Problem werden», sagte sie, «wie alt ist dieser Bursche?»

«Achtundvierzig.»

«Also in der Blüte des Lebens», sagte sie, «das ist ganz anders, als wenn sie sechsundsiebzig sind. In dem Alter knirscht es ziemlich bald im Getriebe, trotz Käfer.»

«Und bei diesem Knaben war es nicht so?»

«Du liebe Güte, nein», antwortete sie, «der war ein wahres Perpetuum mobile. Ein mechanischer Hummer.»

«Und was hast du dagegen getan?»

«Was hätte ich schon tun können? Ich hab mir gesagt, entweder er oder ich. Sowie er seine Ware abgeliefert hatte, griff ich in die Jackentasche und holte meine treue Hutnadel raus.»

«Und da hast du's ihm gegeben?»

«Ja, aber du darfst nicht vergessen, diesmal war es eine Rückhand, und das ging gar nicht so einfach. Man kriegt nicht den richtigen Schwung.»

«Das leuchtet mir ein.»

«Es ist nur ein Glück, daß Rückhand immer meine Stärke gewesen ist.»

«Du meinst beim Tennis?»

«Ja», antwortete sie.

«Und du hast ihn gleich beim erstenmal erwischt?»

«Genau ins Sitzfleisch», antwortete sie, «tiefer als beim König von Spanien. Ein Volltreffer.»

«Hat er protestiert?»

«Du liebe Güte», entgegnete sie, «er hat gequiekt wie ein Schwein. Und dann ist er im ganzen Zimmer herumgehüpft und hat sich selber umklammert und geheult: ‹Céléste! Céléste! Hol einen Arzt! Man hat mich erstochen!› Das Weib muß die ganze Zeit durchs Schlüsselloch geglotzt haben, denn sie kam sofort hereingestürzt und warf sich auf ihn und jammerte: ‹Wo denn? Wo denn? Laß mich doch sehen!› Und während sie ihm die Kehrseite untersuchte, zog ich ihm unser kostbares Gummidings ab und flitzte wie ein geölter Blitz aus dem Raum. Ich hab mir dabei erst die Hose hochgezogen.»

«Bravo», sagte ich, «was für ein schöner Sieg.»

«Eigentlich nichts als Theater», sagte sie, «aber das mir Spaß gemacht hat.»

«Es macht dir immer Spaß.»

«Köstliche Schnecken», bemerkte sie, «groß und fett und saftig.»

«Auf den Schneckenfarmen setzt man sie zwei Tage vorm Verkauf auf Sägemehl», erklärte ich.

«Warum das denn?»

«Damit sich die Schnecken vollständig entleeren können. Wann hast du dir die Unterschrift geben lassen? Gleich am Anfang?»

«Ja, gleich am Anfang. Das mach ich immer.»

«Aber warum steht da Boulevard Haussmann und nicht Rue Laurent-Pichet?»

«Danach hab ich ihn auch gefragt», entgegnete sie, «er hat mir gesagt, da hätte er bis jetzt gewohnt. Er wäre gerade erst umgezogen.»

«Dann ist ja alles in Ordnung», sagte ich.

Die leeren Schneckenhäuser wurden abgeräumt, und bald darauf bekamen wir die Waldhühner serviert. Mit Waldhuhn meine ich das rote Waldhuhn oder Haselhuhn. Ich meine nicht das Dunkle Waldhuhn (schwarzer Hahn und graue Henne) oder das Spitzschwanzhuhn oder das Moorschneehuhn. Diese Hühnervögel sind auch alle gut, besonders das Schneehuhn, aber das rote Waldhuhn ist die absolute Spitze. Und, natürlich vorausgesetzt, daß es heurige Hühner sind, gibt es kein zarteres und kein schmackhafteres Fleisch auf der ganzen Welt. Die Haselhuhnjagd beginnt am 12. August, und dieses Datum erwarte ich jedes Jahr wesentlich ungeduldiger als den 1. September, wenn die ersten Austern von Colchester und Whitstable hereinkommen. Das rote Waldhuhn sollte genau wie ein anständiges Rinderfilet roh oder bleu gegessen werden, daß das Fleisch gerade scharlachfarben wird, und im *Maxim* sehen sie es gar nicht gern, wenn man es anders bestellt.

Wir aßen unser Waldhuhn langsam und genußvoll, schnitten jedesmal nur ein hauchdünnes Stück von der Brust ab, ließen es auf der Zunge schmelzen und tranken nach jedem Bissen einen Schluck von dem duftenden Volnay.

«Wen haben wir als nächstes auf der Liste?» fragte mich Yasmin.

Ich hatte selbst schon darüber nachgedacht, und jetzt sagte ich:

«Es hätte Mr. James Joyse sein sollen, aber vielleicht wäre es auch ganz nett, wenn wir zur Abwechslung einen kleinen Abstecher in die Schweiz machten.»

«Das würde mir gefallen», sagte sie, «wen haben wir denn in der Schweiz?»

«Nijinskij.»

«Ich hab gedacht, der steckte hier oben, bei diesem Diaghilew.»

«Schön wär's», antwortete ich, «aber er scheint ein bißchen sonderbar geworden zu sein. Er bildet sich ein, er wär mit Gott vermählt, und jetzt marschiert er mit einem großen goldenen Kreuz um den Hals durch die Gegend.»

«Was für ein Pech», sagte Yasmin, «heißt das, daß es für ihn mit der Tanzerei vorbei ist?»

«Wer will es wissen?» antwortete ich. «Es wird behauptet, er hätte noch vor ein paar Wochen in einem Hotel in St. Moritz getanzt. Aber das hat er nur zu seinem Vergnügen getan, um die Gäste zu unterhalten.»

«Wohnt er in einem Hotel?»

«Nein, er hat oberhalb von St. Moritz eine Villa.»

«Allein?»

«Leider nein», antwortete ich, «es gibt eine Frau und ein Kind und ein ganzes Rudel Dienstboten. Er ist ein steinreicher Mann. Muß unheimlich Honorare kassiert haben. Ich weiß, daß ihm Diaghilew fünfundzwanzigtausend Francs für jede Vorstellung gezahlt hat.»

«Du liebe Güte. Hast du ihn mal tanzen sehen?»

«Nur ein einziges Mal», entgegnete ich, «das war in dem Jahr, als der Krieg ausbrach, 1914, im alten Palace Theatre in London. Es gab *Les Sylphides*. Es war großartig. Er tanzte wie ein Gott.»

«Ich bin ganz wild darauf, ihn kennenzulernen», sagte Yasmin, «wann reisen wir denn ab?»

«Morgen», erwiderte ich, «wir müssen in Bewegung bleiben.»

# 20

An dieser Stelle meiner Erzählung, als ich mich gerade anschickte, unsere Reise in die Schweiz zu schildern, glitt mir die Feder plötzlich vom Papier, und ich spürte, wie ich zögerte.

War ich nicht schon einer Routine verfallen? Wiederholte ich mich nicht bereits? Im Laufe der nächsten zwölf Monate würde Yasmin eine ganze Horde von hochinteressanten Leuten kennenlernen, daran bestand kein Zweifel. Aber fast alle Begegnungen – ein oder zwei Ausnahmen natürlich eingerechnet – würden auf die gleiche Art und Weise ablaufen. Zuerst würde das Käferpulver verabreicht werden, dann folgten die Verstörung und das Gerangel, zum Schluß noch die Flucht mit dem kostbaren Abfall und seine Weiterverarbeitung. Das mußte, mochten die betreffenden Männer auch noch so interessant sein, für den Leser allmählich langweilig werden. Für mich wäre es freilich ein Leichtes und höchst bequem, in allen Einzelheiten zu beschreiben, wie wir Nijinskij unterhalb seiner Villa auf einem Pfad im Pinienhain getroffen haben, wie es ja auch tatsächlich geschehen ist, wie wir ihm dann die Praline anboten und wie wir ihn neun Minuten lang in ein Gespräch verstrickten, bis das Pulver bei ihm wirkte, und wie er dann Yasmin in den tiefsten Wald hetzte, wobei er von Stein zu Stein sprang und bei jedem Satz so hoch in die Luft schnellte, daß es aussah, als ob er flöge.

Aber wenn ich das täte, dann käme ich auch nicht darum herum, das Treffen mit James Joyce zu beschreiben, Joyce in Paris, Joyce in einem dunkelblauen Sergeanzug, einem schwarzen Filzhut, alte Tennisschuhe an den Füßen, wie er einen Eschenstock durch die Luft wirbelte und Obszönitäten von sich gab. Und nach Joyce müßte Mr. Bonnard kommen und Mr. Braque und dann ein rascher Abstecher zurück nach Cambridge, um die teure Beute im Samenheim abzuliefern. Es wurde wirklich ein sehr kurzer Abstecher, denn Yasmin und ich hatten jetzt unseren Arbeitsrhythmus gefunden und wollten dabei bleiben, bis wir endgültig durch waren.

A. R. Woresley war vollkommen außer sich, als ich ihm unsere Ergebnisse vorführte. Wir hatten jetzt König Alfonso, Renoir, Monet, Matisse, Proust, Strawinsky, Nijinskij, Joyce, Bonnard und Braque eingeheimst. «Und die technische Seite haben Sie auch ganz ausgezeichnet erledigt», sagte er mir, während er die Strohhalme mit ihren Etikettierungen vorsichtig aus meinem Reisecontainer in das große Gefriergerät in Dunroamin umpackte. «Macht nur so weiter, Kinder», sagte er und rieb sich die Hände wie ein Grünkrämer, «macht nur so weiter.»

Und wir machten so weiter. Es war unterdessen Anfang Oktober geworden, und wir fuhren in den Süden, nach Italien, um D. H. Lawrence aufzustöbern. Wir entdeckten ihn im Palazzo Ferraro auf Capri, wo er mit Frieda wohnte, und bei dieser Gelegenheit mußte ich der fetten Frieda zwei Stunden lang auf dem Felsen die Zeit vertreiben, während Yasmin Lawrence bearbeitete. Er versetzte uns übrigens einen ziemlichen Schock, denn als ich mit seinen Samen in unser Hotel in Capri zurückeilte und sie unter dem Mikroskop untersuchte, stellte sich heraus, daß die Spermien alle miteinander mausetot waren. Nicht das leiseste Gezappel mehr.

«Ach, herrje», sagte ich zu Yasmin, «der Mann ist steril.»

«So hat er sich aber nicht benommen», antwortete sie, «er war wie ein Bock. Wie ein geiler Bock.»

«Wir müssen ihn von der Liste streichen.»

«Wer ist als nächster dran?» fragte sie.

«Giacomo Puccini.»

# 21

«Puccini ist ein harter Brocken», sagte ich, «ein Riese. Da darf nichts schiefgehen.»

«Wo wohnt er denn?» fragte Yasmin.

«In der Nähe von Lucca, ungefähr vierzig Meilen westlich von Florenz.»

«Erzähl mir was von ihm.»

«Puccini ist ein unbeschreiblich reicher und berühmter Mann», begann ich, «er hat sich ein riesenhaftes Haus gebaut, die Villa Puccini, am Ufer eines Sees neben dem winzigen Ort, in dem er geboren wurde und der Torre del Lago heißt. Und er ist der Mann, Yasmin, der *Manon* geschrieben hat, *La Bohème, Tosca, Madame Butterfly* und *Das Mädchen aus dem Goldenen Westen*. Alle miteinander Klassiker. Er ist wahrscheinlich kein Mozart und kein Wagner, nicht einmal ein Verdi, aber er ist trotzdem ein Genie und ein Gigant. Und außerdem ein Vollblutmann.»

«In welcher Beziehung?»

«Schlimmer Schürzenjäger.»

«Super!»

«Er ist jetzt einundsechzig, aber das hat ihn noch nicht gedämpft», fuhr ich fort, «er ist ein Rumtreiber, ein Säufer, ein vollkommen verrückter Fahrer, leidenschaftlicher Fischer und ein noch besessenerer Entenjäger. Aber vor allem ist er ein Lüstling. Jemand hat gesagt, er jagt Weiber, Wildgeflügel und Libretti, und zwar in dieser Reihenfolge.»

«Das klingt ganz verlockend.»

«Ein reizender Bursche», sagte ich, «eine Frau hat er auch, eine alte Hexe namens Elvira, und ob du es glaubst oder nicht, diese Elvira ist einmal zu fünf Monaten Gefängnis verurteilt worden, weil sie den Tod einer von Puccinis Gespielinnen verursacht hat. Dieses Mädchen war bei ihnen im Haus angestellt, und die ekelhafte Elvira hat Puccini eines Nachts mit ihr im Garten erwischt. Es gab eine ungeheuerliche Szene, das Mädchen wurde auf der Stelle hinausgeworfen, aber Elvira hat sie danach noch verfolgt wie ein Gespenst, so daß das arme Ding Gift geschluckt und sich umgebracht hat. Ihre Familie zog vor Gericht, und sie haben Elvira fünf Monate hinter Gittern aufgebrummt.»

«Hat sie sie absitzen müssen?»

«Nein», antwortete ich, «Puccini hat sie losgeeist, indem er der Familie des Mädchens zwölftausend Lire gezahlt hat.»

«Und wie sieht unser Plan aus?» fragte Yasmin. «Klopfe ich einfach an die Tür und trete ein?»

«Das würde nicht klappen», entgegnete ich, «er wird von getreuen Bluthunden bewacht und von diesem blutrünstigen Weib. Du würdest nie in seine Nähe kommen.»

«Und was schlägst du statt dessen vor?»

«Kannst du singen?» fragte ich sie.

«Ich bin keine Melba», erwiderte Yasmin, «aber ich hab eine ganz anständige kleine Stimme.»

«Vorzüglich», sagte ich, «das wär's dann. So werden wir's machen.»

«Wie?»

«Das werd ich dir auf der Reise erzählen», sagte ich.

Wir hatten von Capri aus gerade wieder das Festland erreicht und befanden uns im Augenblick in Sorrent. In diesem Teil von Italien herrschte mildes Oktoberwetter, und während wir den braven Citroën Torpedo mit unserem Gepäck beluden und Richtung Norden nach Lucca fuhren, spannte sich ein blauer Himmel über uns. Wir hatten das Verdeck zurückgeklappt, und es war wirklich ein großes Vergnügen, auf der schmalen Küstenstraße von Sorrent nach Neapel zu fahren.

«Zuerst will ich dir erzählen, wie Puccini Caruso getroffen hat», sagte ich, «denn das zeigt schon, was du zu tun haben wirst. Puccini war damals schon weltberühmt. Caruso dagegen vollkommen unbekannt, aber von dem verzweifelten Wunsch erfüllt, in einer gerade bevorstehenden Aufführung von *La Bohème* in Livorno die Rolle des Rodolfo zu singen. Eines Tages tauchte er also in der Villa Puccini auf und fragte, ob er den großen Mann sehen könnte. Fast jeden Tag versuchten zweitklassige Sänger, zu Puccini vorzudringen, und er mußte sich vor diesen Leuten schützen lassen, sonst hätte er niemals Ruhe gehabt. ‹Richten Sie ihm aus, daß ich beschäftigt bin›, sagte Puccini.

Der Diener erwiderte Puccini jedoch, daß sich dieser Mann nicht abweisen ließe. ‹Er sagt, wenn es nötig wäre, schlüge er ein Zelt in Ihrem Garten auf.›

‹Wie sieht er denn aus?› fragte Puccini.

‹Er ist ein kleiner kräftiger Bursche mit einem Schnurrbart und einem Bowler auf dem Kopf. Er behauptet, Neapolitaner zu sein.›

‹Was singt er denn?› fragte Puccini.

‹Er sagt, er sei der beste Tenor auf der Welt›, berichtete der Diener.

‹Das sagen sie alle von sich›, erwiderte Puccini, aber irgend etwas hatte bei ihm eingehakt, und bis zu dem heutigen Tag weiß er nicht, was es gewesen war, jedenfalls legte er das Buch aus der Hand, in dem er gerade gelesen hatte, und ging in die Halle. Die Haustür war offen, und der kleine Caruso stand direkt davor im Garten.

‹Wer zum Teufel sind Sie denn?› rief Puccini.

Daraufhin ließ Caruso seine gewaltige und wunderbare Stimme erschallen und antwortete ihm mit den Worten des Rodolfo in *La Bohème*: *‹Chi son? Sono un poeta›* ... Wer bin ich? Ich bin ein Dichter. Puccini geriet über die Qualität dieser Stimme vollkommen außer sich. So einen Tenor hatte er noch nie in seinem Leben gehört. Er stürzte auf Caruso zu, zog ihn in seine Umarmung und rief dabei: ‹Rodolfo ist der Ihre!›

Das ist eine wahre Geschichte, Yasmin. Puccini selbst erzählt sie mit großem Behagen immer wieder. Und Caruso ist jetzt natürlich wirklich der größte Tenor auf der Welt, und er und Puccini sind die besten Freunde. Sehr eindrucksvoll, findest du nicht auch?»

«Was hat das alles damit zu tun, daß ich singen soll?» fragte Yasmin. «Meine Stimme wird Puccini nicht umhauen.»

«Natürlich nicht. Aber die Grundidee ist die gleiche. Caruso wollte eine Rolle haben. Du willst drei Kubikzentimeter Samenflüssigkeit haben. Für Puccini ist es viel leichter, diesen zweiten Wunsch zu erfüllen als den ersten, besonders wenn eine Frau so unwiderstehlich ist wie du. Der Gesang dient nur dazu, die Aufmerksamkeit des Mannes auf dich zu lenken.»

«Dann red mal weiter.»

«Puccini arbeitet immer nur nachts», sagte ich, «von ungefähr halb elf Uhr abends bis drei oder vier in der Früh. In dieser Zeit liegt der Rest des Haushalts meist in tiefem Schlaf. Um Mitternacht werden du und ich in den Garten der Villa Puccini schleichen und feststellen, wo sein Arbeitszimmer liegt, was meiner Meinung nach im Erdgeschoß sein muß. Ein Fenster wird sicher offen sein, denn die Nächte sind immer noch warm. Ich verstecke mich dann im Gebüsch, und du wirst dich draußen vor das offene Fenster stellen und leise die liebliche Arie *Un bel dí vedremo* aus *Madame Butter-*

*fly* singen. Wenn alles planmäßig verläuft, wird Puccini zum Fenster stürzen und dort ein Mädchen von überirdischer Schönheit stehen sehen – dich. Der Rest ist ein Kinderspiel.»

«Das gefällt mir», antwortete Yasmin, «Italiener singen immer vor anderer Leute Fenster.»

Als wir nach Lucca kamen, zogen wir uns in ein kleines Hotel zurück, und dort, neben einem uralten Flügel im Hotelsalon, brachte ich Yasmin bei, wie sie ihre Arie singen sollte. Sie konnte fast kein Italienisch, aber sie lernte den Text im Handumdrehen auswendig, und zum Schluß war sie imstande, die vollständige Arie sehr hübsch wiederzugeben. Ihre Stimme war nicht groß, dafür aber glockenrein. Ich hatte ihr außerdem noch beigebracht, auf italienisch zu sagen: ‹Maestro, ich bewundere Ihre Arbeit. Ich bin ganz aus England angereist gekommen ...› und so weiter und so weiter und so weiter, und dazu noch ein paar andere nützliche Sätze, wozu natürlich gehörte: ‹Ich bitte Sie um nichts anderes als um ein Autogramm auf Ihrem eigenen Briefpapier.›

«Ich glaube, bei diesem Kerl brauchst du nicht einmal den Käfer.»

«Das glaub ich auch nicht», sagte Yasmin, «machen wir's diesmal ohne.»

«Und auch keine Hutnadel», warnte ich sie, «für diesen Mann schwärme ich. Ich möchte ihn nicht zerstochen haben.»

«Wenn wir ohne Käfer arbeiten, dann brauche ich auch keine Hutnadel», sagte sie, «auf den bin ich aber wirklich gespannt, Oswald.»

«Kann ganz komisch werden», sagte ich.

Eines Nachmittags, als wir mit allem fertig waren, fuhren wir zur Villa Puccini hinaus und erforschten die Umgebung. Sie entpuppte sich als stattliches Herrenhaus direkt am Ufer eines ziemlich großen Sees, und sie war ringsherum von einem lückenlosen Gitterzaun umgeben, fast zwei Meter hoch und mit eisernen Spitzen. Das war weniger gut. «Wir werden eine kleine Leiter brauchen», stellte ich fest. Wir fuhren also nach Lucca zurück und kauften eine hölzerne Leiter, die wir in dem offenen Auto unterbrachten.

Kurz vor Mitternacht fuhren wir abermals zur Villa Puccini hinaus. Wir waren auf alles vorbereitet. Die Nacht war dunkel, warm und stumm. Ich lehnte die Leiter gegen das Gitter. Ich kletterte hinauf und ließ mich in den Garten fallen. Yasmin folgte mir. Ich zog die Leiter auf unsere Seite herüber und ließ sie dort lehnen –, für unsere Flucht.

Wir sahen sofort den einzigen Raum im ganzen Haus, der noch beleuchtet war. Er führte auf den See. Ich nahm Yasmin an der Hand, und wir schlichen uns näher. Es stand kein Mond am Himmel, aber das Licht aus den beiden Parterrefenstern funkelte auf dem Wasser und warf einen bleichen Schein auf Haus und Garten. Dieser Garten war voll von Bäumen und Büschen und Hecken und Beeten. Mir war das nur recht, und Yasmin machte das Anpirschen richtiggehend Spaß. Als wir näher zum Fenster kamen, hörten wir das Klavier. Ein Fenster stand offen. Wir huschten auf Zehenspitzen direkt dorthin und spähten hinein. Und da war er, unser Mann, saß in Hemdsärmeln vor einem aufgeklappten Flügel, hatte eine Zigarre im Mund und klimperte vor sich hin. Von Zeit zu Zeit hielt er inne, um etwas zu notieren, und klimperte dann weiter. Er war massig, hatte einen ziemlichen Bauch und einen schwarzen Schnurrbart. An beiden Seiten des Flügels waren zwei sehr schön gearbeitete Messingleuchter angeschraubt, aber die Kerzen waren nicht angezündet. Auf einem Regal neben dem Flügel stand ein großer weißer ausgestopfter Vogel, eine Art Kranich. Und an allen Wänden des Raums hingen Ölgemälde von Puccinis berühmten Ahnen – sein Ururgroßvater, sein Urgroßvater, sein Großvater und schließlich sein Vater. All diese Männer waren schon berühmte Musiker gewesen. Seit über zweihundert Jahren hatte sich in der Puccini-Sippe eine hervorragende musikalische Begabung immer wieder vom Vater auf den Sohn vererbt. Die Puccini-Strohhalme – wenn ich sie wirklich bekam – würden einen unermeßlichen Wert darstellen. Ich beschloß insgeheim, hundert Stück statt der üblichen fünfzig herzustellen.

Und jetzt standen wir da, Yasmin und ich, und beobachteten den großen Mann durchs offene Fenster. Ich stellte fest, daß er einen edlen Kopf mit vollen schwarzen Haaren besaß, die er sich aus der Stirn gebürstet hatte.

«Ich verzieh mich», flüsterte ich Yasmin zu, «warte einen Augenblick, bis er nicht mehr spielt, und dann fang zu singen an.»

Sie nickte.

«Wir treffen uns bei der Leiter wieder.»

Sie nickte abermals.

«Viel Glück», sagte ich, lief lautlos auf Zehenspitzen fort und stellte mich ungefähr fünf Meter vom Fenster entfernt hinter einen Busch. Durch das Laubwerk konnte ich nicht nur Yasmin sehen, sondern auch den Raum überblicken, in dem der Komponist saß, denn das Fenster reichte bis zur Erde.

Puccini klimperte. Dann eine Pause, dann wieder Klimpern.

Er arbeitete mit nur einem Finger an der Melodie, und es war wirklich wundervoll, irgendwo in Italien um Mitternacht unter freiem Himmel am Ufer eines Sees zu stehen und Giacomo Puccini zuzuhören, wie er gerade etwas komponierte, was sicher eine anmutige Arie für seine nächste Oper war. Wieder eine Pause. Diesmal schien er die Phrase richtig hinbekommen zu haben und schrieb sie auf. Er beugte sich vor, mit einer Feder in der Hand, und kritzelte auf das Notenpapier, das vor ihm lag. Er setzte seine Noten über die Worte des Librettisten.

Dann begann plötzlich in der tiefen Stille Yasmins kleine süße Stimme *Un bel dí vedremo* zu singen. Die Wirkung war unglaublich. An diesem Ort, in dieser Atmosphäre, in der Tiefe der Nacht am Rand des Sees vor Puccinis Fenster erschütterte mich das so, daß ich es nicht in Worte fassen kann. Ich sah, wie der Komponist erstarrte. Die Feder in seiner Hand klebte am Papier, die Hand erstarrte, und wie er dort saß und auf die Stimme vor dem Fenster lauschte, wurde er am ganzen Leib steif und starr. Er schaute sich nicht um. Ich glaube, er wagte sich nicht umzuschauen, weil er fürchtete, damit den Zauber zu zerstören. Draußen vorm Fenster sang ein junges Mädchen mit glockenreiner Stimme seine Lieblingsarie. Der Ausdruck auf seinem Gesicht veränderte sich nicht. Seine Lippen blieben reglos. Alles an ihm war reglos, solange das Lied erklang. Es war ein magischer Augenblick. Dann hörte Yasmin zu singen auf. Puccini blieb noch ein paar Sekunden am Flügel sitzen. Er schien mehr zu erwarten, vielleicht auch irgendein Zeichen von draußen. Aber Yasmin tat und sagte gar nichts. Sie stand nur da, das Gesicht zum Fenster, und wartete auf den Mann.

Und er kam wahrhaftig. Ich sah, wie er die Feder aus der Hand legte und sich langsam vom Klavierschemel erhob. Er ging zum Fenster. Dann sah er Yasmin. Ich habe schon oft von ihrer sinnverwirrenden Schönheit gesprochen, und der Anblick ihrer gelassenen und ruhig-heiteren Gestalt muß Puccini wie ein Glücksschlag getroffen haben. Er starrte sie an. Er schnappte nach Luft. War dies ein Traum? Doch dann lächelte Yasmin ihm zu, und der Bann war gebrochen. Ich sah, wie die Trance plötzlich von ihm abfiel und hörte ihn murmeln: *«Dio mio, come bello!»* Dann sprang er einfach aus dem Fenster und zog Yasmin in eine mächtige Umarmung.

Das sieht ihm schon eher ähnlich, dachte ich. Das war der echte Puccini. Yasmin zeigte sich jedoch auch nicht faul und gab ihm Antwort. Dann hörte ich ihn leise und auf italienisch zu ihr sagen, was Yasmin sicherlich nicht verstand: «Wir müssen wieder hineingehen. Wenn der Flügel zu lange stumm bleibt, wacht meine Frau auf und wird mißtrauisch.» Ich sah ihn bei diesen Worten lächeln, wobei er gesunde weiße Zähne zeigte. Dann hob er Yasmin auf, schwenkte sie durchs Fenster und kletterte ihr nach.

Ich bin kein Voyeur. Ich habe A. R. Woresleys Narreteien mit Yasmin aus rein beruflichen Gründen verfolgt, und ich hatte nicht die geringste Absicht, Yasmin und Puccini durchs Fenster zuzuschauen. Der Akt der Vereinigung ähnelt dem Nasebohren. Alles hat seine Ordnung, wenn man es selber betreibt, stellt aber für einen Zuschauer ein höchst unattraktives Schauspiel dar. Ich schlenderte also davon. Ich kletterte die Leiter hinauf, sprang über den Zaun und machte einen kleinen Spaziergang am See. Ich blieb vielleicht eine Stunde fort. Als ich zur Leiter zurückkehrte, war weit und breit nichts von Yasmin zu sehen. Nach drei Stunden kletterte ich wieder in den Garten zurück, um nach dem Rechten zu sehen.

Ich schob mich gerade behutsam zwischen den Büschen hindurch, da hörte ich plötzlich Schritte auf dem Kiesweg, und keine drei Meter von mir entfernt marschierte Puccini höchstpersönlich mit Yasmin auf dem Arm an mir vorbei. Ich hörte ihn auf italienisch zu ihr sagen: «Kein Gentleman kann einer Dame gestatten, zu dieser nachtschlafenden Zeit allein nach Lucca zurückzugehen.»

Wollte er sie etwa ins Hotel zurückbringen? Ich folgte ihnen, um zu sehen, was sie vorhatten. Puccinis Auto stand auf der Einfahrt vorm Haus. Ich sah, wie er Yasmin half, auf den Beifahrersitz zu klettern. Dann schickte er sich mit großem Aufwand und vielen angerissenen Streichhölzern an, die Äthylenscheinwerfer zu entzünden. Darauf klapperte er mit dem Anlasser herum und warf den Motor an. Der knallte und begann dann friedlich zu tuckern. Puccini schloß das Gartentor auf, sprang auf den Fahrersitz, und schon brausten sie mit aufheulendem Motor und quietschenden Reifen davon.

Ich rannte zu meinem eigenen Wagen und setzte das Ding in Gang. Ich fuhr wie der Teufel nach Lucca, aber ich holte Puccini nicht mehr ein. Im Gegenteil, als ich die halbe Strecke hinter mir hatte, schoß er mir auf seinem Heimweg wieder entgegen, diesmal allein.

Im Hotel fand ich Yasmin vor.

«Hast du das Zeugs gekriegt?»

«Natürlich», erwiderte sie.

«Dann gib's mir schnell.»

Sie händigte es mir aus, und bis zum Morgengrauen hatte ich hundert Puccini-Strohhalme von guter Qualität fertig. Während ich daran arbeitete, saß Yasmin in meinem Zimmer in einem Sessel, trank roten Chianti und erstattete Bericht.

«Das war eine wahre Wonne», sagte sie, «richtig wunderbar. Ich wünschte, so wären sie alle.»

«Gut.»

«Er war so vergnügt», sagte sie, «wir haben die ganze Zeit gelacht. Und er hat mir etwas aus der neuen Oper vorgesungen, an der er arbeitet.»

«Hat er gesagt, wie er sie nennen wird?»

«Turio», antwortete sie, «Turidot. Irgendwie so ähnlich.»

«Kein Ärger von der Ehefrau im ersten Stock?»

«Nicht die Spur», sagte sie, «aber es war so komisch, denn selbst als er auf dem Sofa in Fahrt kam, mußte er immer wieder rausgreifen und auf die Tasten hauen. Nur um sie wissen zu lassen, daß er hart am Arbeiten war, und zwar am Flügel.»

«Hälst du ihn für einen großen Mann?»

«Ungeheuerlich», antwortete Yasmin, «umwerfend. Nach so einem wie ihm muß man suchen.»

# 22

Von Lucca aus fuhren wir Richtung Norden nach Wien, und auf dem Weg besuchten wir Sergej Rachmaninow in seinem wunderhübschen Haus am Vierwaldstättersee.

«Es ist sonderbar», sagte Yasmin zu mir, als sie nach einer ganz offensichtlich höchst lehrhaften Sitzung mit dem großen Musiker wieder zu mir ins Auto stieg, «es ist sonderbar, aber zwischen Mr. Rachmaninow und Mr. Strawinsky besteht eine verblüffende Ähnlichkeit.»

«Meinst du das Aussehen?»

«Ich meine alles», erwiderte sie, «sie haben beide zierliche Körper und große dicke Knubbelgesichter. Ungeheure Erdbeernasen. Wunderschöne Hände. Winzige Füße. Spindeldünne Beine. Und gigantische Schwänze.»

«Ist das die Erfahrung, die du bis jetzt gemacht hast?» fragte ich sie, «daß Genies größere Schwänze haben als normale Männer?»

«Ganz eindeutig», antwortete sie, «viel größere.»

«Diese Antwort hab ich befürchtet.»

«Und sie wissen sie besser zu benutzen», sagte sie und bohrte noch einmal kräftig in der Wunde, «ihre Fechtkünste sind superb.»

«Unfug.»

«Das ist kein Unfug, Oswald. Ich muß es schließlich wissen.»

«Du scheinst ganz vergessen zu haben, daß sie alle mit dem Käfer vollgepumpt waren.»

«Der Käfer ist ganz hilfreich», sagte sie, «natürlich ist er hilfreich. Aber man kann das gar nicht vergleichen, die Art und Weise, in der ein Genie seine Waffe führt oder ein ganz gewöhnlicher Kerl. Darum hab ich es ja auch so gut.»

«Bin ich ein ganz gewöhnlicher Kerl?»

«Nun sei doch nicht gleich eingeschnappt», sagte sie, «wir können ja nicht alle Puccini oder Rachmaninow sein.»

Ich war tief verletzt. Yasmin hatte mich an einer empfindlichen Stelle getroffen. Ich schmollte die ganze Fahrt nach Wien, aber der Anblick dieser noblen Stadt richtete mich wieder auf.

In Wien hatte Yasmin eine erheiternde Zusammenkunft mit Doktor Sigmund Freud in seinem Behandlungsraum in der Berggasse Nummer neunzehn, und ich glaube, daß dieser Besuch es verdient, kurz geschildert zu werden.

Sie meldete sich zuallererst ganz offiziell in der Sprechstunde des berühmten Mannes an und sagte, sie brauchte dringend und umgehend psychiatrische Behandlung. Es hieß, sie müßte vier Tage warten. Deshalb arrangierte ich alles so für sie, daß sie in der Zwischenzeit zuerst den erlauchten Richard Strauss aufsuchen konnte. Mr. Strauss war soeben zum Direktor der Wiener Staatsoper ernannt worden und – laut Yasmin – ein ziemlich aufgeblasener Bursche. Er erwies sich jedoch als leichte Beute, und ich bekam fünfzig exzellente Strohhalme von ihm.

Dann war Doktor Freud an der Reihe. Ich rechnete den berühmten Psychiater zu der Klasse der halben Witzfiguren und fand, daß nichts dagegen spräche, wenn wir uns mit ihm ein wenig amüsierten. Yasmin war der gleichen Ansicht. So brüteten wir miteinander einen interessanten Seelenschaden aus, an dem sie leiden sollte, und an einem sonnigen, kühlen Oktobernachmittag um halb drei marschierte sie zu dem großen Steinhaus in der Berggasse. Es folgt jetzt ihre eigene Schilderung des Besuchs, so wie sie es mir am gleichen Tag bei einer Flasche Krug anvertraute, nachdem ich die Strohhalme eingefroren hatte.

«Er ist ein zappeliger alter Vogel», sagte sie, «sieht sehr ernsthaft aus und ist ganz korrekt gekleidet, wie ein Bankier oder so etwas Ähnliches.»

«Hat er Englisch gesprochen?»

«Ein ganz ordentliches Englisch, nur mit diesem grauenhaften deutschen Akzent. Er ließ mich auf der anderen Seite seines Schreibtisches Platz nehmen, und ich hab ihm gleich eine Praline angeboten. Er hat sie geschluckt, brav wie ein Lamm. Ist es eigentlich nicht merkwürdig, Oswald, wie sie alle ihre Schokolade schlucken, ohne mit der Wimper zu zucken?»

«Ich finde das eigentlich nicht merkwürdig», antwortete ich, «es ist etwas ganz Natürliches. Wenn mir ein schönes Mädchen eine Praline anbietet, dann nehm ich sie auch.»

«Er ist ein ziemlich behaarter Bursche gewesen», fuhr Yasmin fort, «er hat einen Schnurrbart und einen kräftigen Spitzbart, der aussieht, als ob er ihn sich ganz penibel selber vor dem Spiegel stutzt. Grau und weiß gesprenkelt ist er. Aber auf der Oberlippe ist das Haar ganz säuberlich geschnitten, unten auch, so daß ihm die Stoppeln sozusagen den Mund umrahmen. Das ist mir übrigens zuallererst aufgefallen, seine Lippen. Sehr eindrucksvoll, diese Lippen von ihm, und sehr dick. Sie sahen fast aus wie falsche Lippen, aus Gummi, die er sich über seine echten geschoben hat.

‹Also, mein gnädiges Fräulein›, sagte er und kaute an seiner Praline, ‹erzählen Sie mir alles von Ihren dringlichen Problemen.›

‹Oh, Doktor Freud, ich hoffe von ganzem Herzen, daß Sie mir helfen können!› rief ich und steigerte mich gleich richtig hinein. ‹Darf ich offen zu Ihnen sprechen?›

‹Deswegen sind Sie hier›, erwiderte er, ‹legen Sie sich bitte dort drüben auf die Couch, und lassen Sie alle Hemmungen fallen.›

Ich hab mich also auf diese verdammte Couch gelegt, Oswald, und dann hab ich mir gedacht, na ja, wenn das Feuerwerk losgeht, hab ich es wenigstens einigermaßen gemütlich.»

«Ich kann dich gut verstehen.»

«Ich sag also zu ihm: ‹Irgend etwas Schreckliches hat mich durcheinandergebracht, Doktor Freud! Etwas Schreckliches und Schockierendes!›

‹Und was ist das?› fragte er und spitzte die Ohren. Er scheint schreckliche und gräßliche Sachen richtig gern zu hören.

‹Sie werden mir nicht glauben›, sagte ich, ‹aber es ist mir unmöglich, länger als ein paar Minuten mit einem Mann zusammen zu sein. Schon versucht er mich zu vergewaltigen! Er verwandelt sich in ein wildes Tier! Er reißt mir die Kleider vom Leib! Er entblößt sein Organ ... Ist das das richtige Wort?›

‹Ein Wort ist so gut wie das andere›, antwortete er, ‹fahren Sie fort, gnädiges Fräulein.›

‹Er springt mich an!› rief ich. ‹Er nagelt mich fest! Er vergnügt sich mit mir! Jeder Mann, den ich treffe, tut mir das an, Mr. Freud! Sie müssen mir helfen! Das bringt mich noch um!›

‹Meine liebe Dame›, sagte er, ‹das ist bei einem bestimmten Typ von Hysterikerinnen eine ganz alltägliche Zwangsvorstellung. Diese Frauen haben alle Angst, mit Männern in körperlichen Kontakt zu treten. In Wirklichkeit sehnen sie sich nach Geschlechtsverkehr und anderen sexuellen Freuden, fürchten aber die Folgen. So beginnen sie zu phantasieren. Sie stellen sich vor, sie würden vergewaltigt. Es geschieht jedoch niemals. Sie sind alle Jungfrauen.›

‹Nein!› hab ich gerufen. ‹Sie irren sich, Doktor Freud! Ich bin keine Jungfrau! Ich bin das meistvergewaltigte Mädchen auf der Welt!›

‹Sie haben Halluzinationen›, erwiderte er, ‹niemand hat Sie vergewaltigt. Warum geben Sie das nicht zu. Dann werden Sie sich augenblicklich besser fühlen.›

‹Wie kann ich etwas zugeben, wenn es nicht wahr ist?› rief ich wieder. ‹Jeder Mann, den ich je getroffen habe, hat sich an mir vergangen. Und wenn ich noch lange hierbleibe, so wird es wieder das gleiche sein, Sie werden schon sehen!›

‹Machen Sie sich nicht lächerlich, mein gnädiges Fräulein›, fuhr er mich an.

‹Aber bestimmt, bestimmt!› rief ich. ‹Bevor Sie mit der Behandlung fertig sind, werden Sie es ebenso schlimm getrieben haben wie die anderen!›

Als ich das gesagt habe, Oswald, da hat der alte Zausel die Augen zur Decke geschlagen und ein dünnes, hochmütiges Lächeln gelächelt: ‹Phantasien›, hat er gesagt, ‹nichts als Phantasien.›

‹Weswegen sind Sie so fest davon überzeugt, daß Sie recht haben und ich nicht?› hab ich ihn gefragt.

‹Gestatten Sie mir, die Sache ein wenig näher zu erläutern›, sagte er, lehnte sich in seinem Sessel zurück und faltete die Hände über dem Bauch. ‹In Ihrem Unterbewußten, mein liebes Fäulein, glauben Sie, daß das männliche Glied ein Maschinengewehr ist.›

‹Also was mich angeht, so stimmt das haargenau!› hab ich geschrien. ‹Eine tödliche Waffe, genau das ist es!›

‹Exakt›, hat er geantwortet, ‹jetzt kommen wir der Sache allmählich näher. Sie glauben sicher auch, daß jeder Mann, der diese Waffe auf Sie richtet, den Abzug drücken und Sie mit seinen Kugeln durchlöchern wird.›

‹Keine Kugeln›, widersprach ich, ‹was anderes.›

‹Und deshalb laufen Sie weg›, fuhr er fort, ‹Sie lehnen alle Männer ab. Sie verbergen sich vor ihnen. Sie sitzen Nacht für Nacht allein ...›

‹Ich sitze nicht allein›, sagte ich, ‹ich hab meinen geliebten alten Dobermann Fritzi bei mir.›

‹Männlich oder weiblich?› fuhr er mich an.

‹Fritzi ist Rüde.›

‹Noch schlimmer›, sagte er, ‹haben Sie sexuelle Beziehungen zu Dobermann Fritzi?›

‹Seien Sie doch nicht albern, Doktor Freud. Für wen halten Sie mich?›

‹Sie laufen vor Männern davon›, sagte er, ‹Sie laufen vor Hunden davon. Sie laufen vor allem davon, das ein Glied hat ...›

‹So einen haarsträubenden Unsinn hab ich noch nie in meinem ganzen Leben gehört!› hab ich da gerufen. ‹Ich hab überhaupt keine Angst vor fremden Gliedern! Und ich bilde mir auch nicht ein, daß das lauter Maschinengewehre sind! Ich halte das Ganze für einen ausgekochten Schwachsinn, weiter nichts! Ich hab es jetzt satt! Mir reicht's!›

‹Mögen Sie Mohrrüben, mein gnädiges Fräulein?› hat er mich plötzlich gefragt.

‹Mohrrüben?› hab ich gesagt. ‹Guter Gott. Nicht unbedingt, nein, eigentlich nicht. Wenn ich welche kriege, dann schneid ich sie meistens in Scheiben. Oder ich würfle sie.›

‹Und wie steht's mit Gurken, mein gnädiges Fräulein?›

‹Schmecken nach gar nichts›, antwortete ich, ‹ich mag sie am liebsten sauer.›

‹Ja, ja›, hat er da gesagt und sich alles auf meinem Behandlungsblatt aufgeschrieben. ‹Es interessiert Sie vielleicht zu wissen, mein Fräulein, daß die Mohrrübe und die Gurke mächtige sexuelle Symbole darstellen. Sie repräsentieren das männliche phallische Glied. Und das wollen Sie entweder würfeln oder sauer einlegen.›

Also ehrlich, Oswald», sagte Yasmin zu mir, «ich konnte mich gerade noch beherrschen, ich wäre fast geplatzt vor Lachen. Wenn ich mir vorstelle, daß die Leute diesen Quatsch auch noch glauben.»

«Er glaubt es ja selber», sagte ich.

«Ich weiß, daß er das tut. Er hat dagesessen und sich das alles auf einem großen Bogen Papier notiert. Und dann hat er gesagt: ‹Und was haben Sie mir noch zu sagen, mein gnädiges Fräulein?›

‹Ich kann Ihnen sagen, was meiner Meinung nicht mit mir stimmt›, sagte ich.

‹Fahren Sie bitte fort.›

‹Ich glaube, ich habe einen kleinen Dynamo in mir›, sagte ich, ‹und dieser Dynamo summt und brummt und dreht sich immer um sich selbst und strahlt eine ungeheure sexuelle Elektrizität aus.›

‹Hochinteressant›, sagte er und kritzelte wie wild drauflos, ‹fahren Sie bitte fort.›

‹Diese sexuelle Energie besitzt eine so hohe Spannung›, sagte ich, ‹daß sie jedesmal, wenn ein Mann in meine Nähe kommt, zu ihm überspringt und ihn ganz jibberig macht.›

‹Was meinen Sie bitte damit, jibberig machen?›

‹Ich meine, das versetzt ihn in Erregung›, antwortete ich, ‹es elektrifiziert seine privaten Teile. Es macht sie glühend heiß. Und dann fängt er an, ganz verrückt zu werden und mich anzuspringen. Glauben Sie mir etwa nicht, Doktor Freud?›

‹Das ist ein schwerwiegender Fall›, sagte der alte Stachelkopf, ‹wir werden viele Behandlungen auf dieser Couch durchführen müssen, bis Sie wieder normal geworden sind.›

Nun hab ich natürlich die ganze Zeit», sagte Yasmin zu mir, «mit einem Auge auf meine Uhr geschielt. Und als acht Minuten verstrichen waren, da hab ich zu ihm gesagt: ‹Bitte, vergewaltigen Sie mich nicht, Doktor Freud. Über so etwas sollten Sie erhaben sein.›

‹Machen Sie sich doch nicht lächerlich, mein Fräulein›, hat er da geantwortet, ‹Sie haben schon wieder Zwangsvorstellungen.›

‹Aber meine Elektrizität!› hab ich gerufen. ‹Sie wird Sie ganz jibberig machen! Das weiß ich ganz genau! Sie springt von mir zu Ihnen über und wird Ihre privaten Teile elektrifizieren! Ihr Schwanz wird glühend rot werden! Sie werden mir die Kleider vom Leib reißen! Sie werden sich an mir vergehen wollen!›

‹Jetzt hören Sie aber auf der Stelle mit diesem hysterischen Gekreische auf!› fuhr er mich an, und dann ist er hinter seinem Schreibtisch aufgestanden und zu mir herübergekommen und hat sich ganz dicht neben die Couch gestellt, auf der ich lag. ‹Hier bin ich›, hat er gesagt und die Arme weit ausgebreitet, ‹ich tue Ihnen doch nichts, oder? Ich versuche überhaupt nicht, mich auf Sie zu werfen, nicht wahr?›

Und genau in diesem Augenblick, Oswald», sagte Yasmin zu mir, «hat der Käfer plötzlich bei ihm zugeschlagen, und sein Schnibbeldilderich wurde lebendig und klappte raus wie ein Taschenmesser.»

«Das mit der Zeit hast du ja gut hingekriegt», bemerkte ich.

«Nicht schlecht, nicht wahr? Ich streckte also meinen Arm aus und deutete vorwurfsvoll auf ihn und rief: ‹Da! Jetzt passiert es Ihnen auch, Sie alter Bock! Meine Elektrizität ist auf Sie übergesprungen! Glauben Sie mir, Doktor Freud? Glauben Sie mir nun endlich, was ich die ganze Zeit sage?›

Du hättest sein Gesicht sehen sollen, Oswald. Das hättest du wahrhaftig sehen sollen. Der Käfer tobte schon in ihm, der lüsterne Glanz funkelte in seinen Augen, und er fing an, wie eine alte Krähe mit den Flügeln zu flattern. Aber das muß man wirklich zu seinen Gunsten sagen, er hat sich nicht sofort auf mich gestürzt. Er hat mindestens eine Minute lang an sich gehalten und verzweifelt versucht zu analysieren, was mit ihm passierte. Er hat an seiner Hose hinuntergeschaut. Dann hat er mich angeschaut. Dann hat er angefangen zu murmeln: ‹Das ist unglaublich! ... Erstaunlich! ... Höchst merkwürdig! ... Ich muß mir sofort Notizen machen ... Ich muß jede Phase festhalten. Wo ist um Gottes willen mein Federhalter? Wo ist die Tinte? Wo ist ein Stück Papier? Ach, zum Teufel mit dem Papier! Bitte, entkleiden Sie sich, mein gnädiges Fräulein! Ich kann nicht länger warten!›»

«Muß ihn ganz schön erschüttert haben», sagte ich.

«Erschüttert und durchgeschüttelt», antwortete Yasmin, «es hat schließlich eine seiner berühmten Theorien untergraben.»

«Du hast ihn aber nicht mit der Hutnadel bearbeitet, oder?»

«Natürlich nicht. Er hat sich insgesamt wunderbar höflich und wohlerzogen benommen. Sowie er die erste Explosion hinter sich hatte, und obwohl der Käfer immer noch ganz schön in ihm wütete, sprang er wieder davon und rannte splitterfasernackt zu seinem Schreibtisch und begann, sich Notizen zu machen. Er muß einen gußeisernen Willen besitzen. Und eine starke intellektuelle Neugierde. Aber von dem, was mit ihm geschah, war er vollkommen verstört, wie vor den Kopf geschlagen. ‹Glauben Sie mir denn jetzt, Doktor Freud?› hab ich ihn gefragt.

‹Ich muß Ihnen glauben!› rief er aus. ‹Mit dieser sexuellen Elektrizität bei Ihnen haben Sie mir ein vollkommen neues Gebiet erschlossen. Dieser Fall wird Geschichte machen! Ich muß Sie unbedingt wiedersehen, mein gnädiges Fräulein.›

‹Sie werden sich auf mich stürzen›, sagte ich, ‹Sie werden nicht imstande sein, sich zu beherrschen.›

‹Ich weiß›, erwiderte er und hat dabei zum erstenmal gelächelt, ‹das weiß ich, mein Fräulein, das weiß ich.›»

Von Dr. Freud stellte ich fünfzig erstklassige Strohhalme her.

## 23

Von Wien aus fuhren wir im blassen herbstlichen Sonnenschein nach Berlin. Der Krieg war erst seit elf Monaten vorbei, und die Stadt war düster und trostlos, wir mußten dort jedoch zwei wichtige Persönlichkeiten aufsuchen, und ich war fest entschlossen, die beiden zu schnappen. Beim ersten handelte es sich um Mr. Albert Einstein, und Yasmin hatte mit diesem bemerkenswerten Burschen eine amüsante und erfolgreiche Zusammenkunft in seinem Haus in der Haberlandstraße Nummer neun.

«Wie war es denn?» fragte ich, das war die übliche Frage danach im Auto.

«Ihm hat es Spaß gemacht», antwortete sie.

«Dir nicht?»

«Eigentlich nein», antwortete sie, «er besteht nur aus Verstand, von Körper keine Spur. Alle Tage Puccini wär mir lieber.»

«Ob du vielleicht die Güte hättest, diesen italienischen Romeo allmählich zu vergessen?»

«Ja, Oswald, versuchen will ich's gern. Aber ich muß dir trotzdem etwas Komisches erzählen. Diese Eierköpfe, die großen Geister, die benehmen sich ganz anders als die Künstler, wenn sie der Käfer beißt.»

«Wie denn?»

«Die Eierköpfe halten die Luft an und denken nach. Sie versuchen herauszukriegen, was um Himmels willen da bei ihnen im Gange ist und warum. Die Künstler nehmen das ganz selbstverständlich und stürzen sich einfach hinein.»

«Und wie war Einsteins Reaktion?»

«Er konnte es gar nicht glauben», antwortete sie, «er hat gleich Unrat gewittert. Er ist bis jetzt der erste, der mißtrauisch war und sich gedacht hat, daß wir ihn irgendwie jibberig gemacht haben könnten. Da siehst du mal, wie schlau der ist.»

«Was hat er denn gesagt?»

«Er hat einfach nur dagestanden, mich unter seinen buschigen Augenbrauen hervor angestarrt und gesagt: ‹Irgend etwas stimmt hier nicht, mein liebes Fräulein. Das ist nicht meine normale Reaktion auf eine hübsche Besucherin.›

‹Hängt das nicht davon ab, wie hübsch sie ist?› hab ich ihn gefragt.

‹Nein, gnädiges Fräulein, nicht im geringsten›, hat er geantwortet, ‹ist das eine richtige Praline gewesen, die Sie mir angeboten haben?›

‹Das war eine ganz normale Trüffel›, hab ich gesagt, dabei aber doch ein bißchen gebibbert, ‹ich hab ja selber eine gegessen.›

Wirklich, Oswald, der kleine Kerl war vom Käfer schon ganz schön in Glut geraten, aber er war wie der alte Freud, er hat es geschafft, sich am Anfang noch zusammenzunehmen. Er ist im Zimmer hin- und hergerannt und hat dabei gemurmelt: ‹Was ist denn nur mit mir los? Das ist nicht normal ... Da ist etwas faul ... Ich würde niemals gestatten, daß ...›

Ich lag schon so verführerisch wie möglich aufs Sofa hingegossen, Oswald, und wartete jeden Augenblick darauf, daß es nun losging, aber nein, es passierte überhaupt nichts. Etwa fünf Minuten lang haben seine Hirnströme die Fleischeslust blockiert – oder wie man das nennt. Ich konnte richtiggehend die Räder in seinem Schädel sausen hören, so hat er sich angestrengt, um das Rätsel zu lösen.

‹Mr. Einstein›, sagte ich, ‹entspannen Sie sich doch.›»

«Du hast dich mit dem größten Geist der Welt befaßt», sagte ich, «dieser Mann besitzt übernatürliche Verstandeskräfte. Versuch doch nur einmal zu verstehen, was er über die Relativität gesagt hat, dann wird dir schon klarsein, was ich meine.»

«Wenn jemand rauskriegt, was wir hier machen, sind wir erledigt.»

«Das wird schon nicht passieren», antwortete ich, «es gibt nur einen einzigen Einstein.»

Unser zweiter wichtiger Spender in Berlin war Mr. Thomas Mann. Yasmin berichtete, er wäre zwar sehr liebenswürdig, aber nicht im geringsten anregend gewesen.

«Wie seine Bücher», sagte ich.

«Warum hast du ihn denn dann auf die Liste gesetzt?»

«Er hat ganz ordentliche Sache geschrieben. Ich glaube, sein Name wird bleiben.»

Mein Reisebehälter mit flüssigem Stickstoff enthielt nun Puccini, Rachmaninow, Strauss, Freud, Einstein und Mann. Wir kehrten deshalb abermals mit unserer kostbaren Fracht nach Cambridge zurück.

A. R. Woresley geriet in einen Freudentaumel. Es war ihm jetzt sonnenklar, daß wir auf dem besten Wege zu etwas wirklich Sensationellem waren. Wir gerieten alle in Ekstase, aber ich hatte keine Lust, jetzt schon die Zeit mit Feiereien zu vergeuden. «Wenn wir schon hier sind», sagte ich, «können wir gleich ein paar von den englischen Kerlen abhaken. Morgen fangen wir an.»

Joseph Conrad war wahrscheinlich der wichtigste von allen, deshalb nahmen wir ihn zuerst an die Reihe. Seine Adresse lautete Capel House in Orlestone, Kent, und Mitte November fuhren wir dorthin. Um es präzise zu sagen, es war der 16. November 1919. Ich habe schon erwähnt, daß ich aus Angst vor Wiederholungen nichts davon halte, allzu ausführliche Beschreibungen von vielen unserer Besuche zu geben. Ich will diese Regel auch nur dann brechen, wenn es um etwas besonders Saftiges oder Amüsantes geht. Unser Besuch bei Mr. Conrad ergab weder etwas Saftiges noch etwas Amüsantes. Es war eine reine Routineangelegenheit, obgleich mir Yasmin später berichtete, daß er einer der nettesten Männer gewesen war, die sie seit Beginn unserer Reise kennengelernt hatte.

Von Kent aus fuhren wir nach Crowborough, Sussex, wo wir H. G. Wells abzapften. «Gar nicht so übel», sagte Yasmin, als sie wieder herauskam, «ein bißchen behäbig und würdevoll, aber ganz freundlich. Mit diesen großen Schriftstellern ist es schon sonderbar», setzte sie hinzu, «sie sehen so nach gar nichts aus. Man kommt überhaupt nicht auf den Gedanken, daß sie was Berühmtes sein könnten, so wie bei den Malern. Ein großer Maler sieht irgendwie auch immer wie ein großer Maler aus. Aber ein großer Dichter sieht meistens nur aus wie ein Buchhalter in einer Käsefabrik.»

Von Crowborough fuhren wir nach Rottingdean, was auch in Sussex liegt, um Mr. Rudyard Kipling zu besuchen. «Struppiger kleiner Schweinehund», war Yasmins einziger Kommentar. Fünfzig Strohhalme.

Wir waren jetzt richtig in Fahrt, und am nächsten Tag sahnten wir in der gleichen Grafschaft bei Sir Arthur Conan Doyle ab. Das war das reinste Kinderspiel. Yasmin klingelte einfach an der Haustür und erklärte dem Dienstmädchen, das ihr aufmachte, sie käme von seinem Verlag und hätte ihm wichtige Unterlagen abzuliefern. Sie wurde sofort ins Arbeitszimmer geführt.

«Was hältst du denn nun von Mr. Sherlock Holmes?» fragte ich sie.

«Nichts Besonderes», antwortete sie, «halt noch so ein Schriftsteller mit einem dünnen Bleistift.»

«Warte mal», sagte ich, «der nächste auf unserer Liste ist auch Schriftsteller, aber ich bezweifle sehr, daß du den langweilig finden wirst.»

«Wer ist das denn?»

«Mr. Bernard Shaw.»

Wir mußten ganz durch London fahren, um nach Ayot St. Lawrence in Hertfordshire zu kommen, wo Shaw wohnte, und auf der Fahrt dorthin erzählte ich Yasmin etwas von diesem schlitzohrigen Literatur-Clown. «Zuerst einmal», begann ich, «ist er rabiater Vegetarier. Er knuspert nur rohes Gemüse und Früchte und alle möglichen Körner. Ich weiß also nicht einmal, ob er die Praline akzeptieren wird.»

«Was sollen wir denn da machen, soll er's mit einer Mohrrübe kriegen?»

«Wie wär's mit einem Radieschen?» schlug ich vor.

«Wird er das denn essen?»

«Wahrscheinlich nicht», gab ich zu, «vielleicht sollten wir doch eine Weintraube nehmen. Wir besorgen uns eine schöne große Traube in London und stopfen dann in eine das Pulver rein.»

«Das müßte funktionieren», sagte Yasmin.

«Es muß einfach funktionieren», sagte ich, «ohne Käfer wird's der Kerl bestimmt nicht machen.»

«Was stimmt denn nicht bei ihm?»

«Das weiß niemand so ganz genau.»

«Ist er kein Diener der schönen Künste?»

«Nein», antwortete ich, «er ist an Sex nicht interessiert. Er scheint eine Art Kapaun zu sein.»

«Ach, du grüne Neune.»

«Er ist ein langer und dürrer, schwatzhafter und eitler alter Kapaun mit einem niederschmetternden Selbstbewußtsein.»

«Glaubst du, daß seine Wasserleitung nicht mehr funktioniert?» fragte Yasmin.

«Das will ich nicht sagen. Er ist dreiundsechzig. Mit zweiundvierzig hat er sich verheiratet, die Ehe ist Kameradschaft und Konvention. Kein Sex.»

«Woher weißt du das?»

«Keine Ahnung. Aber das ist so die allgemeine Meinung. Er selber hat mal behauptet, ‹ich hatte vor meinem neunundzwanzigsten Lebensjahr keine sexuellen Abenteuer ...›»

«Also ein bißchen zurückgeblieben.»

«Kann sogar sein, daß er nie welche gehabt hat», fuhr ich fort, «es sind eine ganze Masse berühmter Frauen hinter ihm hergewesen, aber immer ohne Erfolg. Mrs. Pat Campbell, das war eine fabelhafte Schauspielerin, hat von ihm gesagt: er ist am ganzen Leib ein Huhn und gar kein Hahn.»

«Das gefällt mir.»

«Das, was er ißt», fuhr ich fort, «ist haargenau bezüglich der Wirkung auf seinen Geist berechnet. Er hat einmal geschrieben: ‹Ich erkläre klipp und klar, daß es für einen Menschen, der von Whisky und toten Tieren lebt, vollkommen ausgeschlossen ist, etwas Anständiges zu leisten!›»

«Er mag wahrscheinlich keinen Whisky und kein Fleisch von toten Tieren.»

Wie schnell und schlagfertig unsere Yasmin war! «Er ist Marxist und Sozialist», sagte ich noch, «er findet, der Staat sollte alles verwalten.»

«Dann ist er ein noch größerer Esel, als ich gedacht hatte», bemerkte Yasmin, «ich kann's gar nicht abwarten, sein Gesicht zu sehen, wenn der alte Käfer zuschlägt.»

Auf der Fahrt durch London kauften wir also eine wunderschöne Treibhaus-Muskatellertraube von Jackson am Piccadilly. Sie war sehr teuer, sehr blaßgrün und sehr groß. Nördlich von London machten wir Rast am Straßenrand, und ich holte die Blechdose mit dem Ölkäfer-Pulver heraus.

«Sollen wir ihm eine Doppeldosis verpassen?» fragte ich.

«Eine dreifache», sagte Yasmin.

«Ist dir das nicht zu gefährlich?»

«Wenn das alles stimmt, was du mir erzählt hast, dann wird er wahrscheinlich die halbe Büchse voll brauchen.»

«Na, dann also gut», sagte ich, «dann soll es das Dreifache sein.»

Wir wählten die Traube aus, die an der Spitze des Büschels saß und schnitten vorsichtig und mit einem scharfen Messer einen Schlitz hinein. Ich kratzte etwas von dem weichen Fruchtfleisch heraus und streute dann eine dreifache Dosis Pulver hinein, das ich mit einem Stecknadelkopf so gut wie möglich in die Traube stopfte. Dann setzten wir unsere Reise nach Ayot St. Lawrence fort.

«Bist du dir darüber im klaren», sagte ich, «daß dies für dich das erste Mal mit jemandem ist, der eine dreifache Portion von unserem Käferpulver intus hat?»

«Das macht mir überhaupt keine Sorgen», erwiderte Yasmin, «der Mann ist sexuell offenbar katastrophal unterentwickelt. Es würde mich gar nicht wundern, wenn er ein Eunuch wäre. Hat er vielleicht eine hohe Stimme?»

«Das weiß ich wirklich nicht.»

«Verdammte Schriftsteller», sagte Yasmin. Sie kuschelte sich tiefer in den Sitz und versank für den Rest der Fahrt in mürrisches Schweigen.

Das Haus, als Shaws Ecke bekannt, war ein großes unauffälliges Backsteingebäude in einem anständigen Garten. Als ich vorfuhr, war es vier Uhr zwanzig nachmittags.

«Was soll ich jetzt machen?» fragte Yasmin.

«Du gehst um das Haus herum, bis zur Rückseite, und dann weiter durch bis zum Ende des Gartens», sagte ich, «da wirst du auf einen kleinen Holzschuppen mit einem schiefen Dach stoßen. Das ist sein Arbeitsraum. Jetzt wird er sicher da sitzen. Platz einfach rein und sag deinen üblichen Schmus auf.»

«Und was ist, wenn mich seine Frau sieht?»

«Das Risiko mußt du auf dich nehmen», sagte ich, «aber du wirst es bestimmt schaffen. Erzähl ihm einfach, du wärst auch Vegetarierin. Das wird er mögen.»

«Wie heißen denn seine Stücke?»

«*Mensch und Übermensch*», antwortete ich, «*Der Arzt am Scheideweg, Major Barbara, Cäsar und Cleopatra, Androklus und der Löwe* und *Pygmalion*».

«Er wird mich sicher fragen, was ich am liebsten habe.»

«Dann sag *Pygmalion*».

«Gut, ich werd *Pygmalion* sagen.»

«Geh ihm um den Bart. Sag ihm, daß er nicht nur der größte Dramatiker ist, sondern auch der größte Musikkritiker, der je gelebt hat. Aber du brauchst dir gar keine Sorgen zu machen. Er wird das Reden schon übernehmen.»

Yasmin stieg aus dem Auto und ging mit festen Schritten durch das Tor in Shaws Garten. Ich sah ihr nach, bis sie hinter dem Haus verschwunden war, dann fuhr ich die Straße ein Stück weiter und nahm ein Zimmer in einem Gasthaus namens *Der Wagen und die Pferde*. Als ich oben in dem Zimmer war, packte ich meine Ausrüstung aus und machte alles für eine rasche Weiterverarbeitung von Shaws Samen zurecht. Eine Stunde später kehrte ich zu Shaws Ecke zurück, um auf Yasmin zu warten. Ich mußte nicht lange ausharren, aber ich habe nicht vor, Ihnen zu verraten, was dann geschah, denn Sie sollen zuerst wissen, was davor passiert war. So eine Geschichte berichtet man immer besser in chronologischer Reihenfolge.

«Ich bin also durch den Garten gegangen», erzählte Yasmin mir später in dem Gasthaus bei einem ausgezeichneten Steak und Nieren-Pudding und einer Flasche ganz ordentlichem Beaune, «ich bin durch den Garten gegangen und hab die Hütte gleich gesehen. Ich bin rasch darauf zugelaufen. Ich war immer darauf gefaßt, die Stimme von Mrs. Shaw hinter mir ‹Halt!› schreien zu hören. Es hat mich aber keine Menschenseele gesehen. Ich mache also die Tür von der Hütte auf und sehe hinein. Vollkommen leer. Nur ein Rohrsessel, ein simpler Tisch mit lauter Papier drauf und eine spartanische Atmosphäre. Kein Shaw. Das wär's also, hab ich gedacht. Lieber nichts wie raus. Zurück zu Oswald. Völliger Fehlschlag. Ich knalle die Tür zu.

‹Wer ist da?› ruft daraufhin eine Stimme hinter der Hütte. Es ist schon eine männliche Stimme, aber ganz hoch und fast quiekig. Ach, du lieber Gott, hab ich gedacht, der Mann ist wirklich Eunuch.

‹Bist du das, Charlotte?› hat die Quiekstimme gefragt.

Was für eine Wirkung, hab ich gedacht, hat wohl der Käfer auf einen hundertprozentigen Eunuchen?

‹Charlotte!› hat er wieder gerufen. ‹Was machst du denn?›

Und dann kam ein großer hagerer Knochenkerl mit einem gewaltigen Bart und einer Gartenschere in der Hand um die Hütte herum.

‹Dürfte ich wohl erfahren, wer Sie sind?› fragte er. ‹Dies ist Privatbesitz.›

‹Ich suche die öffentliche Bedürfnisanstalt›, sagte ich.

‹Was haben Sie hier zu schaffen, junge Dame?› hat er gefragt und die Gartenschere wie eine Pistole auf mich gerichtet. ‹Sie sind in meine Hütte eingedrungen. Was haben Sie gestohlen?›

‹Ich habe nicht das geringste gestohlen›, hab ich gesagt, ‹und falls es Sie interessiert, ich bin gekommen, um Ihnen eine Gabe zu überreichen.›

‹Ein Geschenk, wirklich?› hat er gefragt und wurde schon etwas sanfter.

Da hab ich die schöne Weintraube aus der Tüte geholt und sie ihm am Stengel hingehalten.

‹Und was habe ich getan, daß ich einen solchen Leckerbissen verdiene?› hat er gefragt.

‹Sie haben mir im Theater ein unermeßliches Entzücken bereitet›, war meine Antwort, ‹deshalb hab ich gedacht, es wäre doch nett, wenn ich Ihnen auch eine Freude bereite. Das ist schon alles.

Hier, kosten Sie doch eine.› Ich zupfte die unterste Traube ab und bot sie ihm an. ‹Sie sind wirklich köstlich.›

Er machte einen Schritt auf mich zu, nahm die Weintraube und warf sie sich mitten durch sein Bartgestrüpp in den Mund.

‹Ausgezeichnet›, sagte er beim Kauen, ‹eine Muskatellertraube.›

Er starrte mich unter diesen struppigen Augenbrauen hervor an. ‹Sie haben Glück gehabt, junge Dame, daß ich gerade nicht beim Arbeiten war, sonst hätte ich Sie rausgeworfen, ob mit Weintrauben oder ohne. Aber ich war zufällig gerade dabei, meine Rosen zu okulieren.›

‹Ich bitte um Verzeihung, daß ich einfach so bei Ihnen eingebrochen bin›, sagte ich, ‹können Sie mir vergeben?›

‹Ich werde Ihnen vergeben, wenn ich davon überzeugt bin, daß Ihre Motive rein sind›, sagte er.

‹So rein wie die Jungfrau Maria›, erwiderte ich.

‹Da hab ich meine Zweifel›, erwiderte er, ‹eine Frau stattet einem Mann niemals einen Besuch ab, wenn sie sich nicht irgendeinen Vorteil davon verspricht. Darauf hab ich in meinen Stücken immer wieder hingewiesen. Das Weib, Madame, ist ein Raubtier. Männer sind die Beute.›

‹Wie kann man nur so einen Unfug sagen›, erwiderte ich, ‹die Männer sind die Jäger.›

‹Ich habe in meinem ganzen Leben noch nie eine Frau gejagt›, sagte er, ‹die Frauen sind hinter mir her. Und ich bin immer auf der Flucht, wie ein Fuchs mit einer Hundemeute an den Fersen. Gefräßige Kreaturen›, setzte er hinzu und spuckte einen Weintraubenkern aus, ‹gefräßige, blutdürstige, alles verschlingende Tiere.›

‹Ach, was soll denn das!› sagte ich. ‹Ab und an jagt eben jeder. Frauen jagen Männer in die Ehe, und was ist daran schlimm? Männer dagegen jagen Frauen nur, weil sie mit ihnen ins Bett gehen wollen. Wohin soll ich die Trauben legen?›

‹Wir werden sie in die Hütte tun›, sagte er und nahm sie mir ab. Er ging in die Hütte, und ich hinterher. Ich betete insgeheim nur, daß die neun Minuten so rasch wie möglich vorübergingen. Er setzte sich in seinen Rohrsessel und starrte mich unter seinen großen buschigen Augenbrauen hervor an. Ich setzte mich schnell selber auf den einzigen anderen Stuhl.

‹Sie sind eine mutige junge Dame›, sagte er, ‹ich bewundere Mut.›

‹Und Sie reden ziemlich viel Unfug über Frauen›, antwortete ich, ‹ich glaube wirklich, daß Sie gar nicht viel von Frauen verstehen. Haben Sie sich schon einmal leidenschaftlich verliebt?›

‹Eine typische Frauenfrage›, sagte er, ‹für mich gibt es nur eine einzige Art der Leidenschaft. Intelligenz ist Leidenschaft. Die Aktivität des Geistes ist die höchste Leidenschaft, die ich erfahren kann.›

‹Und wie steht es mit den Passionen des Leibes?› fragte ich. ‹Spielt das keine Rolle?›

‹Nein, Madame, das tut es nicht. Descartes hat sein Leben leidenschaftlicher genossen als Casanova.›

‹Und was ist mit Romeo und Julia?›

‹Kinderliebe›, erwiderte er, ‹oberflächliches Geplapper.›

‹Wollen Sie damit behaupten, daß Ihr *Cäsar und Cleopatra* ein bedeutenderes Stück ist als *Romeo und Julia*?›

‹Aber ganz ohne Zweifel›, entgegnete er.

‹Junge, Sie sind aber ganz schön kühn, Mr. Shaw.›

‹Sie aber auch, junge Dame.› Dann hat er ein Blatt Papier vom Schreibtisch genommen und gesagt: ‹Hören Sie ...› und hat angefangen, mit dieser Fistelstimme etwas davon abzulesen: ‹... das Ende des Leibes ist immer Verdruß und Mühsal. Nichts bleibt schön und erhebend außer den Gedanken, obgleich das Leben ...›

‹Ja, natürlich endet es so›, antwortete ich, ‹das ist nichts als eine banale Feststellung. Aber in meinem Alter ist es noch keine Mühsal und kein Verdruß. Es ist wie eine saftige Frucht. Was ist das denn für ein Stück?›

‹Es handelt von Methusalem›, antwortete er, ‹und jetzt muß ich Sie bitten, mich in Ruhe zu lassen. Sie sind schlagfertig und hübsch, aber das gibt Ihnen nicht das Recht, mir die Zeit zu stehlen. Ich danke Ihnen für die Weintrauben.›

Ich hab schnell auf meine Uhr geschaut. Noch etwas mehr als eine Minute. Ich mußte also weiterreden. ‹Gleich bin ich draußen›, sagte ich, ‹aber ich fände es reizend, wenn Sie mir als Gegengabe für meine Weintrauben Ihr Autogramm gäben, auf einer Ihrer berühmten Postkarten.›

Er griff nach einer Postkarte und signierte sie. ‹Jetzt fort mit Ihnen›, sagte er, ‹Sie haben mich genug von meiner Zeit gekostet.›

‹Ich geh ja schon›, hab ich gesagt und herumgefummelt und dabei versucht, die Sekunden in die Länge zu ziehen. Die neun Minuten waren um. Oh, Käfer, lieber, guter Käfer, wo steckst du denn? Warum hast du mich im Stich gelassen?»

«Da hast du aber in der Klemme gesessen», sagte ich.

«Ich war vollkommen verzweifelt, Oswald. So was war mir noch nie passiert. ‹Mr. Shaw›, sagte ich und blieb an der Tür stehen, weil ich immer noch nach etwas suchte, womit ich Zeit gewinnen konnte, ‹ich hab meiner lieben alten Mutter, die Sie für den lieben Gott persönlich hält, versprechen müssen, daß ich Ihnen eine Frage stelle ...›

‹Sie sind eine Pest, Madame!› fauchte er mich an.

‹Das weiß ich, ich weiß, ich weiß, aber bitte, geben Sie mir für sie eine Antwort. Ich will Ihnen auch gleich die Frage sagen. Ist es wirklich wahr, daß Sie nichts von Künstlern halten, die Ihre Kunstwerke nur aus rein ästhetischen Gründen schaffen?›

‹Das ist wahr, Madame.›

‹Sie meinen also, reine Schönheit ist nicht genug?›

‹Nicht im geringsten›, erwiderte er, ‹Kunst sollte immer lehrreich sein, sollte einem sozialen Ziel dienen.›

‹Hat Beethoven denn einem sozialen Ziel gedient oder van Gogh?›

‹Hinaus mit Ihnen!› brüllte er. ‹Ich habe keine Lust, mich mit Ihnen zu streiten ...› Und dann ist ihm mitten im Satz die Luft ausgegangen. Denn in diesem Augenblick, Oswald, ach, der Himmel sei gesegnet, hatte der Käfer zugeschlagen.»

«Hurra. Hat es ihn hart erwischt?»

«Es war die dreifache Dosis, hast du das vergessen?»

«Ich weiß. Aber was ist passiert?»

«Ich glaube, es ist gefährlich, das Dreifache zu geben, Oswald. Ich werde es auf jeden Fall nie wieder tun.»

«Hat ihn ganz schön durchgeschüttelt, wie?»

«Phase eins war verheerend», sagte Yasmin, «es ist mir vorgekommen, als säße er auf dem elektrischen Stuhl und jemand hätte den Knopf gedrückt und eine Million Volt durch ihn durchgejagt.»

«So schlimm war's?»

«Das kann ich dir sagen! Sein ganzer Körper schoß aus dem Sessel, und dann hing er da, mitten in der Luft, stocksteif und mit allen Knochen klappernd, die Augen quollen ihm aus dem Kopf, und das Gesicht war ganz verzerrt.»

«Ach, du liebe Zeit.»

«Das hat mir einen ganz schönen Schreck eingejagt.»

«Das kann ich mir vorstellen.»

«Was soll ich denn jetzt bloß machen, hab ich gedacht. Künstliche Beatmung? Sauerstoff? Was sonst noch?»

«Jetzt übertreibst du aber, Yasmin.»

«Du lieber Himmel, nein! Der Mann war vollkommen verklemmt. Er war paralysiert. Er war erdrosselt. Er konnte kein Wort herausbekommen.»

«War er bei Bewußtsein?»

«Woher soll ich das wissen?»

«Hast du gedacht, er kratzt gleich ab?»

«Er war haarscharf an der Grenze.»

«Hast du das wirklich gedacht?»

«Du hättest nur einen einzigen Blick auf ihn zu werfen brauchen.»

«Du lieber Gott, Yasmin.»

«Und ich stand da in der Tür und weiß noch ganz genau, daß ich gedacht habe: na gut, egal, was passiert, sein letztes Stück hat der alte Geier wenigstens fertig bekommen. ‹Hallo, Mr. Shaw›, hab ich gesagt. ‹Huhu!›»

«Hat er dich denn hören können?»

«Das möchte ich bezweifeln. Und dann habe ich gesehen, wie sich hinter dem Bart weißer Schaum auf seinen Lippen gebildet hat, wie Gischt.»

«Wie lange hat das gedauert?»

«Ein paar Minuten. Und nicht genug damit, dann hab ich auch noch Angst wegen seines Herzens bekommen.»

«Was war denn um Gottes willen mit seinem Herzen?»

«Er ist puterrot im Gesicht geworden. Ich konnte richtig sehen, wie seine Haut immer dunkler wurde.»

«Sauerstoffmangel?»

«Wahrscheinlich so was Ähnliches», erwiderte Yasmin, «aber sag mal, ist dieser Nieren-Pudding nicht ausgezeichnet?»

«Er ist sehr gut.»

«Und dann ist er ganz plötzlich wieder heruntergeplumpst. Er plinkerte mit den Augen, warf mir einen einzigen Blick zu, stieß eine Art Indianergeheul aus, sprang aus seinem Sessel und fing an, sich die Kleider abzuzerren. ‹Die Iren kommen!› hat er geschrien. ‹Gürten Sie Ihre Lenden, Madame! Gürten Sie Ihre Lenden und wappnen Sie sich für die Schlacht!›»

«Das klingt aber gar nicht mehr nach Eunuch.»

«Er hat auch nicht so ausgesehen.»

«Wie hast du es denn geschafft, ihm das Gummidings überzustülpen?»

«Wenn sie gewaltätig werden, dann gibt es nur eine einzige Methode», erwiderte Yasmin, «fest zupacken, sich dran festklammern und unter keinen Umständen loslassen. Und dann ein- oder zweimal kräfig drehen, dann halten sie immer still.»

«Aua.»

«Es wirkt.»

«Das glaub ich gern.»

«Ich kann sie dann hinführen, wohin es mir Spaß macht.»

«Davon bin ich fest überzeugt.»

«Es ist wie eine Nasenbremse beim Pferd.»

Ich nahm einen Schluck vom Beaune und ließ ihn prüfend über die Zunge rollen. Er war von Louis Latour eingeführt und wirklich sehr anständig. Es war ein reines Glück, wenn man so etwas in einem Gasthaus auf dem Land entdeckte. «Und was dann?» fragte ich.

«Totales Chaos. Roher Dielenboden. Schreckliche Schrammen. Das übliche. Aber ich muß dir noch etwas Interessantes erzählen, Oswald. Er hat überhaupt nicht gewußt, wie es ging. Ich mußte ihm alles zeigen.»

«Dann war er doch Jungfrau?»

«Muß er wohl. Aber flink im Lernen. So eine Energie hab ich wirklich noch nie bei einem Mann von dreiundsechzig erlebt.»

«Das ist wahrscheinlich das Grünfutter.»

«Mag sein», antwortete Yasmin, spießte ein Stück Niere mit der Gabel auf und schob es in den Mund. «Und du darfst auch nicht vergessen, er hatte einen funkelnagelneuen Motor.»

«Einen was?»

«Einen neuen Motor. In dem Alter sind die meisten Männer schon etwas ausgeleiert. Ich meine: ihr Apparat. Er hat so viele Meilen hinter sich gebracht, daß er eben allmählich klappert.»

«Du meinst also, die Tatsache, daß er noch Jungfrau war...»

«Genau, Oswald. Sein Motor war fabrikneu, noch keine Meile drauf. Deshalb zeigen sich eben auch noch keine Abnutzungserscheinungen.»

«Hat er ihn denn nicht ein bißchen einfahren müssen?»

«Nicht die Spur», erwiderte sie, «er ließ ihn einfach losrattern. Die ganze Zeit mit voll durchgetretenem Gaspedal. Und als er den Kniff raushatte, rief er: ‹Jetzt begreif ich endlich, wovon Mrs. Pat Campbell immer gesprochen hat!›»

«Dann hast du wohl schließlich doch noch die Hutnadel herausholen müssen?»

«Na klar. Aber weißt du was, Oswald, mit einer dreifachen Dosis heben sie so ab, daß sie gar nichts mehr spüren. So wie das gewirkt hat, hättest du denken können, ich hätte ihm den Hintern nur mit einer Feder gekitzelt.»

«Wie oft hast du zugestochen?»

«Bis mein Arm ganz lahm geworden ist.»

«Und was hast du dann gemacht?»

«Es gibt noch andere Mittel und Wege», erwiderte Yasmin geheimnisvoll.

«Noch mal aua», sagte ich. Ich mußte an das denken, was Yasmin mit A. R. Woresley im Laboratorium gemacht hatte, um ihn loszuwerden. «Hat er einen Satz gemacht?»

«Senkrecht einen Meter in die Höhe», erwiderte sie, «aber das hat mir gereicht, ich hab's ihm abgezogen, und dann bin ich zur Tür gestürzt.»

«Ein Glück, daß du die Kleider anbehalten hast.»

«Das muß ich», sagte sie, «wenn wir mit einer Extradosis arbeiten, ist das immer ein Start aus dem Stand.»

Das war die Geschichte von Yasmin. Jetzt kann ich also meine eigene Geschichte da wiederaufnehmen, wo ich friedlich im Auto vor Shaws Ecke saß, während sich dies alles im Schatten der hereinbrechenden Dämmerung abspielte. Plötzlich tauchte Yasmin im vollen Galopp auf, flog den Gartenweg nur so entlang, ihre offenen Haare flatterten hinter ihr her.

Ich machte ihr rasch die Beifahrertür auf, damit sie hereinspringen konnte. Sie sprang aber nicht herein. Sie stürzte nach vorn zum Auto und griff nach der Kurbel zum Anwerfen. Sie erinnern sich sicher daran, daß es damals noch keine Autos mit automatischen Zündungen gab. «Einschalten, Oswald!» schrie sie. «Einschalten! Er ist hinter mir her!» Ich schaltete die Zündung. Yasmin warf die Kurbel herum, und der Motor startete beim ersten Kicken. Yasmin jagte zurück, ließ sich auf den Sitz neben mir fallen und keuchte: «Los, Mann, los! Volle Kraft voraus!»

Aber eh ich den Gang richtig drin hatte, hörte ich ein Geheul aus dem Garten und sah in der halben Dunkelheit diese hohe, geistergleiche Gestalt splitternackt und mit weißem Bart auf uns zurennen und brüllen: «Komm her, du Dirne! Mit dir bin ich noch nicht fertig!»

«Fahr los!» rief Yasmin. Endlich hatte ich den Gang drin, gab Gas, und schon brausten wir los.

Vor Shaws Haus stand eine Straßenlaterne, und als ich noch einmal zurückblickte, sah ich Mr. Shaw im Gaslicht herumhüpfen, weißhäutig am ganzen Leib bis auf die Socken an seinen Füßen, oben wie in der Mitte struppig behaart, wobei ihm sein massives rosiges Glied wie ein abgesägter Flintenlauf aus dem unteren Gewöll herausragte. Es war ein Anblick, den ich nicht so schnell vergessen werde, dieser allmächtige und überhebliche Stückeschreiber, der sich immer über anderer Leute schwaches Fleisch mokiert hatte, zappelte nun selber in den Fesseln von Lust und Verlangen und schrie nach Yasmin.

*Cantharis vesicatoria sudanii*, dachte ich bei mir, kann aus einem Messias einen Affen machen.

# 24

Unterdessen war es fast Weihnachten, und Yasmin sagte, sie brauchte etwas Urlaub. Ich wollte gleich weitermachen. «Komm schon», sagte ich, «laß uns zuerst noch die königliche Tour machen, nur Könige. Und wenn wir die neun letzten Monarchen von Europa eingesackt haben, dann können wir uns alle beide schöne lange Ferien gönnen.»

Die Königs-Knutscherei, wie Yasmin das nannte, war ein wirklich unwiderstehlicher Vorschlag, und sie war damit einverstanden, ihren Urlaub zu verschieben und die Weihnachtszeit im winterlichen Europa zu verbringen. Wir arbeiteten gemeinsam einen rationellen Reiseplan aus, der uns in dieser Reihenfolge nach Belgien, Italien, Jugoslawien, Griechenland, Bulgarien, Rumänien, Dänemark, Schweden und Norwegen führen sollte. Ich überprüfte noch einmal die neun, von mir sehr sorgfältig vorbereiteten Briefe von Georg V. A. R. Woresley füllte meinen Reisebehälter mit frischem Stickstoff auf und rüstete mich außerdem mit einem neuen Vorrat von Strohhalmen aus. Schon saßen wir wieder in meinem getreuen Citroën und fuhren nach Dover zur Kanalfähre. Der Königspalast in Brüssel war unser erstes Ziel.

Die Wirkung, die der Brief des Königs von England auf die ersten acht Monarchen auf unserer Liste ausübte, war haargenau gleich. Sie fielen voll darauf herein. Sie konnten es kaum erwarten, König Georg einen Gefallen zu tun, und sie konnten erst recht nicht erwarten, einen Blick auf seine heimliche Mätresse zu werfen. Für sie war es außerdem eine angenehme und äußerst lebensvolle Abwechslung. Yasmin wurde regelmäßig schon ein paar Stunden, nachdem ich den Brief abgegeben hatte, in das betreffende Schloß gebeten. Wir reihten Erfolg an Erfolg. Manchmal mußte die Hutnadel in Aktion treten, manchmal nicht. Es gab ein paar komische Szenen und ein oder zwei kritische Augenblicke, aber Yasmin bekam zum Schluß immer das, was sie haben wollte. Sie schaffte es auch bei dem sechsundsiebzigjährigen König Peter von Jugoslawien, der freilich zum Schluß ohnmächtig wurde, und mein Mädchen mußte ihn dadurch wieder zum Leben erwecken, daß sie ihm einen Nachttopf voll kaltem Wasser über das Gesicht goß.

Als wir Anfang April in Kristiania, heute Oslo, eintrafen, hatten wir acht Könige im Kasten, und es fehlte uns nur noch Haakon von Norwegen. Er war achtundfünfzig Jahre alt.

In Kristiania nahmen wir uns Zimmer im *Grand Hotel*, und vom Balkon meines Zimmers aus konnte ich über die prachtvolle Straße direkt zum Königspalast blicken, der auf einem Hügel lag. Ich gab meinen Brief an einem Dienstagmorgen um zehn Uhr ab. Zur Mittagszeit hatte Yasmin schon die handschriftliche Antwort des Königs. Sie wurde eingeladen, sich nachmittags um halb drei im Schloß vorzustellen.

«Das wird mein allerletzter König sein», sagte sie, «Sie werden mir richtig fehlen, die Stippvisiten in den Schlössern und die Rangelei mit den königlichen Hoheiten.»

«Was hast du eigentlich für einen allgemeinen Eindruck von ihnen gewonnen», fragte ich, «jetzt, wo es fast vorbei ist? Haben sie das Klassenziel erreicht?»

«Sie sind ganz verschieden», erwiderte sie, «vor diesem Boris von Bulgarien, der mich ganz und gar in Maschendraht eingewickelt hat, hatte ich richtig Angst.»

«Bulgaren sind etwas schwierig.»

«Aber Ferdinand von Rumänien war auch ganz schön verrückt.»

«War das der, vom dem du erzählt hast, daß er überall im Zimmer Spiegel hatte?»

«Genau. Ich bin mal gespannt, was mir dieser Norweger Neues zu bieten hat.»

«Ich hab gehört, er soll ein ganz umgänglicher Herr sein.»

«Mit dem Käfer in den Knochen ist er nicht mehr umgänglich, Oswald.»

«Ich mache eine Wette, daß er nervös ist», sagte ich.

«Warum?»

«Ich werd's dir sagen. Seine Frau, Königin Maud, ist die Schwester von König Georg V. Unser falscher Brief an Haakon stammt also von seinem angeblichen Schwager. Das ist nicht ohne.»

«Spannend!» sagte Yasmin. «So hab ich's gern.» Und damit schwebte sie samt ihrer kleinen Pralinenschachtel, ihrer Hutnadel und anderem notwendigen Handwerkszeug zum Schloß davon. Ich blieb im Hotel und bereitete alles für ihre Rückkehr vor.

Nach einer knappen Stunde war sie schon wieder da. Sie stürmte wie ein Wirbelwind in mein Zimmer.

«Ich hab's geschmissen!» schluchzte sie. «Oh, Oswald, ich hab etwas absolut Entsetzliches angestellt! Ich hab die ganze Geschichte geschmissen!»

«Was ist denn passiert?» fragte ich zitternd.

«Gib mir was zu trinken», sagte sie, «Cognac.»

Ich brachte ihr einen doppelten Cognac. «Schieß doch los», sagte ich, «spuck's aus. Sag mir gleich das Allerschlimmste!»

Yasmin kippte sich einen beachtlichen Schluck Cognac in die Kehle, lehnte sich dann zurück, schloß die Augen und sagte:

«Ah, das ist schon besser.»

«Um Himmels willen», rief ich, «sag mir doch, was passiert ist!»

Sie trank ihren Cognac aus und verlangte einen zweiten. Ich schenkte ihn ihr sofort ein.

«Wunderschöner großer Raum», sagte sie, «wunderschöner großer König. Schwarzer Schnurrbart, höflich, freundlich und stattlich dazu. Schluckte brav die Schokolade, und dann fing ich an, die Minuten zu zählen. Sprach ein fast akzentfreies Englisch. ‹Diese Angelegenheit betrübt mich tief, Lady Victoria›, sagte er und pochte mit einem Finger auf König Georgs Brief herum, ‹dies sieht meinem Schwager überhaupt nicht ähnlich. König Georg ist der offenste und ehrenwerteste Mann, dem ich je begegnet bin.›

‹Er ist auch nur ein Mensch, Euer Majestät.›

‹Er ist ein pflichtbewußter Gatte›, erwiderte er.

‹Der Jammer ist nur, daß er verheiratet ist›, sagte ich.

‹Natürlich ist er verheiratet. Was wollen Sie damit sagen?›

‹Verheiratete Männer sind meistens miserable Gatten, Euer Majestät.›

‹Das ist törichtes Geschwätz, Madame!› fuhr er mich an.»

«Warum hast du dann nicht einfach Schluß gemacht, Yasmin?» rief ich aus.

«Ach, ich konnte nicht, Oswald. Wenn ich erst einmal so weit gekommen bin, dann kann ich irgendwie nicht Schluß machen. Und weißt du, was er als nächstes gesagt hat?»

«Ich kann's kaum erwarten», sagte ich. Mir war unterdessen der Schweiß ausgebrochen.

«Ich sagte: ‹Ach, Majestät, ich meine nur dies: wenn ein kräftiger und gutaussehender Bursche wie Georg seit Jahren und Jahren jeden Abend Reisbrei vorgesetzt bekommen hat, dann ist es doch nur natürlich, wenn er sich zur Abwechslung mal nach einer Portion Kaviar sehnt.›»

«Oh, mein Gott!»

«Das war eine blöde Bemerkung, ich weiß.»

«Und was hat er darauf geantwortet?»

«Er ist ganz grün im Gesicht geworden. Ich hab schon gedacht, er schlägt mir ins Gesicht, aber er hat nur dagestanden und geknattert und gezischt wie eine Silvesterrakete, weißt du, wie so eine, die zuerst immer nur zischelt und zischelt, und dann kommt der große Knall.»

«Und hat es geknallt?»

«Da noch nicht. Er war unglaublich würdevoll. Er hat gesagt: ‹Ich wäre Ihnen sehr verbunden, Madame, wenn Sie die Königin von England nicht als Reisbrei bezeichnen würden.›

‹Ich bin untröstlich, Euer Majestät›, hab ich da gesagt, ‹ich habe es nicht so gemeint.› Ich hab dabei immer noch mitten in dem Raum gestanden, denn er hatte mir keinen Platz angeboten. Verflixt noch mal, hab ich da gedacht, hab mir ein großes grünes Sofa ausgesucht und mich richtiggehend hingegossen, fix und fertig für den Käfer.

‹Ich kann einfach nicht verstehen, daß sich Georg so hat gehenlassen›, sagte er.

‹Ach, kommen Sie, Majestät›, sagte ich, ‹er steigt nur in die Fußstapfen seines Vaters.›

‹Hätten Sie vielleicht die Güte, Madame, mir diese Andeutung zu erläutern?›

‹Der alte Edward VII.›, sagte ich, ‹also verflixt noch mal, er hat seine königliche Kerze in jedes dunkle Loch im ganzen Land geschoben.›

‹Wie können Sie es wagen, so etwas zu behaupten!› hat er gerufen und dabei ist er zum erstenmal explodiert. ‹Das sind alles Lügen!›

‹Und was ist mit Lily Langtry?›

‹König Edward war der Vater meiner Frau›, hat er mit eisiger

Stimme gesagt, ‹ich werde nicht zulassen, daß er in meinem eigenen Haus beleidigt wird.›»

«Aber was ist denn um Himmels willen in dich gefahren, Yasmin?» rief ich aus. «Da hast du endlich einmal einen wirklich netten König, und was tust du? Du beleidigst ihn tödlich.»

«Er war so ein reizender Mann.»

«Aber warum hast du ihm das dann angetan?»

«Der Teufel hat in mir gesteckt, Oswald. Und ich glaube, es hat mir auch noch Spaß gemacht.»

«So kann man einfach nicht mit Königen reden.»

«O ja, das kann man schon», erwiderte Yasmin, «weißt du, Oswald, ich habe nämlich immer wieder beobachtet, daß es gar keine Rolle spielt, was man am Anfang zu ihnen sagt oder wie sehr man sie aufbringt, denn zum Schluß wird man ja vom guten alten Käfer gerettet. Mit dem dummen Gesicht stehen zum Schluß immer die Männer da.»

«Aber du hast doch gesagt, es wäre schiefgelaufen?»

«Laß mich doch weiter erzählen, dann wirst du schon sehen, was passiert ist. Der große König geht also in dem Zimmer hin und her und murmelt allerlei in seinen Bart, und ich habe natürlich die ganze Zeit die Uhr im Auge. Aus irgendeinem Grund schienen sich die neun Minuten diesmal ganz besonders lang zu dehnen. Dann hat der König gesagt: ‹Wie konnten Sie dies nur Ihrer eigenen Königin antun? Wie konnten Sie sich derart erniedrigen und ihren treuliebenden Gatten verführen? Königin Mary ist die unbescholtenste Dame im ganzen Land.›

‹Glauben Sie das wirklich?› fragte ich.

‹Das weiß ich›, erwiderte er, ‹sie ist so rein wie frisch gefallener Schnee.›

‹Einen Augenblick, Euer Majestät›, sagte ich, ‹haben Sie denn nichts von den häßlichen Gerüchten gehört?›

Als ich das gesagt habe, Oswald, da ist er herumgefahren, als ob ihn ein Skorpion gebissen hätte.»

«Du liebe Zeit, Yasmin, das war aber auch verdammt gemein!»

«Das war Spaß!» widersprach sie. «Das hab ich doch nur aus Spaß gesagt.»

«Wenn du so was spaßig findest.»

«‹Gerüchte!› hat der König gerufen. ‹Was denn für Gerüchte?›

‹Wirklich sehr häßliche Gerüchte›, erwiderte ich.

‹Wie können Sie es wagen!› hat er da gebrüllt. ‹Wie können Sie es wagen, hierher zu mir zu kommen und solche Behauptungen über die Königin von England zu verbreiten. Sie sind eine Hure und eine Lügnerin, Madame!›

‹Eine Hure mag ich sein›, entgegnete ich, ‹aber eine Lügnerin bin ich nicht. Sie müssen nämlich wissen, Euer Majestät, es gibt im Buckingham Palace einen gewissen königlichen Stallmeister, einen Colonel der Grenadiere, der darüber hinaus wirklich gut aussieht mit seinem großen schwarzen stacheligen Schnurrbart, und jeden Morgen trifft ihn die Königin im Turnsaal und läßt sich von ihm in Körperertüchtigung unterrichten.›

‹Und was spricht dagegen?› fuhr mich der König an. ‹Was gibt es gegen Körperertüchtigung einzuwenden? Ich betreibe sie selber täglich.›

Ich schaute wieder auf meine Uhr. Gleich waren die neun Minuten herum. In jedem Augenblick würde sich dieser hochgewachsene, stolze König in einen gierigen alten Lustgreis verwandeln.

‹Euer Majestät›, sagte ich, ‹Georg und ich haben sehr, sehr oft durch das Fenster am Ende des Turnsaals gespäht und gesehen ...› Da konnte ich nicht weiter. Ich hatte meine Stimme verloren, Oswald. Ich konnte einfach nicht weitersprechen.»

«Was ist denn um Himmels willen passiert?»

«Ich hab gedacht, ich hätte einen Herzanfall. Ich fing an zu keuchen. Ich kriegte nicht mehr ordentlich Luft, und dann lief mir so etwas wie eine Gänsehaut über den ganzen Körper. Ich habe wirklich gedacht, ganz ehrlich, ich habe wirklich gedacht, jetzt hat's mich erwischt.»

«Und was war das, um Himmels willen?»

«Das hat mich der König auch gefragt. Er ist wirklich ein reizender Mann, Oswald. Vor einer halben Minute hatte ich ihm noch die boshaftesten Beleidigungen über seine Schwiegerleute in England gesagt, und dann war er plötzlich richtig erschüttert, weil es mir so schlechtging. ‹Wünschen Sie, daß ich einen Arzt rufe?› hat er gefragt. Aber ich konnte ihm nicht einmal antworten. Ich konnte ihn nur angurgeln. Und dann fühlte ich plötzlich dieses entsetzliche

Kribbeln in den Fußsohlen, das sich im Handumdrehen auf die ganzen Beine erstreckte. Jetzt bin ich gelähmt, hab ich gedacht. Ich kann nicht sprechen. Ich kann mich nicht bewegen. Ich kann kaum denken. Ich muß auf der Stelle sterben. Und dann – wusch! – hat es mich getroffen.»

«Was hat dich getroffen?»

«Natürlich der Käfer.»

«Aber nun wart einmal ...»

«Ich hatte die verflixte falsche Praline gegessen, Oswald! Ich hatte sie verwechselt! Ihm hatte ich die normale gegeben, und den Käfer hatte ich selber geschluckt!»

«Allmächtiger, Yasmin!»

«Ich weiß. Aber dann hatte ich allmählich kapiert, was geschehen sein mußte, und das erste, was ich dachte, war: nur raus aus dem Schloß, damit ich mich nicht noch mehr blamiere!»

«Und hast du das geschafft?»

«Tja, das war leichter gesagt als getan. Zum erstenmal in meinem Leben hab ich am eigenen Leib gespürt, wie man sich fühlt, wenn man den Käfer intus hat.»

«Ganz schön starker Stoff.»

«Fürchterlich. Es vereist einem den Hirnkasten. Man kann gar nicht mehr logisch denken. Alles, was übrigbleibt, ist dieses lodernde, pulsierende Sexgefühl, das einen vollkommen verschlingt. Sex ist das einzige, woran man denken kann. Jedenfalls war es das einzige, woran ich denken konnte, und es tut mir entsetzlich leid, Oswald ... ich konnte mich nicht beherrschen, verstehst du ... Ich hatte einfach keine Macht mehr über mich ... Also, ich ... Ich sprang vom Sofa und war mit einem Satz dem König an den Hosen.»

«Oh, mein Gott!»

«Das ist noch nicht alles», sagte Yasmin, und trank noch einen Schluck Cognac.

«Hör auf! Sag kein Wort mehr! Ich kann es nicht mehr ertragen.»

«Na gut. Dann sag ich nichts mehr.»

«Doch!» rief ich. «Weiter, erzähl weiter!»

«Ich hab mich aufgeführt wie eine Verrückte. Ich hab mich richtig auf ihn gestürzt. Er hat das Gleichgewicht verloren, und dann hab ich ihn auf das Sofa getrieben. Aber er ist ein hervorragender

Sportsmann, dieser alte König. Er war flink wie ein Blitz und wieder hinter seinem Schreibtisch. Ich kletterte einfach über den Schreibtisch rüber. Er rief die ganze Zeit: ‹Weib, halt ein! Was ist denn los mit Ihnen! Belästigen Sie mich nicht!› Und dann hat er wirklich angefangen zu schreien, ich meine: ganz laut und aus vollem Hals. ‹Hilfe!› hat er geschrieen. ‹Kann nicht jemand dieses Weib entfernen?› Und dann, mein lieber Oswald, dann ging die Tür auf und die Königin höchstpersönlich, die kleine Königin Maud, kam hereingesegelt in all ihrem Glanz, mit einem Stickrahmen in der Hand.»

«Das mußte ja passieren.»

«Ja, wahrhaftig.»

«Und was hast du gemacht, als sie hereinkam?»

«Ich machte gerade einen Satz über seinen breiten Chippendale-Schreibtisch, um ihn am Schlafittchen zu packen. Stühle flogen kreuz und quer durch den Raum, und dann tauchte sie auf, diese zierliche, ganz hübsche Person ...»

«Und was hat sie gesagt?»

«Sie hat gesagt: ‹Was machst du denn da, Haakon?›

‹Schaff sie weg!› kreischte der König.

‹Ich will ihn haben!› schrie ich. ‹Und ich werde ihn auch bekommen!›

‹Haakon!› sagte sie. ‹Hör sofort damit auf!›

‹Ich bin das doch nicht, sie ist das, sie!› brüllte er und raste durch den Raum, als ob es um sein Leben ginge. Aber ich hatte ihn schon in die Ecke getrieben und war gerade dabei, mich endlich richtig auf ihn zu stürzen, da wurde ich von hinten von zwei Wachen gepackt. Das waren Soldaten, sehr gutaussehende norwegische Jungen.

‹Schafft sie fort!› keuchte der König.

‹Wohin, Sire?›

‹Einfach hinaus mit ihr, schnell! Werft sie auf die Straße!›

Da haben sie mich also in die Mitte genommen und aus dem Schloß geführt, und ich kann mich nur noch daran erinnern, daß ich den jungen Soldaten entsetzlich unanständige Sachen ins Gesicht schrie und ihnen alle möglichen unanständigen Vorschläge machte und daß sie sich dabei fast totgelacht haben ...»

«Und sie haben dich auf die Straße gesetzt?»

«Auf die Straße», erwiderte Yasmin, «direkt vors Schloßtor.»

«Da hast du aber Glück gehabt, daß dir das nicht beim König von Bulgarien oder so jemandem passiert ist», sagte ich, «da hätten sie dich in einen Kerker geworfen.»

«Ich weiß.»

«Sie haben dich also vorm Schloß auf die Straße gesetzt?»

«Ja. Ich war noch ganz benommen. Ich hab dann auf einer Bank unter ein paar Bäumen gesessen und versucht, mich wieder zusammenzubekommen. Weißt du, Oswald, im Vergleich zu meinen Opfern hatte ich ja einen großen Vorteil, ich hab gewußt, was mit mir los war. Ich hab gewußt, daß es der Käfer war, der das alles mit mir angestellt hat. Wenn man aber das fühlen muß, was ich empfunden habe und die Ursache nicht kennt, dann muß es einfach entsetzlich sein. Ich glaube, dann hätte ich richtige Todesängste gehabt. So bin ich imstande gewesen, dagegen anzugehen. Ich weiß noch, wie ich dasaß und mir immer wieder vorredete: alles was du brauchst, Yasmin, altes Mädchen, alles was du brauchst, um wieder ins rechte Lot zu kommen, das sind ein paar kräftige Piekser mit der Hutnadel in den Popo. Und da hab ich kichern müssen. Und danach, aber natürlich ganz langsam, ist auch dieses gräßliche Sexgefühl allmählich abgeklungen, und ich hatte mich wieder in der Hand und konnte aufstehen und die Straße entlang zum Hotel gehen, und hier bin ich nun. Es tut mir leid, daß ich alles verdorben habe, Oswald, es tut mir wirklich leid. Das war das allererste Mal.»

«Wir sollten uns lieber aus dem Staub machen», sagte ich, «ich glaube nicht, daß uns diese Leute hier irgend etwas antun würden, aber der König wird sicher ein paar Erkundigungen einziehen lassen.»

«Das glaub ich auch.»

«Er wird sicher vermuten, daß mein Brief eine Fälschung war», sagte ich, «ich könnte um alles wetten, was ich besitze, daß er das jetzt schon durch eine Rückfrage bei Georg V. überprüfen läßt.»

«Das möcht ich auch wetten», sagte Yasmin.

«Dann mach man schnell und pack deine Sachen», sagte ich, «wir verdrücken uns sofort und fahren über die Grenze nach Schweden zurück. Wir müssen untertauchen.»

# 25

Mitte April kehrten wir über Schweden und Dänemark nach Hause zurück und hatten die Samen von acht Königen bei uns – von sieben Königen je fünfzig Strohhalme und zwanzig vom alten Peter von Jugoslawien. Das mit Norwegen war Pech. Es verdarb unseren Durchschnitt, obgleich ich das Gefühl hatte, daß es insgesamt keine so große Rolle spielte.

«Jetzt will ich meinen Urlaub haben», sagte Yasmin, «und zwar einen richtigen anständigen. Sind wir nicht überhaupt durch?»

«Als nächstes kommt Amerika dran», antwortete ich.

«Da gibt es aber nicht viele.»

«Nein, aber die müssen wir eben auch haben. Wir werden ganz stilvoll auf der ‹Mauretania› hinüberfahren.»

«Zuerst will ich aber Ferien machen», wiederholte Yasmin, «das hast du mir versprochen. Bevor ich mich nicht richtig schön ausgeruht habe, fahre ich nirgendwo hin.»

«Wie lange willst du Pause machen?»

«Einen Monat.»

Als wir in Harwich das dänische Fährschiff verlassen hatten, fuhren wir geradewegs nach Cambridge und saßen mit unseren Drinks im Wohnzimmer in Dunroamin. A. R. Woresley kam herein und rieb sich die Hände.

«Ich gratuliere», sagte er, «das mit den Königen war eine reife Leistung.»

«Yasmin will einen Monat Urlaub machen», sagte ich, «ich persönlich bin jedoch der Ansicht, daß wir am Ball bleiben und zuerst Amerika abgrasen sollten.»

A. R. Woresley, der seine ekelerregende Pfeife schmauchte, betrachtete Yasmin durch die Rauchwolken hindurch und sagte: «Ich bin der gleichen Ansicht wie Cornelius. Erst die Arbeit, dann das Vergnügen.»

«Nein», erwiderte Yasmin.

«Warum nicht?» fragte Woresley.

«Weil ich es nicht will, deshalb.»

«Tja, wahrscheinlich hängt es von Ihnen ab», sagte Woresley.

«Da könnt ihr Gift drauf nehmen, daß es von mir abhängt», entgegnete Yasmin.

«Macht es dir keinen Spaß mehr?» fragte ich.

«Die schönsten Späße werden allmählich langweilig», entgegnete sie, «am Anfang war es schon ganz reizvoll. Und auch irrsinnig komisch. Aber jetzt hab ich offenbar ganz plötzlich genug.»

«Das darfst du nicht sagen.»

«Ich sag's aber.»

«Verdammt.»

«Was ihr beide zu vergessen scheint», fuhr sie fort, «ist einfach dieses: jedesmal wenn wir das Sperma von irgendeinem verdammten Genie haben wollen, dann bin ich diejenige, die sich auf die Socken machen und den Kampf in der vordersten Linie durchstehen muß. Ich bin diejenige, die den Buckel hinhalten muß.»

«Nicht gerade den Buckel», sagte ich.

«Hör mit den albernen Witzen auf, Oswald.» Sie saß da und sah trotzig und verdrossen aus. A. R. Woresley sagte kein Wort.

«Wenn du nun einen Monat Ferien machst», sagte ich, «wirst du dann direkt danach mit mir nach Amerika fahren?»

«Ja, ja, schon gut.»

«Rudolph Valentino wird dir sicher gefallen.»

«Ich weiß nicht», sagte sie, «ich glaube, meine wilden Tage sind vorbei.»

«Aber niemals!» rief ich aus. «Dann könntest du ja gleich tot sein!»

«Es gibt mehr im Leben als toben.»

«Du liebe Zeit, Yasmin, jetzt redest du ja wie Bernard Shaw!»

«Vielleicht geh ich auch in ein Kloster.»

«Aber davor kommst du noch mit nach Amerika?»

«Das hab dir doch schon gesagt», erwiderte sie.

A. R. Woresley nahm die Pfeife aus dem Mund und sagte: «Wir haben eine bemerkenswerte Kollektion, Cornelius, wahrhaftig bemerkenswert. Wann fangen wir mit dem Verkauf an?»

«Das sollten wir nicht überstürzen», antwortete ich, «meinem Gefühl nach sollten wir die Spermien eines Mannes erst dann anbieten, wenn er tot ist.»

«Warum sagen Sie das?»

«Große Männer sind tot interessanter als lebendig. Wenn sie erst einmal tot sind, werden sie zur Legende.»

«Kann sein, daß Sie recht haben», sagte Woresley.

«Wir haben ziemlich viel alte Herren mit auf der Liste», sagte ich, «die meisten werden es nicht mehr lange machen. Ich gehe jede Wette ein, daß fünfzig Prozent aller Spender in fünf bis zehn Jahren verblichen sein wird.»

«Und wer übernimmt den Verkauf, wenn es soweit ist?» fragte Woresley.

«Das wollte ich tun», antwortete ich.

«Glauben Sie, daß Sie damit fertig werden?»

«Schauen Sie», antwortete ich, «im zarten Alter von siebzehn Jahren hatte ich nicht die geringsten Schwierigkeiten, rote Pillen an den französischen Außenminister, ein Dutzend Botschafter und an fast jeden betuchten Mann in Paris zu verkaufen. Und gerade kürzlich hab ich allen gekrönten Häuptern in Europa, außer einem, erfolgreich Lady Victoria Nottingham verkauft.»

«Das hab ich getan», widersprach Yasmin, «nicht du.»

«O nein, das hast du nicht getan», entgegnete ich, «der Verkauf hat durch den Brief von König Georg geklappt, und das ist meine Idee gewesen. Sie glauben doch wohl nicht ernsthaft, daß es mir Schwierigkeiten bereiten könnte, die Samen von Genies an eine Rotte von reichen Weibern zu verkaufen, oder?»

«Wahrscheinlich nicht», erwiderte Woresley.

«Und übrigens», fuhr ich fort, «wenn ich derjenige sein soll, der den ganzen Verkauf durchführt und außerdem das Geschäftliche erledigt, so bin ich der Meinung, daß mir ein größerer Anteil am Gewinn zustehen müßte.»

«He!» rief Yasmin. «Nun hör aber auf, Oswald!»

«Wir hatten uns auf gleiche Anteile für alle geeinigt», sagte Woresley mit feindseliger Miene.

«Ruhig, nur ruhig», sagte ich, «ich hab doch nur Spaß gemacht.»

«Das will ich aber wohl meinen», sagte Yasmin.

«In Wirklichkeit bin ich der Ansicht, daß Arthur den Hauptanteil zufallen sollte, weil er die ganze Prozedur erfunden hat», sagte ich.

«Nun, ich muß schon sagen, das ist sehr großzügig von Ihnen, Cornelius», sagte Woresley mit strahlendem Gesicht.

«Vierzig Prozent für den Erfinder und je dreißig Prozent für Yasmin und mich», fuhr ich fort, «damit bist du doch sicher auch einverstanden, Yasmin.»

«Das weiß ich nicht so genau», erwiderte sie, «ich habe dabei ziemlich hart gearbeitet. Ich möchte mein ganzes Drittel haben.»

Sie wußten alle beide nicht, daß ich bereits beschlossen hatte, zum Schluß den Hauptanteil selber einzustreichen. Yasmin würde schließlich nie viel Geld gebrauchen. Sie zog sich gern gut an, und sie genoß gutes Essen, aber darüber hinaus gab es schon fast nichts mehr. Was den alten Woresley anbelangt, so bezweifelte ich sogar, daß er mit einer großen Geldsumme viel anzufangen wüßte, selbst wenn er sie tatsächlich hätte. Pfeifentabak war nahezu der einzige Luxus, den er sich gestattete. Bei mir war das anders. Der Lebensstil dagegen, den ich anstrebte, machte es unumgänglich notwendig, daß ich ein Vermögen zur Verfügung hatte. Es war mir unmöglich, mittelmäßigen Champagner oder geringfügige Unbequemlichkeiten irgendeiner Art zu ertragen. So wie ich es sah, war nur das Beste, und damit meine ich nur das Allerbeste, gerade gut genug für mich.

Ich hatte mir ausgerechnet, wenn ich jedem zehn Prozent gab und mir selber achtzig nahm, dann würden sie schon überglücklich sein. Zuerst würden sie Zeter und Mordio schreien, aber wenn ihnen erst klarsein würde, daß sie überhaupt nichts dagegen unternehmen konnten, würden sie sich schon rasch beruhigen und die kleinen Gnadengaben dankbar akzeptieren. Allerdings gab es natürlich nur eine einzige Möglichkeit für mich, in eine Position zu kommen, die es mir gestattete, den beiden anderen meine Bedingungen zu diktieren. Ich mußte das Samenheim und alle Schätze, die es enthielt, in meinen Besitz bringen. Dann mußte ich es in einen Safe an einem geheimen Ort bringen, wo keiner der beiden dran konnte. Das dürfte nicht schwierig sein. Sobald Yasmin und ich aus Amerika zurück waren, wollte ich einen Umzugswagen mieten, an einem Tag, an dem keiner da war, vor Dunroamin vorfahren und mich mit der kostbaren Beute aus dem Staub machen. Das war alles gar kein Problem.

Aber, wie viele von Ihnen sicher meinen, doch ein ziemlich schmutziger Trick, oder? Ein ganz niederträchtiger Betrug?

Unfug, lautet meine Antwort. Wenn man bei einer günstigen Gelegenheit nicht sofort zuschnappt, bringt man es auf dieser Welt zu nichts im Leben. Wohltätigkeit hat noch nie im eigenen Heim begonnen. Zumindest nicht in meinem.

«Wann wollt ihr beiden denn nun nach Amerika?» fragte uns A. R. Woresley.

Ich zog meinen Kalender heraus. «Ein Monat von heute ab gerechnet, das ist Samstag, der 15. Mai», sagte ich, «paßt dir das Datum, Yasmin?»

«Der 15. Mai», sagte sie, und holte ebenfalls ihren Kalender aus der Tasche, «scheint nichts dagegen zu sprechen. Ich treff dich also hier am 15. In vier Wochen.»

«Und ich buche schon Kabinen auf der ‹Mauretania›, so kurz nach diesem Datum wie möglich.»

«Gut», erwiderte sie und kreuzte sich den Tag in ihrem Taschenkalender an.

«Dann räumen wir bei dem alten Henry Ford ab und bei Mr. Marconi und Rudolph Valentino und bei allen anderen Yankees.»

«Vergessen Sie nicht Alexander Graham Bell», mahnte Woresley.

«Es wird uns schon keiner durch die Lappen gehen», sagte ich, «nach einem Monat Ruhepause wird unser altes Mädchen wieder begeistert losmarschieren, das werdet ihr schon sehen.»

«Hoffentlich», erwiderte Yasmin, «aber ich brauche wirklich Erholung, ehrlich.»

«Wohin willst du denn fahren?»

«Nach Schottland, einen Onkel besuchen.»

«Netter Onkel?»

«Sehr», antwortete sie, «der Bruder meines Vaters. Angelt Lachse.»

«Wann brichst du auf?»

«Jetzt gleich», sagte sie, «mein Zug geht ungefähr in einer Stunde. Bringst du mich zum Bahnhof?»

«Aber selbstverständlich», erwiderte ich, «ich fahre nach London.»

Ich fuhr Yasmin zum Bahnhof und trug ihr das Gepäck in den Wartesaal. «Also in genau einem Monat», sagte ich, «in Dunroamin.»
«Ich werde da sein», sagte sie.
«Und gute Erholung.»
«Das wünsch ich dir auch, Oswald.»
Ich gab ihr einen Abschiedskuß und fuhr nach London, direkt zu meinem Haus in Kensington Square. Ich fühlte mich großartig. Der große Plan ließ sich tatsächlich verwirklichen. Ich sah mich schon in etwa fünf Jahren bei irgendeiner blöden reichen Kuh im Salon sitzen und hören, wie sie sagt: «Ach, dann nehm ich doch lieber Renoir, Mr. Cornelius. Ich schwärme so für seine Bilder. Wieviel soll er denn kosten?»
«Der Preis für Renoir beträgt fünfundsiebzigtausend, Madame.»
«Und wieviel kommt ein König?»
«Das hängt davon ab, welchen Sie haben wollen.»
«Ach, den hier. Den dunklen, der so gut aussieht, König Alfonso von Spanien.»
«König Alfonso kostet vierzigtausend Dollar, Madame.»
«Was heißt das? Er ist billiger als Renoir?»
«Renoir war ein größerer Mann, Madame. Seine Sperma ist außerordentlich selten.»
«Und was passiert, wenn es nicht klappt, Mr. Cornelius? Ich will damit sagen: wenn ich nicht schwanger werde.»
«Dann stellen wir einen kostenlosen Ersatz.»
«Und wer genau wird die Befruchtung durchführen?»
«Ein erfahrener Facharzt, ein Gynäkologe, Madame. Es wird alles sehr diskret vorbereitet.»
«Und mein Mann würde es nie erfahren?»
«Wie sollte er? Er wird annehmen, er wäre es selbst gewesen.»
«Ja, das hätte er wohl gern, wie?» Sie kichert.
«Vermutlich, Madame.»
«Ob es nicht vielleicht doch netter wäre, ein Kind vom König von Spanien zu haben, was meinen Sie?»
«Haben Sie schon Bulgarien in Erwägung gezogen, Madame? Bulgarien ist ein Sonderangebot, nur zwanzigtausend.»
«Nein, ein bulgarisches Gör will ich nicht haben, Mr. Cornelius, auch nicht aus einem Königshaus.»

«Sehr wohl, Madame.»

«Und dann wäre da natürlich noch Mr. Puccini. *La Bohème* ist meine allerliebste Oper. Wieviel kostet denn Mr. Puccini?»

«Giacomo Puccini macht siebenundsechzigtausendfünfhundert, Madame. Wir können ihn nur empfehlen. Das Kind wird fast sicher ein musikalisches Genie.»

«Ach, ich spiele selber ein wenig Klavier.»

«Das würde die Chancen des Babys ungeheuer verstärken.»

«Ja, wahrhaftig?»

«Madame, ich kann Ihnen unter dem Siegel der tiefsten Verschwiegenheit verraten, daß eine gewisse Dame in Dallas, Texas, vor drei Jahren von einem Puccini-Sohn entbunden wurde, und daß dieses Kind bereits seine erste Oper komponiert hat.»

«Ja, was Sie nicht sagen!»

«Aufregend, nicht wahr?»

Ja, wenn der Verkauf erst anrollte, würde ich manches vergnügliche Erlebnis haben. Aber jetzt lag ein ganzer Monat vor mir, in dem ich nichts weiter zu tun hatte, als mich zu amüsieren. Ich beschloß, in London zu bleiben. Ich wollte mich wieder einmal richtig austoben. Das hatte ich verdient. Ich war fast den ganzen Winter nur hinter den Königen Europas hergewesen, und jetzt war es wirklich Zeit für einen ernsthaften Zug durch die Gemeinde.

Und das ist vielleicht ein Zug geworden! Ich ging auf eine richtige Sause. Drei von den vier Wochen amüsierte ich mich nach Herzenslust (siehe auch Band III). Doch am Anfang der vierten und letzten Ferienwoche, als ich gerade richtig in Schwung gekommen war und die Damen von London derart bediente, daß man in ganz Mayfair ihre Knochen klappern hören konnte, stieß mir plötzlich ein teuflisches Mißgeschick zu, das all meinen munteren Tätigkeiten jählings ein Ende setzte. Es war fürchterlich. Höllisch. Selbst jetzt aus der Entfernung der Jahre – wenn ich nur daran denke, durchjagt mich ein scharfer körperlicher Schmerz. Trotzdem meine ich, daß ich diese niederschmetternde Episode festhalten sollte in der Hoffnung, daß ich dadurch andere Sportler vor einer ähnlichen Katastrophe behüte.

Ich sitze eigentlich selten verkehrt herum, also mit den Hähnen im Rücken, in der Badewanne. Das tun sicher überhaupt nur wenige Menschen. Aber an diesem betreffenden Nachmittag war das andere Ende, das gemütliche und schräge Ende, von einer knackigen kleinen Dame belegt, die einen überentwickelten Hang zur Sinnlichkeit besaß. Dank dieser Eigenschaft war sie auch bei mir. Die Tatsache, daß sie außerdem englische Herzogin war, spielt dabei ebenfalls eine gewisse Rolle. Wenn ich freilich ein paar Jahre älter gewesen wäre, so hätte ich gewußt, was man von hochgestellten Damen zu halten hat und hätte mich vermutlich etwas besser vorgesehen. Die meisten dieser Frauen haben ihre Titel nämlich dadurch erworben, daß sie irgendeinen armen halbumnachteten Peer oder Herzog umgarnt haben, und wer in diesem Spiel Erfolg haben will, braucht eine ganz gewisse Art der Heuchelei und Hinterlist. Um Herzogin zu werden, muß man Männer erklassig manipulieren können. Ich habe im Laufe meines Lebens eine ganze Reihe solcher Weiber getroffen, und sie sind alle gleich. Marquisen und Gräfinnen sind nicht ganz so schlimme Leichenfledderer, aber viel stehen sie den Herzoginnen nicht nach. Scherzen und schäkern sollte man auf jeden Fall mit ihnen, es ist eine höchst pikante Erfahrung. Aber passen Sie um Himmels willen auf wie ein Schießhund, so lange Sie sie um sich haben. Nie dem Frieden trauen! Immer darauf gefaßt sein, daß sie sich gegen Sie richtet und die Hand beißt, die sie streichelt. Insgesamt kann ich nur sagen: Vorsicht vor Damen mit hohen Titeln!

Diese Herzogin und ich hatten uns also rund eine Stunde lang in der Badewanne vergnügt, und weil sie jetzt genug hatte, warf sie mir die Seife ins Gesicht und stieg aus dem Wasser. Das große glitschige Geschoß traf mich am Mund, aber da weder ein Zahn herausgeschlagen noch gelockert war, übersah ich den kleinen Zwischenfall. Sie hatte es genaugenommen nur getan, um mich abzulenken und selber aus dem Wasser schlüpfen zu können, was ihr gelungen war.

«Komm doch wieder herein», bat ich, weil ich noch nicht genug hatte.

«Ich muß gehen», antwortete sie. Während sie ihren schlanken kleinen Körper mit einem meiner riesigen Badelaken abtrocknete, hielt sie sich wohlweislich außerhalb meiner Reichweite.

«Es ist doch erst Halbzeit», sagte ich.

«Das ist der Jammer bei dir, Oswald, du weißt nie, wann Schluß ist», sagte sie, «eines Tages wird noch einmal jemandem bei dir die Geduld reißen.»

«Frigide Hexe», sagte ich. Es war eine törichte Bemerkung und falsch noch dazu, aber ich mußte sie trotzdem loswerden.

Sie ging in den Nebenraum, um sich anzuziehen. Ich blieb in der Badewanne sitzen, verstockt und beleidigt. Ich mochte es nicht, wenn jemand anders den Ton und das Tempo angab.

«Leb wohl, Darling», sagte sie und kam noch einmal ins Badezimmer zurück. Sie trug ein Seidenkleid mit kurzen Ärmeln, dunkelgrün.

«Geh doch heim», fauchte ich, «lauf doch zurück zu deinem lächerlichen Herzog.»

«Sei doch nicht so grimmig», sagte sie. Sie kam zu mir herüber, beugte sich vor und begann mir den Rücken unter Wasser zu massieren. Dann glitt ihre Hand zu anderen Gefilden herum und streichelte sie zärtlich und sanft. Ich saß ganz still da, genoß, was mir geboten wurde und überlegte, ob sie vielleicht nicht doch selber wieder schmölze.

Sie werden es nicht für möglich halten, aber die ganze Zeit, in der diese kleine Furie so tat, als ob sie mit mir spielte, hatte sie nichts anderes im Sinn, als klammheimlich und mit unbeschreiblicher Tücke den Stöpsel aus der Wanne zu ziehen. Und Sie wissen ja, wenn der Stöpsel aus einer Wanne gezogen wird, die bis zum Rand voll Wasser ist, so ist der Sog zum Abfluß besonders stark. Und wenn ein Mann, so wie ich in diesem Moment, breitbeinig über dem Abfluß sitzt, dann ist es unvermeidlich, daß seine beiden empfindlichsten und wertvollsten Besitztümer jählings in das schreckliche Loch gesogen werden. Mit einem dumpfen Plopp flutschte mein Skrotum voll in den Sog und rutschte ins Abflußloch. Ich stieß einen Schrei aus, den man sicher noch am Kensington Square in voller Stärke hören konnte.

«Leb wohl, Darling», sagte die Herzogin und fegte aus dem Badezimmer. In den qualvollen Momenten, die nun folgten, begriff ich genau, wie es sein muß, wenn man in die Hände jener Beduininnen fällt, die sich darin gefallen, Reisende mit schartigen Messern um ihre Männlichkeit zu bringen. «Hilfe!» schrie ich. «Zu Hilfe!»

Ich war festgenagelt. Ich war von der Wanne verschlungen. Ich hing in den Klauen einer kräftigen Krabbe. Mir kam es vor wie Stunden, aber wahrscheinlich habe ich mich nicht länger als zehn oder fünfzehn Minuten in dieser Lage befunden. Mir hat es freilich gereicht. Ich weiß schon gar nicht mehr, wie es mir schließlich gelungen ist, mich immerhin mit heiler Haut zu retten. Trotzdem war ein beträchtlicher Schaden angerichtet. So ein starker Sog ist eine schlimme Angelegenheit, und meine beiden kostbaren Edelsteine, die normalerweise nicht viel größer waren als Reineclauden, hatten plötzlich den Umfang von Kantalup-Melonen angenommen. Ich glaubte, es war der alte Geoffrey Chaucer, der damals im 14. Jahrhundert geschrieben hat:

*Damen, die nach oben streben,*
*trachten Männern nach dem Leben.*

Und Sie können mir glauben, daß diese unsterblichen Worte jetzt für immer in meinem Herzen eingemeißelt sind. Drei Tage lang konnte ich mich nur auf Krücken vorwärts bewegen, und danach hat es noch weiß der Himmel wie lang gedauert, bis ich nicht mehr gehen mußte wie ein Mann, der ein Stachelschwein zwischen den Beinen beherbergt.

In diesem Krüppelzustand machte ich mich also am 15. Mai auf den Weg nach Cambridge, um meine Verabredung mit Yasmin in Dunroamin einzuhalten. Als ich mich aus dem Wagen schob und auf die Haustür zuhoppelte, waren meine Murmeln immer noch entzündet, und der Schmerz pochte darin wie eine Teufelstrommel. Yasmin würde natürlich wissen wollen, was mir zugestoßen war, Woresley wahrscheinlich auch. Sollte ich ihnen die Wahrheit gestehen? Wenn ich das tat, würde sich Yasmin vor Lachen auf dem Boden wälzen, und ich konnte schon Woresley hören, wie er in seiner albernen, aufgeblasenen Art sagte: «Sie ergeben sich zu sehr der Fleischeslust, mein lieber Cornelius. Kein Mann kann es so treiben wie Sie, ohne dafür auch gehörig zahlen zu müssen.»

Ich war nicht der Ansicht, daß ich so etwas schon aushalten könnte, und deshalb beschloß ich, ihnen zu erzählen, ich hätte mir einen Muskelriß in der Hüfte zugezogen. Und das wäre passiert, als ich einer alten Dame wieder auf die Beine half, nachdem sie gestolpert und auf dem Pflaster vor meinem Haus schwer gestürzt war. Ich hätte sie hineingetragen und versorgt, bis der Krankenwagen kam, aber es war eben doch ein bißchen zuviel für mich gewesen und so weiter und so weiter. Das mußte reichen.

Ich stand unter dem kleinen Vordach vor der Haustür von Dunroamin und suchte nach meinem Schlüssel. Während ich noch damit beschäftigt war, entdeckte ich, daß ein Briefumschlag an die Tür geheftet war. Irgend jemand hatte ihn energisch mit einer Reißzwecke festgebohrt. Zu albern, so etwas zu machen. Ich kriegte die Reißzwecke gar nicht heraus, und deshalb riß ich den Briefumschlag einfach ab. Weil kein Name draufstand, machte ich ihn auf. Noch alberner, auf einen Briefumschlag keine Anschrift zu schreiben. War das etwa für mich? Ja, der Brief war für mich.

*Lieber Oswald,*
*Arthur und ich haben vorige Woche geheiratet ...*

Arthur? Wer zum Teufel war denn Arthur?

*Wir sind weit fortgereist, und ich hoffe, Du hast nicht allzuviel dagegen, daß wir das Samenheim mitgenommen haben, alles bis auf Proust ...*

Du liebe Zeit! Arthur, das muß Woresley sein! Arthur Woresley!

*Ja, Proust haben wir Dir hinterlassen. Ich habe den kleinen Kerl sowieso nicht ausstehen können. Alle fünfzig Strohhalme sind vorschriftsmäßig im Reisecontainer im Keller aufbewahrt, und der Proust-Brief liegt auf dem Schreibtisch. Die anderen Briefe haben wir mitgenommen und wohlverwahrt ...*

Ich taumelte. Ich konnte nicht weiterlesen. Ich schloß die Tür auf, stolperte hinein und holte mir eine Flasche Whisky. Ich schüttete mir etwas ins Glas und kippte es mit einem einzigen Schluck hinunter.

*Wenn Du in Ruhe und richtig darüber nachdenkst, Oswald, so wirst Du uns sicher zustimmen, daß wir Dich gar nicht betrügen können. Und ich will Dir auch sagen warum. Arthur sagt ...*

Es war mir vollkommen schnuppe, was Arthur sagte. Sie hatten die kostbaren Spermien gestohlen. Das waren Millionenwerte. Ich ging jede Wette ein, daß es diese kleine Kröte Woresley war, die Yasmin dazu aufgestachelt hatte.

*Arthur sagt, er sei es schließlich gewesen, der die Methode entwickelt hätte, und das ist doch auch so, nicht wahr? Und ich war es schließlich gewesen, die die ganze Dreckarbeit geleistet und alles eingesammelt hat. Viele Grüße von Arthur*

*Horrido!*

*Yasmin Woresley*

Das war ein Volltreffer. Genau unter die Gürtellinie. Ich mußte regelrecht nach Luft schnappen.

Voller Wut tobte ich durch das Haus. Mein Magen kochte, und ich bin fest davon überzeugt, daß mir der Dampf aus den Nüstern stob. Wenn es im Haus einen Hund gegeben hätte, ich hätte ihn zu Tode getreten. Statt dessen zerdepperte ich die Einrichtung. Zuerst zerschmiß ich eine Masse von hübschen großen Gegenständen, und dann machte ich mich daran, alle kleineren Gegenstände einzusammeln, auch einen Baccarat-Briefbeschwerer und eine etruskische Schale. Ich ließ alles durch die Fenster krachen, schrie Zeter und Mordio und sah zu, wie die Fensterscheiben zersplitterten.

Aber nach etwa einer Stunde begann sich meine Wut zu legen, und ich ließ mich schließlich mit einem großen Glas Malzwhisky in der Hand in einen Sessel fallen.

Ich bin, das haben Sie sicher schon festgestellt, ein ziemlich zäher Bursche. Wenn ich gereizt werde, explodiere ich, aber ich versinke dann nicht in Grübeln und Brüten. Ich wische es vom Tisch. Es kommt immer ein neuer Tag. Und darüber hinaus beflügelt nichts meine Phantasie so sehr wie ein abgrundtiefes Mißgeschick. In der Zeit danach, in dieser Periode tödlicher Stille und absoluter Ruhe, die dem Sturm folgt, beginnt mein Verstand wieder zu arbeiten und wird unheimlich aktiv. Als ich so dasaß an diesem schrecklichen Abend inmitten der Ruinen von Dunroamin und meinen Whisky trank, begann ich schon wieder, meine Zukunft neu zu entwerfen. Das hätten wir also hinter uns, sagte ich mir. Ich bin an der Nase herumgeführt worden. Das ist vorbei. Jetzt brauchen wir einen neuen Start. Ich habe immer noch Proust, und in den kommenden Jahren werd ich mit diesen fünfzig Strohhalmen ganz gut zurechtkommen. – Und glauben Sie mir, das bin ich wirklich – aber das macht mich nicht zum Millionär. Was also fange ich als nächstes an?

Das war der Augenblick, in dem die große und wunderbare Antwort in meinem Kopf zu knistern begann. Ich saß ganz still da und gab der Idee Gelegenheit, Wurzeln zu fassen und sich zu entfalten. Es war eine Erleuchtung. Es war einfach schön. Es konnte gar nicht schiefgehen. Es würde mir Millionen bringen. Warum war ich nur nicht vorher darauf gekommen?

Zu Beginn dieses Tagebuches habe ich versprochen, genau zu erzählen, wie ich ein reicher Mann geworden bin. Ich habe bis jetzt viel Zeit für den Bericht gebraucht, wie mir das mißlungen ist. Ich möchte das dadurch wiedergutmachen, daß ich in ein paar kurzen Sätzen beschreibe, wie ich ein echter Multimillionär geworden bin. Die große Idee, die mich so plötzlich in Dunroamin überfiel, sah folgendermaßen aus:

Ich wollte noch einmal in den Sudan zurück reisen. Ich wollte einen bestechlichen Regierungsbeamten dazu bringen, mir einen Pachtvertrag für das kostbare Stück Land zu verschaffen, wo der Hashab-Baum wächst und der Ölkäfer gedeiht. Ich wollte die ausschließlichen Käfer-Jagdrechte erwerben. Ich wollte die eingeborenen Käferjäger zu einer organisierten Truppe formieren. Ich wollte sie großzügig bezahlen, weitaus besser als jetzt, wo sie ihre Käferbeute auf dem freien Markt anboten. Sie sollten exklusiv nur noch für mich arbeiten. Wilderer würden gnadenlos eliminiert. Ich wollte genaugenommen den gesamten sudanesischen Ölkäfer-Markt beherrschen. Wenn dieses alles zur Zufriedenheit vorbereitet wäre und ich mich darauf verlassen könnte, über einen großen und regelmäßigen Käfernachschub zu verfügen, wollte ich in Khartum eine kleine Fabrik zur Weiterverarbeitung der Ölkäfer errichten und

Professor Yusupoffs berühmte Potenzpillen als Massenware herstellen. Die Pillen sollten in der Fabrik verpackt werden, und dann wollte ich ein kleines geheimes Untergrundvertriebssystem mit Niederlassungen in Paris, London, New York, Amsterdam und anderen Städten auf der ganzen Welt aufbauen. Ich sagte mir, wenn schon ein Junge von siebzehn Jahren, der noch nicht trocken hinter den Ohren war, imstande gewesen ist, sich im Laufe eines einzigen Jahres und ganz allein in Paris hunderttausend Pfund zu verdienen, was mußte dann erst ein weltweiter Handel abwerfen!

Und so, meine Freunde, hat sich tatsächlich alles abgespielt. Ich reiste in den Sudan zurück. Ich hielt mich dort etwas über zwei Jahre auf, und ich will gern gestehen, daß ich in dieser Zeit zwar allerlei über den Ölkäfer gelernt habe, weitaus mehr jedoch über die Damen, die diese Region bevölkern. Die Stämme lebten streng getrennt und haben sich fast nie vermischt. Ich vermischte mich jedoch recht gründlich mit allen miteinander, mit den Nubas, den Hassaris, den Beggaras, den Schilluks, den Schukrias und den sonderbar hellhäutigen Niam-Niams, die westlich vom Blauen Nil leben, und fand dabei heraus, daß mir die Nuba-Frauen ganz besonders liegen.

Ende 1923 arbeitete meine kleine Fabrik schon auf Hochtouren, und wir fertigten tausend Pillen pro Tag.

Im Jahre 1925 hatte ich schon in acht Ländern Verkaufsagenten. Ich hatte sie sehr sorgfältig ausgewählt. Es waren ausnahmslos pensionierte Generale. Beschäftigungslose Generale a. D. sind in jedem Land vorhanden, und ich stellte fest, daß diese Männer wie geschaffen waren für diese spezielle Arbeit. Sie waren tüchtig. Sie waren skrupellos. Sie waren tapfer. Ein Menschenleben bedeutete ihnen nicht viel, und sie hatten vor allem nicht genug Grips im Kopf, um mich so zu betrügen, daß ich es nicht gemerkt hätte.

Das Ganze war ein unermeßlich lukratives Unternehmen. Die Profite waren geradezu astronomisch. Aber nach ein paar Jahren wurde es mir langweilig, ein so großes Unternehmen zu leiten, und ich verkaufte den ganzen Laden für fünfzig Prozent des Reingewinns an ein griechisches Syndikat. Die Griechen waren glücklich, ich war glücklich, und seitdem sind auch Hunderttausende von Verbrauchern glücklich geworden.

Ich bekenne ohne falsche Bescheidenheit, daß ich stolz darauf bin, meinen Beitrag zur Glückseligkeit der menschlichen Rasse geleistet zu haben. Es gibt sicher nicht viele Geschäftsleute, erst recht nicht viele Millionäre, die sich reinen Gewissens sagen können, daß sie ihren Reichtum in einem solchen Maße der Begeisterung und Freude ihrer Kundschaft verdanken. Und es erfüllt mich mit tiefer Befriedigung, immer wieder bestätigt zu bekommen, daß sich alle Behauptungen über das Gesundheitsrisiko des *cantharis visicatoria sudanii* als stark übertrieben erweisen. Meinen Statistiken nach bewirkt diese geheimnisvolle Substanz nicht mehr als vier bis fünf Dutzend schwere Schädigungen oder Lähmungen pro Jahr. Todesfälle gibt es kaum.

Nur noch eines. Im Jahre 1935, also etwa fünfzehn Jahre später, saß ich in meinem Pariser Haus beim Frühstück und las die Morgenzeitung. Da fiel mein Auge auf folgenden Text in einer Klatschspalte, den ich hier aus dem Französischen übersetzt wiedergebe:

*La Maison d'Or in Cap Ferrat, der umfangreichste und luxuriöseste Privatbesitz an der ganzen Côte d'Azur, hat kürzlich den Besitzer gewechselt. Das Grundstück wurde von einem englischen Ehepaar gekauft, Professor Arthur Woresley und seiner schönen Frau Yasmin. Die Woresleys sind von Buenos Aires, wo sie seit Jahren ansässig waren, nach Frankreich gezogen, und werden hier mit offenen Armen willkommen geheißen. Sie wollen dem strahlenden gesellschaftlichen Leben an der Riviera neuen Glanz verleihen. Sie haben nicht nur die großartige Maison d'Or erworben, sie haben sich außerdem gerade eine seetüchtige Yacht liefern lassen, die den Neid der Millionäre am Mittelmeer erregen wird. Sie hat eine Besatzung von achtzehn Mann und kann zehn Gäste beherbergen. Die Woresleys haben die Yacht auf den Namen ‹Sperm› getauft. Als ich Mrs. Woresley fragte, warum sie diesen etwas merkwürdigen Namen gewählt hätte, lachte sie und gab mir zur Antwort: «Ach, ich weiß nicht. Wahrscheinlich, weil das Schiff so groß wie ein Walfisch ist.»*

Ein Prachtmädchen, diese Yasmin. Das muß ich wirklich zugeben. Aber ich kann immer noch nicht begreifen, was sie in dem alten Woresley mit seinem professoralen Gehabe und mit seinem nikotinverfärbten Schnurrbart sah. Man sagt ja, ein guter Mann ist schwer zu finden. Kann ja sein, daß Woresley einer war. Aber wer will denn um Himmels willen einen guten Mann haben? Wer will schließlich eine gute Frau?

Ich nicht.